Homens sem mulheres

Haruki Murakami

Homens sem mulheres

TRADUÇÃO DO JAPONÊS
Eunice Suenaga

8ª reimpressão

Copyright © 2014 by Haruki Murakami
*O conto "Samsa apaixonado" foi publicado originalmente em 2013, no Japão,
na antologia* Koi shikute, *por Chuokoron-Shinsha, Inc., Tóquio.*
Copyright © 2013 by Haruki Murakami
Todos os direitos reservados.
Proibida a venda em Portugal.

*Grafia atualizada segundo o Acordo Ortográfico da Língua Portuguesa de 1990,
que entrou em vigor no Brasil em 2009.*

Título original
Onna no inai otoko tachi
Publicado originalmente por Bungeishunju Ltd., Tóquio.

Capa
Retina_78

Preparação
André Marinho

Revisão
Tamara Sender
Flora Pinheiro
Taís Monteiro

CIP-Brasil. Catalogação na fonte
Sindicato Nacional dos Editores de Livros, RJ

M944h
    Murakami, Haruki
       Homens sem mulheres/ Haruki Murakami; tradu-
    ção Eunice Suenaga. – 1ª ed. – Rio de Janeiro: Alfa-
    guara, 2015.

       Tradução de: Onna no inai otoko tachi.
       ISBN 978-85-7962-438-4

       1. Ficção japonesa – Contos. I. Título.

		CDD: 895.63
15-25084		CDU: 821.521-3

Todos os direitos desta edição reservados à
EDITORA SCHWARCZ S.A.
Praça Floriano, 19, sala 3001 — Cinelândia
20031-050 — Rio de Janeiro — RJ
Telefone: (21) 3993-7510
www.companhiadasletras.com.br
www.blogdacompanhia.com.br
facebook.com/editora.alfaguara
instagram.com/editora_alfaguara
twitter.com/alfaguara_br

Sumário

Drive my car	7
Yesterday	47
Órgão independente	85
Sherazade	123
Kino	155
Samsa apaixonado	195
Homens sem mulheres	223

Drive my car

Kafuku já andara várias vezes em carros dirigidos por mulheres e, a seu ver, elas podiam ser divididas em dois grupos, de acordo com o seu comportamento ao volante: as excessivamente agressivas e as excessivamente cautelosas. O número de mulheres que se enquadravam no segundo grupo era maior do que no primeiro — e deveríamos ficar gratos por isso. Em geral, as mulheres são mais cautelosas e cuidadosas na direção do que os homens. Claro que não há razão para se queixar do modo atento e prudente como elas dirigem. Entretanto, isso pode irritar outros motoristas.

Por outro lado, a maioria das mulheres que dirigem de modo agressivo parece acreditar que é boa no volante. Muitas vezes elas menosprezam aquelas que são excessivamente cautelosas e têm orgulho de não ser como elas. Contudo, parecem não perceber que, quando mudam de faixa de forma audaciosa, os motoristas que estão por perto pisam no freio com um pouco mais de força, suspirando ou proferindo palavras não muito elogiosas.

Naturalmente existem aquelas que não pertencem a nenhum dos grupos. Que não são excessivamente agressivas nem excessivamente cautelosas, que dirigem de forma bastante *normal*. Algumas dirigem realmente bem. Mesmo nesses casos, Kafuku sempre sentia certa tensão nelas. Ele não conseguia explicar de forma concreta essa tensão, mas sentia esse clima *pouco harmonioso* e não era capaz de relaxar no banco de passageiro. Ficava com a garganta seca ou começava a falar de assuntos insignificantes e desnecessários para preencher o silêncio.

Claro que entre os homens também existem aqueles que dirigem bem e outros que nem tanto. Mas, em geral, eles não transmitem esse tipo de tensão. Não significa que estejam completamente relaxados. Devem estar tensos, na verdade. Mas parece que eles conseguem, de forma muito natural — e provavelmente inconsciente —, distanciar essa tensão da sua habilidade. Mesmo atentos ao volante, eles conseguem conversar e agir normalmente. Como se as duas ações fossem distintas. Kafuku não sabe de onde vem essa diferença.

No dia a dia, ele quase não faz distinção entre homens e mulheres. Quase não percebe diferença nas habilidades de cada um. No trabalho, Kafuku se relaciona com quase a mesma quantidade de homens e mulheres, e até se sente mais confortável quando está trabalhando com elas. Geralmente são cuidadosas até nos mínimos detalhes e são boas ouvintes. Porém, no que diz respeito a dirigir, se estava no banco do passageiro ao lado de uma mulher, não conseguia se esquecer do fato de que era ela quem estava ao volante. Mas ele nunca falou disso com ninguém. Parecia inadequado dividir esse pensamento com outras pessoas.

Por isso, quando procurava um motorista particular e Ôba, dono da oficina mecânica, recomendou uma moça para a vaga, Kafuku não conseguiu esconder seu descontentamento. Vendo-o assim, Ôba sorriu. Como se dissesse: Entendo como se sente.

— Mas, sr. Kafuku, ela dirige muito bem. Isso eu lhe garanto. Não quer pelo menos conhecê-la?

— Tudo bem, se você insiste — disse Kafuku. Ele precisava urgentemente de um motorista, e Ôba era uma pessoa de confiança. Já o conhecia havia quinze anos. Ele tinha cabelos duros como arames, e a sua aparência lembrava a de um pequeno ogro, mas, quando o assunto era carro, a opinião dele era certeira.

— Só para garantir, gostaria de verificar o alinhamento, mas se não tiver nenhum problema, acho que poderei devolver o carro em perfeito estado depois de amanhã, às duas horas. Vou pedir para essa moça vir aqui no mesmo horário; o que acha de fazer um teste com ela aqui pela vizinhança? Se não gostar, é só falar. Não precisa se preocupar comigo.

— Quantos anos ela tem?

— Acho que uns vinte e cinco. Nunca perguntei, para falar a verdade — disse Ôba. E franziu um pouco a testa. — Como eu falei, ela não tem nenhum problema ao volante, mas...

— Mas?

— Mas, como posso dizer? Ela é um pouco excêntrica.

— Como assim?

— É meio grossa, fala pouco e fuma muito — disse Ôba. — Quando conhecê-la, vai perceber. Ela não faz o tipo da menina graciosa. Quase nunca sorri. E, para ser sincero, é um pouco feia.

— Não tem problema. Se for muito bonita, eu é que não vou relaxar, e podem surgir boatos.

— Então ela vai ser perfeita.

— Mas ela dirige bem mesmo?

— Isso eu garanto. Não quero dizer "apesar de ser mulher", mas ela é realmente muito boa.

— No que ela está trabalhando agora?

— Bem, nem eu sei direito. Acho que vive de bico, trabalhando no caixa de uma loja de conveniência ou dirigindo o caminhão do serviço de entregas. São trabalhos que podem ser abandonados assim que surgir outro melhor. Ela me foi apresentada por um conhecido, mas eu não tinha condições de contratar mais um funcionário, a situação não está tão boa assim. Só a chamo para fazer alguns trabalhos quando preciso. Mas acho que ela é bem responsável. Pelo menos não toma nem um gole de bebida alcoólica.

O rosto de Kafuku se anuviou com o assunto bebida. O dedo da mão direita tocou instintivamente os lábios.

— Então vou me encontrar com ela depois de amanhã às duas horas — disse Kafuku. O fato de ela ser grossa, falar pouco e não ser bonita chamou sua atenção.

Dois dias depois, às duas, o Saab 900 amarelo conversível estava pronto. O amassado da frente à direita fora arrumado, e a pintura nova era tão bem-feita que nem dava para perceber a diferença de cores. O motor fora revisado, a embreagem, checada, as pastilhas de freio e as palhetas do limpador de para-brisas foram trocadas. O carro fora lavado e encerado, as rodas, polidas. Como sempre, o trabalho de Ôba era impecável. Fazia doze anos que Kafuku andava nesse Saab, que já tinha mais de cem mil quilômetros rodados. A capota de lona já estava desgastada. Quando chovia forte, ele tinha de se preocupar com a infiltração de água nas frestas. Mas por enquanto não pretendia trocar por um novo. Não teve grandes problemas e, acima de tudo, ele tinha um carinho especial pelo carro. Tanto no inverno como no verão, gostava de dirigi-lo com a capota aberta. No inverno ele usava um casaco grosso e um cachecol, e no verão usava um chapéu e óculos escuros ao pegar no volante. Ele passava pelas ruas de Tóquio divertindo-se ao trocar as marchas e, enquanto esperava o sinal abrir, olhava calmamente o céu. Observava as nuvens correrem ou os pássaros pousados nos fios elétricos. Esse momento era parte indispensável do seu estilo de vida. Kafuku andou devagar em volta do Saab e, como quem verifica o estado físico do cavalo antes da corrida, checou os detalhes aqui e ali.

Quando ele comprara esse carro, sua esposa ainda era viva. Ela que havia escolhido o amarelo. Nos primeiros anos, os dois saíam bastante para passear nele. Como ela não dirigia, era sempre Kafuku quem estava ao volante. Fizeram algumas viagens longas: foram a Izu, Hakone e Nasu. Mas depois, por quase dez anos, ele andou sempre sozinho. Após o falecimento da esposa, namorou algumas mulheres, mas por algum motivo elas nunca sentaram no banco do passageiro desse carro. Exceto por razões de trabalho, ele nunca saía da cidade ao volante.

— Tem alguns pequenos defeitos, o que é normal, mas ainda está firme — disse Ôba passando a mão carinhosamente no painel, como se afagasse o pescoço de um cachorro grande. — É um carro confiável. Os carros suecos dessa época até que são bem robustos. Só é preciso ficar de olho no sistema elétrico, mas a parte mecânica não apresenta nenhum problema. Além disso, sempre fizemos uma manutenção bem cuidadosa.

Kafuku assinou os documentos necessários e estava ouvindo a explicação sobre a conta quando a moça chegou. Tinha mais ou menos um metro e sessenta, não era gorda mas tinha ombros largos e corpo robusto. No lado direito da nuca havia uma mancha roxa ovalada do tamanho de uma azeitona grande, mas ela parecia não se incomodar em deixá-la à vista. Os cabelos negros e cheios estavam presos para trás, para não atrapalhar. Sob aquele ou qualquer ângulo, ela não poderia ser considerada bonita e, como dissera Ôba, não parecia nada simpática. Algumas marcas de espinha apareciam no rosto. Tinha olhos grandes, e por isso as pupilas pareciam ainda mais escuras, mas guardavam um ar de desconfiança. As orelhas eram largas e grandes, pareciam radares instalados em uma área remota. Usava uma jaqueta masculina com a estampa espinha de peixe, o tecido grosso demais para maio, calça de algodão marrom e tênis pretos Converse. Debaixo da jaqueta usava uma camiseta branca de manga comprida e seus seios eram relativamente grandes.

Ôba lhe apresentou Kafuku. Ela se chamava Watari. Misaki Watari.

— Misaki se escreve em *hiragana*.* Se o senhor precisar, posso preparar o currículo — disse ela, em um tom que poderia ser entendido como desafiador.

Kafuku balançou a cabeça.

— Por enquanto não preciso de currículo. Você consegue dirigir um carro com câmbio manual?

— Gosto de câmbio manual — disse ela friamente. Como uma vegetariana convicta a quem foi perguntado se conseguia comer alface.

— Como é um carro antigo, não tem GPS.

— Não precisa. Trabalhei com serviço de entregas por um tempo. Tenho o mapa do centro de Tóquio todo na cabeça.

— Então poderia dirigir aqui pelas redondezas, para fazermos um teste? Como o tempo está bom, vamos deixar a capota aberta.

— Para onde vamos?

Kafuku pensou um pouco. Estavam perto de Shinohashi.

— Vamos dobrar à direita no cruzamento Tengen-ji, deixar o carro no estacionamento subterrâneo do supermercado Meiji-ya e fazer algumas compras. Depois vamos subir a rampa no sentido do parque Arisugawa,

---

* Alfabeto fonético japonês. Em geral nomes de pessoas são grafados em ideogramas de origem chinesa, *kanji*, mas não é o caso de Misaki. (N. T.)

passar na frente da Embaixada da França e voltar para cá pela avenida Meiji.

— Entendi — disse ela. Nem confirmou o trajeto. Assim que recebeu de Ôba a chave do carro, ajustou rapidamente o banco e o retrovisor. Parecia saber onde ficavam todos os botões e alavancas, assim como suas funções. Pisou na embreagem e testou todas as marchas. Tirou o Ray-Ban verde do bolso da frente e o colocou no rosto. Em seguida, olhou para Kafuku e acenou de leve. Estava pronta.

— Fita cassete — disse ela, olhando para o aparelho de som, como se falasse sozinha.

— Gosto de fitas cassete — disse Kafuku. — São mais fáceis de manusear do que um CD, e posso treinar as minhas falas.

— Fazia tempo que eu não via um desses.

— Quando comecei a dirigir, a gente usava cartuchos Stereo 8 — disse Kafuku.

Misaki não falou nada, mas pela sua expressão parecia não saber o que era um Stereo 8.

Como garantira Ôba, Misaki era uma excelente motorista. Ela dirigia com suavidade e nunca fazia movimentos bruscos. As ruas estavam congestionadas, e o carro parou várias vezes no sinal vermelho, mas ela parecia tentar manter estável o giro do motor. Ele percebeu isso no olhar dela. Mas, quando Kafuku fechava os olhos, quase não notava as frequentes trocas de marcha. Só se prestasse atenção no barulho do motor é que via a diferença da relação de transmissão. Ela pisava no acelerador e no freio com cuidado e sutileza. O que o deixou mais satisfeito foi o fato de ela estar sempre calma ao dirigir. Parecia que ela ficava mais relaxada quando estava dirigindo. Sua expressão carrancuda se amenizava um pouco, e o olhar também ficava mais brando. Só que continuava calada. A não ser que ele fizesse perguntas, ela não abria a boca.

Mas isso não incomodou Kafuku. Ele também não gostava de conversar amenidades. Não achava desagradável falar de assuntos importantes com amigos de confiança, mas em outras circunstâncias preferia ficar calado. Ele se afundou no banco do passageiro e olhou distraidamente a paisagem urbana que passava pela janela. Para ele, que sempre estivera ao volante, o cenário visto desse ângulo trazia uma sensação nova.

Na congestionada avenida Gaien-Nishi, ele pediu que ela fizesse algumas balizas para ver como se saía, e todas foram feitas com precisão e destreza. Ela tinha uma intuição muito boa. Tinha bons reflexos, também. Quando o sinal demorava a abrir, ela fumava. Parecia gostar de Marlboro. Assim que o sinal abria, ela apagava o cigarro. Não fumava enquanto dirigia. No filtro, não havia marca de batom. Não tinha esmalte nas unhas e parecia que quase não usava maquiagem.

— Quero fazer algumas perguntas — disse Kafuku quando passavam pelo parque Arisugawa.

— Pode perguntar — respondeu Misaki Watari.

— Onde você aprendeu a dirigir?

— Cresci numa cidade no meio das montanhas de Hokkaidô. Dirijo desde os quinze anos. Lá não dava para viver sem carro. A cidade fica no meio de um vale onde quase não bate sol e as ruas ficam congeladas quase a metade do ano. Mesmo não querendo, a gente aprende a dirigir bem.

— Mas no meio das montanhas você não consegue treinar baliza.

Ela não respondeu a esse comentário. Devia ser uma observação estúpida que nem merecia resposta.

— O sr. Ôba explicou por que preciso de um motorista com urgência?

Misaki respondeu sem alterar o tom de voz enquanto olhava fixamente para a frente:

— O senhor é ator e está trabalhando em uma peça seis dias da semana. Costumava ir ao teatro de carro. Não gosta de pegar metrô nem táxi. Quer treinar as falas no carro. Mas recentemente provocou uma pequena colisão e teve a carteira de habilitação suspensa. Tinha bebido um pouco, além de ter problema de visão.

Kafuku assentiu com a cabeça. Teve a impressão de estar ouvindo a descrição do sonho de alguém.

— Quando fui ao oftalmologista indicado pela polícia, descobriram um sinal de glaucoma. Parece que tenho um ponto cego na visão, no canto direito. Até então nunca tinha me dado conta disso.

Como a quantidade de bebida alcoólica que havia consumido era pequena, foi possível resolver a questão discretamente. A imprensa nem ficou sabendo. Mas a sua agência não podia deixar passar o problema da visão. Se continuasse dirigindo, ele podia não enxergar o carro que se aproximava pelo ponto cego, vindo de trás pelo lado direito. A agência fora enfática: não dirija em hipótese alguma até que seus exames médicos mostrem alguma melhora.

— Sr. Kafuku — disse Misaki —, posso chamá--lo de sr. Kafuku? É o seu nome verdadeiro?

— É meu nome verdadeiro, sim — respondeu Kafuku. — Kafuku, "casa da riqueza", parece um nome que dá sorte, mas acho que não é bem assim. Não tenho nenhum parente que possa ser considerado rico.

Houve um silêncio. Em seguida, Kafuku informou o salário mensal que poderia oferecer a ela como motorista particular. Não era muito. Mas era o máximo que a sua agência podia pagar. Kafuku era relativamente bem conhecido, mas não era um ator acostumado a ser protagonista em filmes ou na TV, e o trabalho no teatro não era muito bem pago. Para atores do nível dele, era um luxo excepcional ter um motorista exclusivo, mesmo que por alguns meses.

— O seu horário de trabalho varia conforme o meu, mas por enquanto atuo principalmente no teatro, e quase não trabalho de manhã. Você pode dormir até a hora do almoço. Vou procurar voltar para casa o mais tardar até as onze da noite. Se precisar do carro mais tarde, pego um táxi. Vou tentar te dar um dia de folga por semana.

— Está bem — disse Misaki de forma seca.

— Acredito que o trabalho cm si não será muito pesado. Talvez o mais duro seja ficar me esperando sem fazer nada.

Misaki não respondeu. Permaneceu com os lábios cerrados. Como que dizendo que já passara por inúmeras experiências mais duras que essa.

— Não tem problema você fumar quando a capota estiver aberta. Mas não quando ela estiver fechada — disse Kafuku.

— Entendi.

— Você tem algum pedido para me fazer?

— Não. — Ela estreitou os olhos, inspirou devagar e diminuiu a marcha. Depois disse: — Gostei deste carro.

Os dois ficaram calados o resto do tempo. Voltando à oficina, Kafuku chamou Ôba para um canto e informou:

— Resolvi contratá-la.

A partir do dia seguinte, Misaki se tornou a motorista particular de Kafuku. Ela chegava ao apartamento dele em Ebisu às três e meia da tarde, tirava o Saab amarelo do estacionamento subterrâneo e o levava até o teatro em Ginza. A capota ficava aberta se não estivesse chovendo.

No trajeto de ida, Kafuku sempre treinava as suas falas no banco do passageiro, acompanhando a fita cassete. A peça era uma adaptação de *Tio Vânia*, de Anton Tchékhov, e se passava na era Meiji do Japáo. Ele interpretava o papel de tio Vânia. Tinha decorado perfeitamente todas as falas, mas mesmo assim, para se acalmar, precisava repeti-las diariamente. Esse era um hábito de muitos anos.

No trajeto de volta, costumava ouvir quartetos de cordas de Beethoven. Ele gostava de ouvir essas músicas porque elas não cansavam os ouvidos e eram adequadas para reflexóes ou para não pensar em absolutamente nada. Quando tinha vontade de ouvir músicas mais despretensiosas, colocava rock americano dos anos 1970. Beach Boys, Rascals, Creedence, Temptations. Músicas que fizeram sucesso quando Kafuku ainda era jovem. Misaki não opinava sobre as músicas que ele ouvia. Ele não sabia se ela gostava, se elas lhe causavam sofrimento ou se ela nem prestava atenção. Ela não demonstrava os seus sentimentos.

Em condições normais, Kafuku ficaria nervoso na presença de alguém e não conseguiria treinar as falas em voz alta, mas a presença de Misaki não o incomodava. Nesse sentido, Kafuku se sentiu grato por ela ser inexpressiva e pouco simpática. Por mais alto que ele repassasse a sua fala, ela agia como se não ouvisse nada. Ou talvez ela realmente não estivesse ouvindo nada mesmo. Ela sempre estava concentrada no volante. Ou estava imersa em um estado especial de zen proporcionado pelo ato de dirigir.

Kafuku não fazia a menor ideia do que Misaki sentia em relação a ele. Não sabia se ela simpatizava um pouco com ele, se ele não lhe despertava o menor interesse ou mesmo se ela o detestava, suportando-o apenas porque precisava do trabalho. Mas Kafuku não ligava muito para isso. Ele gostava do modo suave e seguro como ela dirigia, e gostava do jeito dela de falar o mínimo necessário e de não demonstrar os sentimentos.

Assim que a peça terminava, Kafuku tirava a maquiagem, trocava de roupa e deixava o teatro rapidamente. Não gostava de demorar. Praticamente não se relacionava com outros atores. Telefonava para Misaki do celular e pedia que o apanhasse na porta dos fundos. Quando ele saía, o Saab amarelo conversível o aguardava. E um pouco depois das dez e meia ele chegava ao seu apartamento em Ebisu. Essa rotina era repetida quase todos os dias.

Às vezes ele tinha outros trabalhos. Uma vez por semana gravava uma série em uma emissora de TV no centro de Tóquio. Era uma trama policial de pouca importância, mas a audiência era alta, e o salário também era bom. Ele fazia o papel de um vidente que ajudava a policial protagonista. Para interpretar bem o papel, várias vezes ele se disfarçou de vidente e foi às ruas ler a sorte das pessoas. Chegou a ficar famoso por acertar bastante. Assim que terminava a gravação na parte da tarde, ele ia correndo para o teatro de Ginza. Era o momento mais arriscado, pois podia perder o horário. Nos finais de semana, depois da apresentação da tarde, ele dava aula de interpretação à noite em uma escola de formação de atores. Gostava de ensinar aos jovens. Misaki o levava a todas essas atividades. Ela o levava de um lado para outro, conforme a programação, sem problemas, e Kafuku também foi se acostumando a andar no banco do passageiro do Saab conduzido por ela. Algumas vezes, até chegava a dormir profundamente.

Quando o clima esquentou um pouco, Misaki tirou a jaqueta masculina com estampa espinha de peixe e trocou por uma de tecido mais fino, de verão. Quando dirigia, ela sempre usava uma das jaquetas. Talvez fosse como um uniforme de motorista. Chegou a estação de chuvas, e a capota do carro ficava a maior parte do tempo fechada.

No banco do passageiro, Kafuku pensava muito na sua falecida esposa. Por alguma razão, desde que Misaki começara a dirigir o seu carro, ele se lembrava da esposa com frequência. Ela também era atriz, dois anos mais nova que ele e tinha um rosto bonito. Ele era considerado um *character actor*, "ator de gênero", e a maioria dos seus papéis era de coadjuvante excêntrico. Tinha o rosto fino e comprido, e já na juventude seus cabelos eram ralos. Não servia para ser protagonista. Ao contrário da esposa, uma bela atriz que recebia papéis e salários adequados a essa posição. Mas, com o tempo, ele passou a desfrutar de uma popularidade maior do que sua esposa, sendo reconhecido como um ator competente e com estilo único. Mesmo assim os dois valorizavam a posição um do outro, e a diferença de popularidade ou de salário nunca chegou a ser um problema.

Kafuku amava a esposa. Sentiu uma forte atração por ela logo que a conheceu (ele tinha vinte e nove anos) e o sentimento não mudou até ela morrer (ele já estava com quarenta e nove). Enquanto foram casados, nunca dormiu com outra mulher. Não por falta de oportunidade, mas não sentiu vontade nenhuma vez.

Entretanto, sua esposa dormia com outros homens de vez em quando. Kafuku ficou sabendo de quatro deles. Ela manteve relações sexuais regulares com ao menos quatro homens. É claro que sua esposa agia como se nada estivesse acontecendo, mas ele logo percebia que ela estava se entregando a outros homens, em outros lugares. Ele tinha uma intuição boa quando se tratava disso e, quando se ama profundamente uma mulher, mesmo não querendo, é possível perceber essas coisas. Pelo modo como ela falava, ele conseguia descobrir facilmente quem eram os homens. Eram sempre atores com quem ela contracenava nos filmes. Geralmente mais novos que ela. A relação durava os meses de gravação, e assim que a filmagem acabava a relação também chegava ao fim, naturalmente. Essa mesma sequência de fatos se repetiu quatro vezes.

Kafuku não conseguia entender direito por que ela tinha de dormir com outros homens. Até hoje ele não conseguia entender. Desde que se casaram, sempre tiveram uma boa relação tanto como marido e mulher quanto como companheiros do dia a dia. Quando tinham tempo, conversavam sobre vários assuntos de forma apaixonada e franca, e procuravam confiar um no outro. Na opinião dele, os dois se davam bem tanto espiritual como sexualmente. As pessoas próximas também achavam que os dois eram um modelo de casal feliz.

Por que ela dormia com outros homens mesmo assim? Ele deveria ter tomado coragem e perguntado quando ela ainda era viva, costumava pensar. Na verdade, chegara perto de fazer essa pergunta alguns meses antes de ela falecer. Afinal, o que você buscava neles? O que faltava em mim? Mas ele não conseguira expressar essa dúvida em palavras diante da esposa que lutava contra a morte e sofria com uma dor terrível. E ela desaparecera do mundo em que Kafuku vivia, sem dar nenhuma explicação. Perguntas por fazer e respostas não dadas. Ele pensava nisso enquanto recolhia em silêncio os ossos de sua esposa no crematório. Estava tão profundamente absorto que nem percebeu que alguém falava algo no seu ouvido.

Naturalmente, era doloroso para Kafuku imaginar sua esposa nos braços de outro. Não tinha como não ser doloroso. Quando ele fechava os olhos, várias imagens nítidas surgiam em sua mente e logo desapareciam. Não queria, mas não conseguia deixar de imaginar. A imaginação o dilacerava lentamente, sem piedade, como uma faca afiada. Chegava a pensar: como seria bom se eu não soubesse de nada. Mas não importava a circunstância, ele considerava que o conhecimento superava a ignorância, sempre; isso era uma premissa básica em sua vida. Por mais terrível que seja a dor, eu preciso *saber.* Afinal, somente através do saber as pessoas conseguem ser fortes.

Contudo, mais doloroso que imaginar a cena era fingir levar uma vida normal para que sua esposa não desconfiasse que ele sabia do seu segredo. Era como se ele precisasse manter sempre um sorriso tranquilo, mesmo que um sangue invisível escorresse de seu coração dilacerado. Resolver os diversos assuntos do cotidiano como se nada estivesse acontecendo, encarar diálogos casuais e fazer amor com ela na cama. Isso seria demais para qualquer pessoa comum, de carne e osso. Mas Kafuku era um ator profissional. Era seu trabalho afastar-se do próprio corpo e interpretar com perfeição o seu papel. E ele encenava dando o melhor de si. Apesar de não ter nenhuma plateia.

Fora isso — excluindo-se o fato de ela fazer amor com outros homens de vez em quando às escondidas —, era possível dizer que os dois levavam uma vida conjugal plena e sem intempéries. A vida profissional de ambos ia muito bem e eram estáveis financeiramente. Nos quase vinte anos de casados, eles fizeram sexo incontáveis vezes e, pelo menos por parte de Kafuku, a vida sexual deles era satisfatória. Depois que sua esposa falecera, pouco tempo após ser diagnosticada com câncer de útero, ele conhecera algumas mulheres com quem foi para a cama. Mas não conseguiu sentir a mesma alegria íntima que experimentava no sexo com sua esposa. Ele apenas tinha um leve déjà-vu como se rastreasse as experiências já vividas.

Como a sua agência precisava de um formulário oficial para o pagamento do salário de Misaki, Kafuku lhe pediu para escrever seu endereço, o local e a data de nascimento e o número da carteira de habilitação. Ela morava em um apartamento em Akabane, Kita-ku, o local de nascimento era Hokkaidô, cidade de Kamijûnitaki, e acabara de completar vinte e quatro anos. Kafuku não fazia a menor ideia em que altura de Hokkaidô ficava Kamijûnitaki, qual era o seu tamanho nem que tipo de pessoas morava ali. Mas o seu coração ficou preso ao fato de ela ter vinte e quatro anos de idade.

Kafuku e a esposa tiveram uma filha que viveu apenas três dias. Ela morrera na terceira noite de vida no berçário do hospital. O coração tinha parado de bater repentinamente, sem nenhum sinal prévio. Ao amanhecer, o bebê já estava morto. O médico lhes explicara que ela tinha um problema congênito na válvula cardíaca. Mas eles não tinham como verificar isso. E mesmo que descobrissem a verdadeira causa, a filha não voltaria a viver. Feliz ou infelizmente, eles ainda não tinham decidido o nome. Se ela estivesse viva, estaria com vinte e quatro anos. No aniversário de sua filha sem nome, Kafuku sempre rezava sozinho. E pensava na idade que ela teria caso estivesse viva.

A perda repentina da filha naturalmente provocou uma ferida profunda nos dois. O vazio que se seguiu foi pesado e escuro. Precisaram de muito tempo para se recuperar. Eles se trancaram em casa e passavam a maior parte do tempo calados. Se abrissem a boca, poderiam falar alguma besteira. Ela passou a beber muito vinho. Por um tempo ele ficou tão absorto em caligrafia chinesa que chegava a ser anormal. Ele sentia que sua mente clareava quando corria o pincel com tinta preta em uma folha muito alva e escrevia vários ideogramas.

Mas apoiando-se mutuamente, aos poucos eles conseguiram se recuperar da dor e superar essa fase difícil. Então passaram a se dedicar aos seus trabalhos ainda mais que antes. Eles se empenharam ávidos na criação de seus personagens. "Desculpe, mas não quero mais ter filhos" — ela disse, e ele concordou. Está bem, não vamos ter filhos. Vamos fazer como você quer.

Pelo que se lembra, foi a partir de então que sua esposa passou a ter relações extraconjugais. Talvez a perda da filha tenha despertado nela esse tipo de desejo. Mas isso não passava de uma suposição. *Talvez fosse uma das causas*, só isso.

— Posso fazer uma pergunta? — disse Misaki.

Kafuku estava olhando a paisagem à sua volta, pensativo, e fitou assustado o rosto dela. Fazia quase dois meses que passavam um bom tempo juntos dentro do carro, mas era muito raro que Misaki puxasse conversa.

— Claro — respondeu Kafuku.

— Por que o senhor virou ator?

— Quando eu estava na faculdade, minha namorada me convidou para fazer parte de um grupo estudantil de teatro. Não tinha interesse por teatro no começo. Na verdade, eu queria entrar no time de beisebol. Durante o colegial eu tinha sido o interbases oficial do time e tinha confiança no meu potencial para a defesa. Mas o nível do time de beisebol da minha faculdade era muito alto. Então entrei no grupo de teatro sem levar aquilo muito a sério, só para ver como era. Além disso, eu queria ficar junto dessa minha namorada. Mas, depois de um tempo, percebi aos poucos que me divertia interpretando. Encenando, conseguia ser outra pessoa. E, quando a peça acabava, conseguia voltar a ser eu mesmo. Era legal.

— É legal ser outra pessoa?

— Se souber que consigo voltar a ser eu mesmo, sim.

— Alguma vez pensou que não queria mais voltar a ser quem é?

Kafuku ficou pensativo. Era a primeira vez que alguém fazia essa pergunta. Eles estavam no meio de um congestionamento na Via Expressa Metropolitana de Tóquio e seguiam para a saída Takebashi.

— Mas não tem como ser outra pessoa — disse Kafuku.

Misaki não deu nenhuma opinião.

Os dois continuaram um tempo em silêncio. Kafuku tirou o boné de beisebol que usava, examinou o seu formato e colocou-o novamente na cabeça. Ao lado de um grande trailer com inúmeras rodas, o Saab conversível amarelo parecia muito frágil. Como se fosse um pequeno bote para turista flutuando ao lado de um navio-tanque.

— Talvez não seja da minha conta — Misaki disse depois de um tempo. — Mas posso fazer uma pergunta que está me incomodando?

— Pode — respondeu Kafuku.

— Por que o senhor não tem amigos?

Kafuku olhou curioso o perfil de Misaki. — Como você sabe que eu não tenho amigos?

Misaki deu de ombros de leve.

— Trabalhando como motorista por quase dois meses, dá para perceber.

Kafuku ficou observando com interesse os pneus gigantescos do trailer por um tempo. E disse:

— Já que você tocou no assunto, nunca tive alguém que pudesse chamar de amigo.

— Nem quando criança?

— Não, é claro que na infância, tive alguns amigos com quem me dava bem. Jogávamos beisebol e nadávamos juntos. Mas, depois de adulto, não tive muita vontade de ter amigos. Especialmente depois de me casar.

— Como tinha a sua esposa, o senhor não precisava muito de amigos?

— Talvez. Nós éramos bons amigos.

— Quantos anos o senhor tinha quando se casou?

— Trinta. Nós nos conhecemos quando trabalhamos em um mesmo filme. Ela era uma personagem importante, e eu só aparecia em algumas cenas.

O veículo avançava lentamente no congestionamento. Na Via Expressa Metropolitana, a capota ficava sempre fechada.

— Você não bebe nada de álcool? — perguntou Kafuku para mudar de assunto.

— Acho que o meu corpo não aceita álcool — disse Misaki. — Minha mãe vivia causando confusão por causa de bebida, e pode ser por causa disso também.

— Sua mãe ainda causa confusão?

Misaki balançou a cabeça algumas vezes.

— Minha mãe faleceu. Estava dirigindo bêbada, foi na direção errada, perdeu o controle, saiu da estrada e bateu em uma árvore. Ela morreu momentos depois. Eu tinha dezessete anos.

— Sinto muito — disse Kafuku.

— Ela mereceu — disse Misaki de forma seca. — Um dia isso teria acontecido. Mais cedo ou mais tarde.

Houve um momento de silêncio.

— E seu pai?

— Nem sei por onde anda. Ele saiu de casa quando eu tinha oito anos, e nunca mais o vi. Nem entrou em contato. Minha mãe sempre me culpou por isso.

— Por quê?

— Eu sou filha única. Minha mãe sempre dizia que se eu fosse mais delicada e bonita, meu pai não teria saído de casa. Que ele tinha me abandonado porque eu era feia de nascença.

— Você não é feia — disse Kafuku em voz tranquila. — Era coisa da cabeça da sua mãe.

Misaki deu de ombros de leve outra vez.

— No dia a dia ela não era assim, mas quando bebia, ficava insistente. Repetia várias vezes a mesma coisa. Essas palavras me machucavam. Não deveria, mas, para ser sincera, fiquei aliviada quando ela morreu.

Houve outro silêncio mais longo.

— Você tem amigos? — perguntou Kafuku.

Misaki balançou a cabeça.

— Não, não tenho.

— Por quê?

Ela não respondeu. Estreitou os olhos e permaneceu olhando para a frente.

Kafuku tentou dormir um pouco, mas não conseguiu. Ele sentia o carro parar e voltar a andar em curtos intervalos, e sempre que Misaki, cuidadosamente, trocava de marcha. O trailer da faixa ao lado ora ficava na frente, ora atrás do Saab, como uma sombra que não se pode evitar.

— Eu tive o meu último amigo quase dez anos atrás — disse Kafuku, desistindo de dormir e abrindo os olhos. — Talvez seja mais adequado dizer que ele era *quase* um amigo. Era seis ou sete anos mais novo que eu e até era simpático. Gostava de beber e conversávamos sobre vários assuntos enquanto bebíamos.

Misaki acenou de leve com a cabeça e aguardou. Kafuku hesitou um pouco, mas disse, decidido:

— Para falar a verdade, ele dormiu um tempo com a minha mulher. Ele não tinha ideia que eu sabia disso.

Misaki demorou um pouco para entender o que ele estava falando.

— O senhor está dizendo que ele fazia sexo com a sua esposa?

— É. Durante uns três ou quatro meses acho que ele fez sexo algumas vezes com a minha mulher.

— Como o senhor soube disso?

— Claro que ela escondia, mas eu simplesmente conseguia perceber. É uma longa história. Mas tenho certeza. Não é nenhuma suspeita infundada.

Enquanto o carro estava parado, Misaki ajustou o retrovisor com as mãos.

— O fato de ele estar dormindo com a sua esposa não foi um impedimento para o senhor ser amigo dele?

— Foi exatamente o contrário — disse Kafuku. — Eu me tornei amigo dele porque minha mulher dormia com ele.

Misaki permaneceu calada. Aguardava a explicação.

— Como posso dizer... Eu queria entender. Por que minha mulher passou a dormir com ele? Por que tinha de dormir com ele? Pelo menos esse foi o motivo inicial.

Misaki respirou fundo. O peito levantou devagar debaixo da jaqueta e desceu em seguida.

— Isso não foi doloroso para o senhor? Beber e conversar com um homem que o senhor sabia que dormia com sua esposa...

— Claro que foi — respondeu Kafuku. — A gente acaba imaginando coisas que nem quer imaginar. Acaba se lembrando de coisas que nem quer se lembrar. Mas eu interpretava o papel. Afinal, esse é o meu trabalho.

— Transformar-se em outra pessoa — disse Misaki.

— Exatamente.

— E voltar à sua personalidade original.

— Isso mesmo — disse Kafuku. — A gente acaba voltando, mesmo não querendo. Mas, quando volta, a posição está um pouco diferente de antes. Essa é a regra. Nunca volta a ser exatamente como era antes.

Começou a cair uma chuva fina e Misaki ligou o limpador de para-brisas.

— E o senhor conseguiu entender por que sua esposa dormia com ele?

Kafuku balançou a cabeça.

— Não, não consegui. Acho que havia algumas características que ele tinha e eu não. Ou melhor, acho que havia *muitas*. Mas não sei exatamente quais atraíram a minha mulher. Afinal, nós não conversávamos em um nível tão objetivo. O relacionamento entre pessoas, especialmente entre homem e mulher, como posso dizer, envolve questões mais abrangentes. É mais ambíguo, mais obstinado e mais doloroso.

Misaki pensou um tempo a respeito. E então disse:

— Mas, mesmo não entendendo, o senhor continuou sendo amigo dele?

Kafuku tirou novamente o boné de beisebol e o acomodou no colo. Passou a mão sobre ele.

— Como posso dizer... Quando a gente começa a atuar seriamente, é difícil encontrar uma oportunidade para interromper a interpretação. Por mais que seja psicologicamente doloroso, não conseguimos interromper o fluxo até que o significado da atuação ganhe uma forma apropriada. Assim como a música não pode ser finalizada corretamente enquanto não atingir um acorde determinado... Você entende o que estou dizendo?

Misaki pegou um Marlboro do maço e o colocou na boca, mas não acendeu. Ela nunca fumava quando a capota do carro estava fechada. Apenas o colocava na boca.

— Durante esse período de amizade, ele dormia com sua esposa?

— Não, não dormia — disse Kafuku. — Se chegasse a esse ponto, como posso dizer... Ficaria artificial demais. Eu me tornei amigo dele depois que minha mulher tinha falecido.

— Ele chegou a ser *verdadeiramente* seu amigo? Ou era tudo encenação?

Kafuku pensou a respeito.

— Os dois. Nem eu sabia mais a fronteira entre as duas coisas. Afinal, é isso que acontece quando você se entrega de verdade a um papel.

Kafuku sentiu certa simpatia por ele desde o primeiro encontro. Ele se chamava Takatsuki, era alto e elegante, ou seja, era considerado um galã. Tinha quarenta e poucos anos e não se destacava como ator. Tampouco tinha um estilo próprio. Interpretava apenas papéis limitados. Geralmente de homens de meia-idade, simpáticos e agradáveis. Estava sempre sorridente, mas de vez em quando transparecia certa melancolia em seu rosto. Era muito popular entre as mulheres mais velhas. Kafuku o encontrou na sala de espera da emissora de TV por acaso. Seis meses depois da morte de sua esposa, Takatsuki veio até ele, se apresentou e lhe ofereceu condolências. Ele disse com uma expressão séria: Uma vez, trabalhei com sua esposa em um filme. Ela me ajudou bastante. Kafuku lhe agradeceu. Até onde ele sabia, na lista cronológica de amantes de sua esposa, ele havia sido o último. Um pouco depois de terminar a relação com Takatsuki, ela se submeteu ao exame médico em que foi descoberto o câncer de útero em estado bem avançado.

— Eu tenho um pedido a fazer — disparou Kafuku depois dos cumprimentos iniciais.

— Pode falar.

— Se não se importar, poderia me dar alguns minutos? Gostaria de falar sobre as lembranças da minha esposa, quem sabe bebendo. Ela falava muito de você.

Takatsuki pareceu surpreso com o pedido inesperado. Talvez chocado fosse o termo mais adequado. Ele franziu levemente as belas sobrancelhas e examinou com cuidado o rosto de Kafuku. Como se procurasse alguma motivação oculta. Mas ele não percebeu nenhuma intenção especial. Kafuku demonstrava uma sóbria serenidade, como um homem que acabara de perder a esposa de muitos anos. Como a superfície de um lago cuja ondulação circular se propagara e desaparecera.

— Eu só queria alguém com quem pudesse falar sobre a minha esposa — Kafuku acrescentou. — Para ser sincero, às vezes é muito duro ficar em casa sozinho. Eu sei que deve ser incômodo para você.

Ouvindo essas palavras, Takatsuki pareceu ter ficado mais aliviado. Pelo menos não percebeu nenhuma suspeita por parte de Kafuku.

— Não, não é nenhum incômodo. Posso arranjar um tempo para isso com prazer. Se não se importar em conversar comigo, que sou um interlocutor chato — assim dizendo, ele esboçou um leve sorriso. Formaram-se rugas nos cantos dos olhos que lhe conferiam um ar generoso. Era um sorriso bem charmoso. Se eu fosse uma mulher de meia-idade, certamente ficaria enrubescida, Kafuku pensou.

Com rapidez, Takatsuki repassou mentalmente a sua agenda.

— Amanhã à noite estou livre; tudo bem para você?

Kafuku disse que ele também estaria livre. E ficou impressionado por ser fácil perceber os sentimentos dele. Teve a impressão de que, ao fitar fixamente seus olhos, conseguiria enxergar o que estava por trás. Não havia nenhum pingo de malícia. Não era o tipo que abria um buraco fundo na calada da noite para esperar alguém cair nele. E portanto não era provável que se tornasse um grande ator.

— Onde podemos nos encontrar? — perguntou Takatsuki.

— Você pode escolher. Posso encontrar você onde preferir — disse Kafuku.

Takatsuki falou o nome de um bar famoso de Ginza. Acrescentou que, se reservassem uma mesa mais afastada, poderiam conversar sem medo de que alguém os ouvisse. Kafuku sabia onde ficava o bar. Em seguida, eles se despediram apertando as mãos. A mão de Takatsuki era macia, e os dedos, finos e longos. A mão estava quente e parecia levemente suada. Talvez fosse por causa do nervosismo.

Depois que Takatsuki se foi, Kafuku se sentou na cadeira da sala de espera e observou fixamente a própria mão aberta que usara para cumprimentá-lo. Nela, a sensação do toque de Takatsuki estava vívida. *Aquela mão, aqueles dedos acariciaram o corpo nu da minha mulher*, Kafuku pensou. Observou demoradamente a própria mão, de ponta a ponta. Em seguida, fechou os olhos e soltou um longo e profundo suspiro. Afinal, o que estou tentando fazer?, pensou. De qualquer forma, era algo que ele não podia deixar de fazer.

Enquanto bebia um uísque single malt na mesa mais afastada do bar, Kafuku entendeu uma coisa: Takatsuki ainda parecia sentir uma forte atração por sua falecida esposa. Aparentemente ele ainda não conseguira aceitar direito a morte dela, e que o corpo houvesse sido cremado, restando apenas ossos e cinzas. Kafuku conseguia compreender esse sentimento. Quando falava das lembranças que tinha dela, algumas vezes os olhos de Takatsuki chegavam a se encher de lágrimas. Vendo-

-o assim, Kafuku sentia vontade de lhe estender a mão. Aquele homem não conseguia esconder direito os próprios sentimentos. Teve a impressão de que, se provocasse um pouco, ele logo acabaria confessando tudo.

Pelo modo como ele falava, parecia ter sido sua esposa quem decidira terminar a relação. Provavelmente ela lhe dissera: "Acho melhor não nos vermos mais". E de fato não quis mais vê-lo. Ela costumava manter a relação extraconjugal por alguns meses e, em determinado momento, a terminava definitivamente. Não ficava no chove não molha. Até onde ele sabia, era dessa forma que costumavam ser os seus casos (se é que podem ser chamados assim). Mas parecia que Takatsuki não estava disposto a aceitar o término da relação com tanta facilidade. Ele provavelmente buscara algo mais duradouro com ela.

Na última fase do câncer, quando ela já estava na ala de pacientes terminais do hospital de Tóquio, Takatsuki entrara em contato pedindo para lhe fazer uma visita, mas ela se recusou a recebê-lo. Desde que se internara, ela não se encontrava com quase ninguém. Fora os funcionários do hospital, somente a mãe e a irmã mais nova, além de Kafuku, estavam autorizadas a entrar no quarto. Takatsuki parecia lamentar o fato de não lhe ter feito nenhuma visita depois que ela adoecera. Ele soubera que ela estava com câncer somente algumas semanas antes de ela falecer. Para ele foi algo inesperado, e até hoje não conseguia aceitar direito esse fato. Kafuku era capaz de compreender esse sentimento. Mas, naturalmente, os sentimentos dos dois não eram exatamente iguais. No final da vida de sua esposa, Kafuku a vira completamente abatida e, depois, reunira seus ossos muito alvos no crematório. Havia passado por uma fase de aceitação. Isso fazia uma grande diferença.

Até parece que sou eu quem está consolando esse homem, Kafuku pensou enquanto trocavam recordações da esposa. O que ela acharia se visse uma cena assim? Quando pensava nisso, Kafuku era tomado por uma sensação curiosa. Mas provavelmente a pessoa morta não pensa em nada e não sente nada. Do ponto de vista de Kafuku, essa era uma das vantagens de morrer.

Ele descobriu mais uma coisa: Takatsuki tinha tendência a beber muito. Por causa do seu trabalho, Kafuku tinha visto muitas pessoas que bebiam (por que será que os atores bebem tanto?), e sob nenhum ponto de vista Takatsuki podia ser considerado um saudável apreciador de bebida. Aos olhos de Kafuku, as pessoas que bebem podiam ser divididas em dois grupos: as que precisam beber para acrescentar algo a si e as que precisam beber para remover algo de si. Takatsuki pertencia claramente ao segundo grupo.

Kafuku não sabia do que ele queria se livrar. Talvez fosse a fraqueza do seu caráter ou a ferida no coração que sofrera no passado. Ou talvez o problema complicado que enfrentava hoje. Talvez tudo isso. De qualquer forma, ele possuía algo que queria esquecer tanto quanto fosse possível, e para esquecê-lo ou para amenizar a dor causada por ele, não conseguia ficar sem beber. Enquanto Kafuku tomava um copo, Takatsuki tomava dois copos e meio da mesma bebida. Ele bebia muito rápido.

Ou talvez bebesse rápido por causa da tensão emocional. Afinal, estava de frente para o marido da mulher com quem ele tivera um caso até um tempo atrás. O estranho seria não ficar nervoso. Mas não deve ser só isso, Kafuku pensou. Ele deve ser uma pessoa que só consegue beber desse jeito.

Enquanto o observava, Kafuku bebia com cautela, mantendo o próprio ritmo. Depois de tomarem alguns copos, quando Takatsuki estava um pouco mais relaxado, Kafuku lhe perguntou se era casado. Ele respondeu: faz dez anos que estou casado e tenho um filho de sete anos. Mas por coisas da vida não moro com a minha esposa desde o ano passado. Devo me separar em breve, e nessa hora o grande problema será a guarda do nosso filho. Tenho de evitar a todo custo um acordo que não me permita vê-lo quando quiser. Ele é indispensável para mim. Takatsuki lhe mostrou a foto do menino. Tinha um rosto bonito e parecia tranquilo.

Como a maioria das pessoas que costumam beber muito, ele soltava a língua quando bebia. Mesmo que não fosse solicitado, ele tomava a iniciativa de entrar em assuntos que poderiam ser considerados inconvenientes. Kafuku geralmente o ouvia, pontuava a conversa com interjeições calorosas e, quando achava pertinente, escolhia palavras para consolá-lo. Procurou reunir um bom número de informações sobre Takatsuki e agiu como se realmente simpatizasse com ele. Não era difícil. Kafuku era um bom ouvinte por natureza, e simpatizava *de verdade* com Takatsuki. Além disso, os dois tinham um importante ponto em comum. Continuavam atraídos por uma bela mulher que já falecera. Embora a posição deles fosse diferente, nenhum dos dois conseguia preencher esse vazio. Por isso tinham assuntos em comum.

— Se não for inconveniente para você, podemos nos encontrar de novo? Foi bom ter conversado com você. Fazia tempo que não me sentia assim — disse Kafuku, na despedida. Kafuku havia pagado a conta com antecedência. Parecia que nem tinha passado pela cabeça de Takatsuki que alguém tinha de pagar a conta. O álcool o fazia esquecer muitas coisas. Provavelmente algumas coisas importantes.

— Claro — disse Takatsuki levantando o rosto do copo. — Eu também gostaria de encontrá-lo outra vez. Conversando com você, acho que tirei algumas coisas que estavam entaladas no meu peito.

— O nosso encontro foi uma obra do destino — disse Kafuku. — Talvez a minha falecida esposa tenha feito com que nos encontrássemos.

Essas palavras eram verdadeiras, em certo sentido. Eles trocaram os números de celular. E se despediram apertando as mãos.

Assim, tornaram-se amigos. Eram companheiros de bebedeira que se davam bem. Telefonavam-se para marcar encontros e bebiam em bares espalhados pelo centro de Tóquio enquanto falavam de assuntos aleatórios. Nenhuma vez jantaram juntos. Iam sempre a um bar. Kafuku só via Takatsuki comer petiscos leves, mais nada. Chegou a pensar: esse homem quase nunca faz uma refeição completa. A não ser por um pouco de cerveja que tomava de vez em quando, só pedia uísque. Gostava de single malt.

Eles falavam de diversas coisas, mas sempre acabavam chegando ao assunto da falecida esposa de Kafuku. Quando ele contava os episódios de quando ela ainda era jovem, Takatsuki ouvia com atenção e com fisionomia séria. Como se colecionasse e administrasse a memória de outras pessoas. Quando se deu conta, Kafuku também estava gostando dessas conversas.

Numa noite eles estavam bebendo em um pequeno bar de Aoyama. Era um local escondido que ficava no fundo de um beco atrás do museu Nezu. O barman era um homem calado de cerca de quarenta anos, e na prateleira do canto um gato magro e cinza dormia enrodilhado. Parecia um gato sem dono da vizinhança que sempre estava lá. Um velho disco de jazz girava na vitrola. Eles gostavam desse ambiente e já tinham ido lá algumas vezes. Por alguma razão, quando os dois se encontravam, geralmente chovia. Nesse dia também caía uma chuva fina.

— Ela realmente era uma mulher encantadora — disse Takatsuki, olhando suas mãos postas sobre a mesa. Elas eram bonitas para um homem de meia-idade. Não havia nenhuma ruga visível e as unhas eram bem cuidadas. — Você devia ser muito feliz sendo casado com uma mulher como ela, vivendo junto com ela.

— Sim — disse Kafuku. — Você tem razão. Acho que eu realmente era feliz. Mas, justamente por ser feliz, às vezes era doloroso.

— Em que situação, por exemplo?

Kafuku ergueu o copo de uísque e girou o grande cubo de gelo.

— Existia a possibilidade de perdê-la um dia. Só de pensar nisso, o meu coração doía.

— Entendo muito bem como se sentia — disse Takatsuki.

— Como assim?

— Quer dizer... — Takatsuki mediu as palavras. — Perder uma mulher encantadora como ela.

— Em termos gerais?

— É — disse Takatsuki. E meneou a cabeça algumas vezes como se tentasse se convencer. — Mas só posso imaginar como seria.

Kafuku permaneceu um tempo calado. Estendeu o silêncio o mais que pôde, até o limite máximo. E disse:

— Mas, no final das contas, eu acabei a perdendo. Eu a perdia aos poucos desde quando ela era viva, e no final a perdi por completo. Como a terra que é desgastada pela erosão até que vem uma onda enorme e arranca tudo pela raiz... Você entende o que eu quero dizer?

— Acho que sim.

Não, você não entende, pensou Kafuku.

— O que está sendo mais difícil para mim — disse Kafuku — é que eu não a entendia *de verdade*. Provavelmente não entendia uma parte importante dela. E, agora que ela está morta, nunca vou entendê-la. Como se fosse um pequeno e pesado cofre que está no fundo do mar. Quando penso nisso, meu coração fica apertado.

Takatsuki pensou um tempo a respeito. E disse:

— Mas será que nós conseguimos compreender alguém por completo? Mesmo que amemos esse alguém profundamente?

Kafuku disse: — Nós vivemos juntos por quase vinte anos, e eu achava que formávamos um belo casal. Ao mesmo tempo, éramos amigos que confiavam um no outro, que contavam tudo um ao outro com sinceridade. Pelo menos era isso que eu pensava. Mas talvez eu estivesse errado. Como posso dizer... Talvez eu tivesse um ponto cego fatal.

— Ponto cego — disse Takatsuki.

— Talvez algo importante de dentro dela tenha passado despercebido aos meus olhos. Não, mesmo que os meus olhos estivessem vendo, talvez não estivessem enxergando *de verdade*.

Takatsuki ficou um tempo mordendo os lábios. Depois terminou o copo num gole e pediu mais uma dose ao barman.

— Entendo como se sente — disse Takatsuki.

Kafuku o fitou nos olhos. Por um tempo ele encarou Kafuku, depois desviou o olhar.

— Você entende? Como assim? — perguntou Kafuku calmamente.

O barman trouxe outro copo de uísque com gelo e trocou os porta-copos molhados por novos. Enquanto isso, os dois permaneceram calados.

— Você entende? Como assim? — Kafuku perguntou novamente quando o barman saiu.

Takatsuki estava pensativo. Algo dentro dos seus olhos tremeu de leve. Ele está confuso, Kafuku supôs. Está lutando veementemente contra o desejo de revelar algo neste momento. Mas acabou acalmando o tremor interno, ainda que com dificuldade. Disse:

— Acho que nunca podemos entender perfeitamente o que uma mulher está pensando. É isso que eu quero dizer. Independentemente de quem seja essa mulher. Por isso tenho a impressão de que o ponto cego não é só seu. Se for mesmo um ponto cego, todos nós vivemos carregando um ponto cego parecido. Acho melhor você não se culpar tanto.

Kafuku pensou um tempo sobre as palavras dele. Então disse:

— Mas isso é uma generalização.

— Exatamente — Takatsuki admitiu.

— Agora estou falando da minha falecida mulher e de mim. Não quero que você generalize assim tão superficialmente.

Takatsuki ficou calado por um bom tempo.

— Até onde sei, sua esposa era encantadora. Naturalmente o que eu sei dela não chega nem a um centésimo do que você sabe. Mesmo assim eu tenho essa convicção sobre ela. Seja como for, você precisa agradecer por ter tido a chance de viver vinte anos com uma mulher tão maravilhosa. É o que eu penso do fundo do coração. Mas, por mais que um casal compreenda um ao outro, por mais que se amem, não é possível esquadrinhar completamente o coração do outro. Se desejar isso, é a gente que acaba sofrendo. Mas, quando tratamos do nosso próprio coração, podemos esquadrinhá-lo por completo se nos esforçarmos. O que devemos fazer, em última análise, é chegar a um acordo com o nosso próprio coração, sendo sincero com ele. Se quisermos *realmente* ver a outra pessoa, não temos outra opção a não ser vermos completa e profundamente a nós mesmos. É isso que eu penso.

Parecia que essas palavras haviam surgido de algum lugar profundo e especial de Takatsuki. Talvez tenha sido por um breve momento, mas a porta escondida fora aberta. As palavras dele soaram límpidas e sinceras. Estava claro que não era uma encenação. Ele não era capaz de atuar dessa maneira. Kafuku olhou nos olhos dele sem dizer nada. Dessa vez, Takatsuki não desviou o olhar. Eles ficaram se observando fixamente por um longo tempo. E reconheceram nas pupilas um do outro um brilho parecido com o de uma estrela remota.

Os dois se despediram com um aperto de mão. Quando saíram do bar, caía uma chuva fina. Takatsuki desapareceu caminhando na chuva com a capa bege sem ao menos abrir um guarda-chuva, e Kafuku ficou ali, observando por um tempo a sua mão direita, como de costume. E pensou: *aquela mão* acariciou o corpo nu da minha mulher.

Mas, mesmo pensando isso, nesse dia ele não foi tomado por sentimentos asfixiantes. Essas coisas acontecem, foi só o que lhe ocorreu. Certamente, essas coisas acontecem. Afinal, não passa de algo carnal, um corpo: Kafuku tentou se convencer. Aquilo que acaba se reduzindo a pequenos ossos e cinzas. Com certeza existem coisas mais importantes.

Se for mesmo um ponto cego, todos nós vivemos carregando um ponto cego parecido. Essas palavras permaneceram por um bom tempo nos ouvidos de Kafuku.

— O senhor e ele foram amigos por muito tempo? — Misaki perguntou olhando a fileira de carros à sua frente.

— Fomos amigos por quase seis meses; nos encontrávamos em algum bar umas duas vezes por mês e bebíamos juntos — disse Kafuku. — E depois parei de sair com ele. Quando ele me ligava, eu ignorava. Nunca ligava de volta. Até que ele parou de me telefonar.

— Ele deve ter achado estranho.

— Acho que sim.

— Talvez tenha ficado magoado.

— Talvez.

— Por que parou de sair com ele de repente?

— Porque não tinha mais necessidade de encenar.

— Como não tinha mais necessidade de encenar, não precisava mais ser amigo dele?

— Essa era uma das razões — disse Kafuku. — Mas não era só isso.

— Qual era a outra razão?

Kafuku permaneceu em silêncio por um bom tempo. Com o cigarro apagado na boca, Misaki olhou o rosto dele de relance.

— Se quiser fumar, pode fumar — disse Kafuku.

— O quê?

— Pode acender o cigarro.

— O teto está fechado.

— Não tem problema.

Misaki abaixou o vidro e acendeu o Marlboro no isqueiro do carro. Em seguida inspirou bem fundo e estreitou os olhos, com prazer. Segurou a fumaça nos pulmões por um tempo e depois a expeliu devagar pela janela.

— Isso vai lhe custar a vida — disse Kafuku.

— Se for pensar assim, o próprio fato de viver já está me custando a vida — disse Misaki.

Kafuku riu.

— É um ponto de vista.

— É a primeira vez que vejo o senhor rir — disse Misaki.

Talvez ela tenha razão, Kafuku pensou. Talvez fizesse muito tempo que não ria sem ser no palco.

— Faz tempo que queria te falar uma coisa — ele disse. — Observando você de perto, vejo que é muito bonita. Você não é nem um pouco feia.

— Obrigada. Eu também não me acho feia. Só não sou muito bonita. Como a Sonia.

Kafuku olhou Misaki um pouco assustado.

— Você leu *Tio Vânia*?

— Depois de ouvir todos os dias pedaços das suas falas fora de ordem, fiquei curiosa para saber o enredo. Eu também tenho curiosidade — disse Misaki. — "Oh, como é terrível não ser bonita! Como é terrível! Pois sei que não sou bonita, eu sei, eu sei..." É uma peça triste.

— É uma história cheia de desesperança — disse Kafuku. — "Estou com quarenta e sete anos; se, digamos, chegar até os sessenta, ainda me restam treze. É muito! De que modo vou viver esses treze anos? O que vou fazer, com que vou me ocupar?" As pessoas dessa época morriam com mais ou menos sessenta anos. Talvez tenha sido bom que tio Vânia não tenha nascido na nossa época.

— Eu dei uma pesquisada, o senhor nasceu no mesmo ano que o meu pai.

Kafuku não respondeu. Apanhou algumas fitas cassete e viu na etiqueta os nomes das músicas. Mas não colocou nenhuma para tocar. Misaki segurava o cigarro aceso na mão esquerda, fora da janela. Os carros avançavam lentamente, e o único momento em que ela colocava o cigarro na boca era quando mudava a marcha, para usar as duas mãos.

— Para falar a verdade, pensava em castigar esse homem de alguma forma — disse Kafuku como se fizesse uma confissão. — O homem que dormia com minha mulher.

Em seguida ele devolveu as fitas cassete ao lugar delas.

— Castigar?

— Pensava em lhe dar uma lição. Queria distraí-lo fingindo ser amigo dele, encontrar algum ponto fraco e lhe dar um golpe.

Misaki franziu as sobrancelhas e pensou no significado disso.

— Ponto fraco? Como assim?

— Não sabia direito. Mas, quando ele bebia, baixava a guarda e com certeza eu conseguiria descobrir alguma fraqueza dele. Com isso nas mãos, não seria muito difícil envolvê-lo em um escândalo; provocar uma confusão que arruinasse a reputação dele. Se isso acontecesse mesmo, ele não conseguiria a guarda do filho no caso do divórcio, o que seria insuportável para ele. Provavelmente não conseguiria se reerguer.

— Que cruel.

— É, é uma ideia cruel.

— Como ele havia dormido com sua esposa, o senhor queria se vingar dele?

— Não é bem vingança — disse Kafuku. — Mas eu não conseguia me esquecer desse fato. De jeito nenhum. Eu me esforcei muito para esquecer. Mas foi em vão. A imagem da minha mulher nos braços de outro homem não me saía da cabeça. Essa cena sempre voltava. Como se uma alma que não tinha para onde ir estivesse grudada no canto do teto, sempre me vigiando. Depois da morte da minha mulher, eu achava que esse sentimento desapareceria com o tempo. Mas não. Parece até que ficou mais forte. Precisava dar um jeito no que sentia. Para isso, eu precisava eliminar algo que era como uma ira que tinha dentro de mim.

Afinal, por que estou falando isso para essa moça de Kamijûnitaki, Hokkaidô, que tem idade para ser minha filha?, Kafuku pensou. Mas ele não conseguiu interromper o assunto, agora que já havia começado.

— Por isso tentou castigá-lo — a moça disse.

— É.

— Mas não chegou a fazer nada?

— Não, não fiz — disse Kafuku.

Misaki pareceu ter ficado um pouco aliviada. Deu um suspiro leve e curto, depois jogou o cigarro aceso pela janela. Os moradores de Kamijûnitaki devem ter esse hábito.

— Não consigo explicar direito, mas chegou uma hora em que, subitamente, muitas coisas perderam a importância para mim. Como se o que me possuía tivesse se afastado de repente — disse Kafuku. — Já não sentia mais ira. Ou talvez não fosse ira o que eu sentia, mas algo diferente.

— Mas com certeza foi melhor para o senhor ter acabado assim. Sem ninguém sair machucado.

— Eu também acho.

— Mas o senhor ainda não entendeu por que a sua esposa fazia sexo com ele, por que *tinha de ser com ele*?

— Não, acho que ainda não entendi. Ainda tenho essa dúvida. Ele era uma pessoa boa e não tinha segundas intenções. Parece que realmente amava minha mulher. Não dormia com ela por mera diversão. A morte dela lhe deu um choque profundo. O fato de ela ter recusado a visita dele antes de morrer também o magoara. Não tinha como não sentir simpatia por ele, e até pensei que ele poderia vir a ser um verdadeiro amigo.

Kafuku parou de falar e acompanhou o fluir do seu coração. Procurou palavras mais próximas da verdade.

— Mas, falando claramente, ele não era *grande coisa*. Claro que era uma boa pessoa. Era bonito e tinha um sorriso encantador. E pelo menos não era alguém que vivia só de aparências. Mas não era alguém que se destacava. Era sincero, mas não tinha profundidade. Carregava uma fraqueza, além de ser um ator de segunda categoria. Em contrapartida, minha mulher tinha personalidade forte e profundidade. Ela pensava demoradamente sobre as coisas. Mesmo assim, por que foi atraída por um homem *insignificante* e caiu em seus braços? Essa dúvida ainda espeta o meu coração como um espinho.

— Em certo sentido, o senhor sente como se fosse um insulto à sua pessoa. É isso?

Kafuku pensou um pouco e admitiu com sinceridade. — Talvez sim.

— Quem sabe sua esposa nem sentisse atração por ele — Misaki disse sucinta. — E exatamente por isso tenha dormido com ele.

Kafuku apenas observava o perfil de Misaki como se visse uma paisagem distante. Ela ligou o limpador de para-brisas, que passou a oscilar rapidamente para remover as gotas d'água. O par de palhetas novas produziu um chiado agudo, como gêmeos reclamando.

— As mulheres fazem isso de vez em quando — Misaki acrescentou.

Kafuku não conseguiu pensar em nada para dizer. Por isso permaneceu calado.

— É como se fosse uma doença, sr. Kafuku. Não adianta nada pensarmos nela. O meu pai nos abandonou, a minha mãe me magoava profundamente por causa disso... Não adianta pensar de modo racional nessa doença. Nós mesmos temos de dar um jeito nela, engoli-la e simplesmente nos virar.

— E todos nós interpretamos um papel — disse Kafuku.

— Acho que sim. Em maior ou menor grau.

Kafuku se afundou no banco de couro, fechou os olhos e, concentrando sua atenção, procurou sentir o momento em que ela trocava a marcha. Mas era mesmo impossível. Era tudo muito suave e misterioso. Somente o ruído da rotação do motor que chegava aos seus ouvidos mudava levemente. Como o bater das asas de um inseto que vai e vem. O ruído se aproximava e se distanciava.

Kafuku pensou em dormir um pouco. Dormiria profundamente por um tempo e acordaria. Dez ou quinze minutos, algo assim. Em seguida voltaria ao palco para atuar. Debaixo dos holofotes, declamaria as falas determinadas. Receberia aplausos e a cortina se baixaria. Por um momento, se afastaria de si mesmo, e voltaria. Mas, para ser exato, não voltaria ao mesmo lugar de antes.

— Vou dormir um pouco — disse Kafuku.

Misaki não respondeu. Continuou dirigindo sem dizer nada. Kafuku ficou grato pelo silêncio.

Yesterday

Até onde eu sei, só há uma pessoa no mundo, Kitaru, que inventou uma letra para a música "Yesterday", dos Beatles, em japonês (ainda mais no dialeto de Kansai). Quando tomava banho, ele costumava cantar essa música em voz alta.

Ontem é o anteontem de amanhã
E o amanhã de anteontem.

Lembro que o início era mais ou menos assim, mas, como já faz tanto tempo, não tenho muita certeza se era isso mesmo. De qualquer forma, essa letra não tinha nada a ver com a original, do início ao fim não fazia sentido algum, era um disparate. A bela melodia, familiar e melancólica, junto com o som do dialeto de Kansai, um tanto descontraído e nada comovente, criava uma estranha combinação que não servia para nada. Pelo menos aos meus ouvidos. Eu podia simplesmente ter dado uma gargalhada ou tentado identificar alguma informação oculta. Mas naquele momento eu apenas escutava a música, perplexo.

Kitaru falava quase perfeitamente um dialeto de Kansai, mas ele nascera e crescera em Denenchôfu, Ôta, Tóquio. Eu tinha nascido e crescido em Kansai, mas falava quase perfeitamente o japonês-padrão (de Tóquio).

Pensando dessa forma, talvez a nossa combinação fosse bem excêntrica.

Conheci-o no salão de chá perto do portão principal da Universidade de Waseda, onde eu fazia trabalho temporário. Eu trabalhava na cozinha, e Kitaru era garçom. Costumávamos conversar nas horas de folga. Estávamos com vinte anos, e a nossa diferença de idade era de apenas uma semana.

— Kitaru é um sobrenome raro, né? — eu disse.

— É, é bem raro — ele respondeu.

— No Chiba Lotte Marines tinha um arremessador com esse sobrenome.

— Ah, ele não tem relação com a gente. Mas, como é um sobrenome bem raro, talvez a gente seja parente distante.

Nessa época eu estava no segundo ano da Faculdade de Letras da Universidade de Waseda. Ele frequentava um cursinho no bairro e se preparava para o vestibular. Apesar de estar no segundo ano de cursinho, ele não parecia estudar para a prova com afinco. Quando tinha tempo, só lia livros que não tinham nada a ver com o vestibular: uma biografia de Jimi Hendrix, um livro de problemas de xadrez, *De onde surgiu o Universo* e outros mais. Ele disse que morava com os pais em Ôta.

— Com os pais? — eu disse. — Jurava que você era de Kansai.

— Não, não. Nasci e cresci em Denenchôfu.

Fiquei bem confuso.

— Então por que você fala o dialeto de Kansai? — perguntei.

— Eu estudei depois de crescido. Tive muita força de vontade.

— Estudou depois de crescido?

— É, me matei de estudar. Aprendi a conjugação dos verbos, o vocabulário e a entonação. O princípio é o mesmo de quem estuda inglês ou francês. Viajei algumas vezes a Kansai para praticar.

Fiquei impressionado. Nunca tinha ouvido falar em alguém que aprendeu o dialeto de Kansai estudando "depois de crescido", como quem aprende inglês ou francês. Realmente Tóquio é uma cidade grande, pensei admirado. Como o personagem do livro de Natsume Soseki, *Sanshirô*.

— Desde criança eu sou muito fã do Hanshin Tigers, e quando tinha um jogo deles em Tóquio eu sempre ia assistir. Mas mesmo indo ao jogo com o uniforme de listras verticais e ficando no meio da torcida, ninguém me dava confiança quando eu falava o dialeto de Tóquio. Não conseguia ser aceito. Por isso pensei, eu preciso aprender o dialeto de Kansai. E me matei de estudar.

— Só por esse motivo você aprendeu o dialeto de Kansai? — perguntei espantado.

— É. Pra mim, os Hanshin Tigers eram tudo. Desde então decidi que só usaria esse dialeto, tanto na escola como em casa. Mesmo dormindo eu falo o dialeto de Kansai — disse Kitaru. — É quase perfeito, não acha?

— É, sim. Todos pensam que você é de Kansai — eu disse. — Mas o seu dialeto não é da região entre Osaka e Kobe. É da cidade de Osaka, ainda mais do centro.

— Olha, você entende bem! Nas férias de verão do colégio fiz *homestay* em Tennôji, Osaka. Era um lugar interessante. Dava pra ir ao zoológico a pé.

— *Homestay*? — disse, admirado.

— Se eu estudasse tanto para o vestibular como estudei o dialeto de Kansai, provavelmente não estaria fazendo o cursinho pela segunda vez — disse Kitaru.

Eu concordava com ele. E seu jeito de falar algo engraçado antes de uma coisa séria era típico de gente de Kansai.

— E você, de onde é?

— De perto de Kobe — eu disse.

— Mas de onde exatamente?

— Ashiya.

— É um bom lugar. Por que não diz que é de Ashiya desde o começo? Sem enrolar.

Eu expliquei: se eu falar que sou de Ashiya, as pessoas pensarão que sou filhinho de papai. Mas em Ashiya moram pessoas de vários níveis. Minha família não é especialmente rica. Meu pai trabalha em uma empresa farmacêutica, e minha mãe é bibliotecária. A casa dos meus pais é pequena e eles têm um Toyota Corolla creme. Por isso, quando as pessoas me perguntam de onde eu sou, para evitar ideias preconcebidas, respondo sempre que sou de "perto de Kobe".

— Então você é como eu — disse Kitaru. — A casa dos meus pais fica em Denenchôfu, mas falando claramente ela fica na região mais pobre desse bairro. A casa é bem modesta. Venha me visitar um dia. Vai pensar: isso aqui é mesmo Denenchôfu? Não acredito. Mas não adianta nada ficarmos incomodados com isso. É apenas um endereço. Por isso eu já falo de cara: olha, eu nasci e cresci em Denenchôfu.

Fiquei admirado. Então nos tornamos amigos.

Deixei de falar completamente o dialeto de Kansai depois de me mudar para Tóquio, e por vários motivos. Usei esse dialeto até terminar o ensino médio e nunca tinha falado a língua de Tóquio. Mas, depois de morar um mês na cidade, me dei conta de que estava falando essa nova língua com naturalidade, fluentemente, e fiquei assustado. Talvez eu fosse como um camaleão (embora até então não tivesse percebido). Ou talvez tivesse um ouvido melhor que o de outras pessoas para aprender línguas. De qualquer forma, nenhum de meus conhecidos acreditava que eu era de Kansai.

Outro grande motivo de eu ter parado de falar completamente o dialeto de Kansai era porque eu queria renascer como outra pessoa.

Ao me mudar para Tóquio para fazer faculdade, passei toda a viagem de trem-bala refletindo. Repassando os dezoito anos da minha vida até então, a maioria das experiências que tinha vivido era vergonhosa. Não estou exagerando. Tinha passado somente por situações humilhantes das quais não queria me lembrar. Quanto mais pensava, mais queria deixar de ser eu mesmo. Claro que eu tinha algumas recordações boas, mas poucas; algumas experiências de que podia me orgulhar. Isso eu reconheço. Mas, em termos de quantidade, as situações lamentáveis e humilhantes eram muito maiores. O meu modo de viver e as minhas opiniões eram medíocres e lastimáveis. Bobagens de classe média sem muita imaginação. Queria juntar todas elas e enfiá-las no fundo de uma grande gaveta. Ou queimá-las, transformando-as em fumaça (apesar de não saber que tipo de fumaça seria produzido). De qualquer forma, queria voltar à estaca zero e começar uma nova vida em Tóquio como uma pessoa completamente diferente. Queria testar minhas novas possibilidades. E, para mim, abandonar o dialeto de Kansai e aprender uma nova língua era um meio prático (e ao mesmo tempo simbólico) para isso. Afinal, as palavras que falamos formam o nosso caráter. Pelo menos era isso que eu pensava aos dezoito anos.

— Vergonha? Você tem vergonha do quê? — perguntou Kitaru.

— De tudo.

— Você não se dá bem com a sua família?

— Não é que eu não me dê bem — eu disse. — Mas tenho vergonha. Tenho vergonha só de estar com a minha família.

— Que cara esquisito — disse Kitaru. — Por que você tem vergonha de estar com a sua família? Eu até que me divirto com a minha.

Eu não disse nada. Não conseguia explicar direito. Não sabia o que responder quando me perguntavam: qual é o problema do Toyota Corolla creme? A rua de casa era estreita, e meus pais não tinham interesse em gastar dinheiro com as aparências, era só isso.

— Meus pais reclamam quase todo dia que eu não estudo direito, e isso me incomoda, claro, mas não tem jeito. Afinal, é trabalho deles. Temos que dar um desconto.

— Que bom que você é despreocupado — eu disse, admirado.

— Você tem namorada? — Kitaru perguntou.

— Agora, não.

— Antes você tinha?

— Até um tempo atrás.

— Vocês terminaram?

— É — eu disse.

— Por quê?

— É uma longa história e agora não quero contar.

— Ela era de Ashiya? — Kitaru perguntou.

— Não, ela morava em Shukugawa. Até que é perto.

— Ela te deixou chegar nos finalmentes?

Eu balancei a cabeça.

— Não, não deixou.

— Por isso vocês terminaram?

Pensei um pouco.

— Esse foi um dos motivos.

— Deixou chegar perto dos finalmentes?

— Deixou chegar bem perto.

— Até onde vocês chegaram?

— Não quero falar disso — eu disse.

— É também uma das coisas de que você tem vergonha?

— É — eu disse. Era uma das coisas das quais eu não queria me lembrar.

— Você é bem complicado — disse Kitaru, admirado.

Ouvi pela primeira vez Kitaru cantar "Yesterday" com aquela letra esquisita no banheiro da casa dos pais dele em Denenchôfu (a região em que ele morava não era tão pobre nem a casa era tão modesta como ele afirmara. Era uma casa bem comum, que a gente encontrava em bairros bem comuns. Era velha, mas era maior do que a casa dos meus pais em Ashiya. Só não era uma mansão. O carro estacionado na garagem era um Golf azul-marinho, de modelo recente). Ao voltar para casa, a primeira coisa que ele fazia era tomar banho. E demorava para sair. Por isso eu costumava carregar uma banqueta redonda até a porta do banheiro e conversar com ele pela fresta. Senão eu tinha de ouvir a longa conversa da mãe dele (geralmente uma reclamação sem fim sobre o filho excêntrico que não se dedicava aos estudos). Ele cantava em voz bem alta essa música com letra esquisita para mim — talvez nem fosse para mim.

— Mas essa letra não faz nenhum sentido — eu disse. — Acho que você está tirando sarro da "Yesterday" original.

— Não diga besteira. Não estou tirando sarro. Mesmo que estivesse, John gostava de maluquices. Não é?

— Quem escreveu "Yesterday" foi Paul.

— É mesmo?

— Com certeza — eu disse, categórico. — Paul escreveu a música, entrou sozinho no estúdio e gravou tocando violão. Depois inseriram o acompanhamento de quarteto de cordas. Os outros três não participaram da composição. Eles acharam que essa música era delicada demais para os Beatles. Embora os créditos sejam para Lennon e McCartney.

— É? Não sou muito chegado a esses detalhes técnicos.

— Não é nenhum detalhe técnico. É um fato bem conhecido no mundo todo — eu disse.

— Mas tanto faz esses detalhes — disse Kitaru, com uma voz tranquila, no meio do vapor. — Eu só estou cantando no banheiro da minha casa. Não vou lançar um disco. Não estou infringindo nenhum direito autoral nem incomodando ninguém. Ninguém tem o direito de ficar enchendo o meu saco.

Em seguida ele cantou de novo o refrão em alto e bom som, assim como faz quem está tomando banho. Seguiu na mesma intensidade até as notas agudas: "Até ontem ela estava logo ali", ou algo parecido. E brincava com a água de leve, produzindo com as mãos sons despreocupados para acompanhar a música. Talvez eu devesse acompanhá-lo batendo palmas ou algo assim, mas não tive vontade. Afinal, não era muito divertido ter uma conversa aleatória por uma hora com alguém que está tomando banho, com uma porta de vidro entre a gente.

— Mas como você consegue ficar na banheira tanto tempo? O corpo não fica enrugado? — eu disse.

Eu costumava ser rápido no meu banho, desde criança. Entediava-me logo ficar imerso na água quente sem fazer nada. Na banheira não dá para ler livros nem ouvir música. Sem eles, não sabia direito como passar o tempo.

— Ficando na água quente por muito tempo, a cabeça fica relaxada e acabo tendo ideias bem boas. Assim, de repente — disse Kitaru.

— Ideias? Como a letra de "Yesterday"?

— É, ela é um dos exemplos — disse Kitaru.

— Você diz ter ideias boas, mas, se tem tempo de pensar nessas coisas, deveria estudar para o vestibular com mais seriedade — eu disse.

— Ah, você é muito chato. Tá falando que nem minha mãe. Você parece um velho.

— Mas você não está cansado de fazer o cursinho pela segunda vez?

— Claro que estou. Eu também quero entrar logo na faculdade e levar uma vida tranquila. Também quero ter um encontro decente com a minha namorada.

— Então você deveria se matar de estudar.

— Então... — disse Kitaru devagar. — Se eu conseguisse, já estaria estudando há muito tempo.

— Faculdade é um lugar chato — eu disse. — Quando você entrar, vai se decepcionar. Tenho certeza. Mas é ainda mais chato não conseguir entrar.

— É um argumento válido — disse Kitaru. — É tão válido que não tenho nada a dizer sobre isso.

— Então por que você não estuda?

— Porque não tenho motivação — disse Kitaru.

— Motivação? — eu disse. — Querer um encontro decente com a namorada não é motivação suficiente?

— Então... — disse Kitaru. E soltou do fundo da garganta algo que em parte parecia um suspiro, em parte um gemido. — É uma longa história, mas, resumindo, acho que estou dividido.

Kitaru namorava a mesma garota desde o primário. Era a tal namorada de infância. Tinham a mesma idade, mas ela passara na Universidade Sophia na primeira tentativa. Cursava Letras francês e fazia parte do clube de tênis. Ele me mostrou a foto dela, era tão bonita que dava vontade de assoviar. Tinha um belo corpo e um rosto expressivo. Mas atualmente os dois não se encontravam muito. Eles tiveram uma conversa e acharam melhor interromper o namoro até Kitaru passar no vestibular, para não atrapalhar os estudos. Fora Kitaru quem propusera isso. Ela concordou, dizendo: "Se você acha melhor assim, tudo bem". Eles conversavam muito pelo telefone, mas se encontravam no máximo uma vez por semana, e parecia mais uma "entrevista" do que um encontro. Eles tomavam chá e relatavam um ao outro o que haviam feito. Chegavam a pegar na mão. Trocavam beijos rápidos, mas procuravam não seguir adiante. Era um namoro à moda antiga.

Kitaru não era especialmente bonito, mas tinha um rosto elegante e proporcional. Não era alto, mas era magro, e o corte de cabelo e as roupas eram simples, mas tinham estilo. Se não abrisse a boca poderia se passar por um rapaz sensível e educado da cidade. Os dois formavam um belo casal. O único defeito dele — se é que poderia ser chamado assim — era que, por causa dos traços delicados do seu rosto, poderia causar a impressão de ser um rapaz sem personalidade e tímido. Mas, assim que abria a boca, essa primeira impressão caía instantaneamente como um castelo de areia arrasado por um labrador afoito. As pessoas ficavam pasmas com sua fluência no dialeto de Kansai e com sua voz ressonante e estridente. Afinal, isso não combinava em nada com sua aparência. No começo eu também fiquei muito confuso com essa disparidade.

— Ei, você não sente falta de ter uma namorada? — certo dia Kitaru me perguntou.

Não posso dizer que não sinto, eu disse.

— Olha, Tanimura, por que então você não sai com a minha namorada?

Não consegui entender direito aonde Kitaru queria chegar.

— Como assim, sair com ela?

— Ela é legal. É bonita, meiga e até inteligente. Isso eu garanto. Você não vai perder nada saindo com ela — ele disse.

— Não acho que vou sair perdendo — eu disse, mesmo sem entender direito qual era a questão. — Mas por que eu tenho que sair com a sua namorada? Não faz sentido.

— É porque você é um cara legal — disse Kitaru. — Se não fosse, você acha que eu iria propor isso?

Aquilo não servia de justificativa. Qual é a relação entre eu ser um cara legal (mesmo que fosse realmente) e *sair* com a namorada de Kitaru?

— Erika (era o nome dela) e eu frequentamos a mesma escola desde o primário até o ensino médio — disse Kitaru. — Ou seja, passamos praticamente a vida toda juntos até agora. Começamos a namorar naturalmente, e todos à nossa volta nos viam como um casal: os amigos, os pais e até os professores. Estávamos sempre juntinhos assim, sem nenhum espaço entre a gente.

Kitaru juntou bem firme as palmas das mãos.

— E, se nós dois tivéssemos entrado na faculdade ao mesmo tempo, não haveria nenhuma ruptura na vida, tudo seria perfeito. Mas eu fracassei por completo no vestibular e aqui estou, como você pode ver. Não sei onde nem quando, mas várias coisas passaram a não dar certo em vários pontos. Claro que não é culpa de ninguém, é tudo culpa minha.

Eu o ouvia em silêncio.

— Então eu me parti ao meio, por assim dizer — disse Kitaru. E separou as mãos justapostas.

Se partiu ao meio?

— Como assim? — eu perguntei.

Por um tempo Kitaru observou fixamente as palmas das próprias mãos. E disse:

— Eu quero dizer que metade de mim está preocupada e com ciúmes. Enquanto eu vou para aquele cursinho chato estudar aquelas coisas chatas, Erika está curtindo a vida universitária. Jogando tênis e fazendo sei lá mais o quê. Fez novas amizades e deve estar saindo com outro cara. Quando começo a pensar nisso, sinto que estou sendo deixado para trás, e a minha cabeça fica confusa. Você me entende?

— Acho que sim — eu disse.

— Mas a outra metade, ao contrário, está um pouco aliviada. Ela pensa: o que será da gente se continuarmos sendo um casal feliz sem nenhum problema daqui pra frente, levando uma vida despreocupada? Em vez disso, a gente podia seguir caminhos diferentes a partir de agora e, se ainda assim sentir que precisa um do outro, podia voltar a ser um casal. Essa minha metade pensa que é uma das alternativas. Você me entende?

— Acho que sim, e acho que não — eu disse.

— Ou seja, me formar na faculdade, arranjar emprego, casar com a Erika recebendo a bênção de todos, formar um lar perfeito, ter uns dois filhos, colocá-los na mesma escola onde estudamos, em Denenchôfu, levar a família à beira do rio Tama aos domingos para brincar, *ob-la-di, ob-la-da*... Claro que não vejo nenhum problema nesse tipo de vida. Mas será que a vida pode ser tão simples, sem nenhum tropeço, ser sempre tão agradável? Tenho essa dúvida dentro de mim, não posso negar.

— O problema pra você é a vida ser normal, harmoniosa e agradável. É isso?

— É, é isso.

Eu não entendia bem qual era o problema de a vida ser normal, harmoniosa e agradável, mas, como aquela parecia ser uma longa história, resolvi não questionar esse ponto.

— Deixando essa questão de lado, por que eu tenho que sair com a sua namorada? — perguntei.

— Se ela vai sair com alguém, seria melhor se fosse com você. Eu te conheço muito bem. E você vai poder me contar o que ela anda fazendo.

Essa história não me pareceu muito lógica, mas eu tinha interesse em conhecer a namorada de Kitaru. Na foto, ela era muito bonita e atraente, e queria saber por que uma garota assim namorava um cara excêntrico como Kitaru. Eu era tímido desde criança, mas era muito curioso.

— E até onde você chegou com ela? — eu perguntei.

— Você fala de sexo? — disse Kitaru.

— É. Vocês chegaram aos finalmentes?

Kitaru balançou a cabeça.

— Então, não dá. Como a conheço muito bem desde criança, fico constrangido em tirar a roupa dela, acariciar ou tocar o corpo dela. Acho que seria diferente com outras garotas, mas pra mim não parece muito certo colocar a mão na sua calcinha ou imaginar essas coisas com ela. Você me entende, não é?

Eu não entendia direito.

Kitaru disse:

— Claro que a gente se beija e pega na mão. Às vezes passo a mão no peito dela por cima da roupa. Mas faço isso meio que brincando. Até que fico empolgado, mas não tem clima para seguir mais adiante.

— Você fala que não tem clima, mas é a gente que tem que se esforçar um pouco para criar o clima, não é? — eu disse. As pessoas chamam isso de libido.

— Não, é diferente. O nosso caso não é tão simples assim. Não consigo explicar direito — disse Kitaru. — Por exemplo, quando você se masturba, você imagina alguma garota, não é?

Bem, sim, eu disse.

— Mas eu não consigo de jeito nenhum imaginar Erika nessa hora. Sinto que não devo pensar nela. Por isso nessas horas eu penso em outra garota. Alguém que nem me atrai muito. O que você acha disso?

Eu pensei um pouco a respeito, mas não cheguei a nenhuma conclusão. É difícil entender a masturbação de outras pessoas. Às vezes é difícil entender até a nossa.

— De qualquer forma, vamos combinar de sairmos os três juntos — disse Kitaru. — Depois vamos pensar com calma.

Eu, Kitaru e a namorada dele (seu nome completo era Erika Kuriya) nos encontramos na tarde de domingo em um salão de chá perto da estação de Denenchôfu. Ela tinha a mesma altura de Kitaru, estava bronzeada e usava uma blusa branca de manga curta cuidadosamente passada e uma minissaia azul-marinho. Era o modelo de uma universitária de boa família de um bairro rico de Tóquio. Era encantadora como na foto, mas ao vivo a energia franca que transbordava de todo o seu corpo chamava a atenção mais do que a beleza do rosto. E contrastava com os traços frágeis de Kitaru.

Ele nos apresentou.

— Aki, que bom que você arranjou um amigo — disse Erika. O primeiro nome de Kitaru era Akiyoshi. Somente ela no mundo o chamava de Aki.

— Como você é exagerada. Eu tenho um monte de amigos — disse Kitaru.

— Mentira — logo retrucou Erika. — Por causa do seu jeito, é difícil você fazer amigos. Mesmo sendo de Tóquio, só fala o dialeto de Kansai e, quando abre a boca, só fala de Hanshin Tigers e de problemas de xadrez, como se quisesse provocar os outros. Alguém *deslocado* como você não vai se dar bem com pessoas normais.

— Você fala isso de mim, mas ele também é bem esquisito — disse Kitaru, apontando para mim. — Ele é de Ashiya, mas só fala o dialeto de Tóquio.

— Mas isso até que é normal, não acha? — ela disse. — Pelo menos é mais comum do que o contrário.

— Ah, isso é uma discriminação cultural — disse Kitaru. — As culturas deveriam ter o mesmo valor. O dialeto de Tóquio não é superior ao de Kansai.

— Vou te dizer uma coisa: talvez as culturas tenham o mesmo valor, mas desde a restauração Meiji a língua de Tóquio passou a ser a língua padrão do Japão — disse Erika. — Como prova disso, não existe tradução de *Franny e Zooey*, de Salinger, para o dialeto de Kansai, não é?

— Se existisse, eu compraria — disse Kitaru.

Eu também compraria, pensei, mas não disse nada. Era melhor não me intrometer na discussão.

— Mas, de qualquer forma, assim é o senso comum da sociedade em geral — ela disse. — Você só é um pouco mais cabeça-dura, só isso.

— Como assim, cabeça-dura? Pra mim, é muito mais cabeça-dura quem é a favor dessa discriminação cultural — disse Kitaru.

Sabiamente, Erika optou por mudar de assunto.

— Tem uma menina de Ashiya no clube de tênis da faculdade — ela disse, virando-se para mim. — Ela se chama Eiko Sakurai, você a conhece?

— Conheço — eu disse.

Eiko Sakurai. Ela tinha um nariz esquisito, era alta, magra e os pais dela tinham um grande campo de golfe. Ela se achava e não era muito legal. Quase não tinha peito também. Mas desde criança jogava bem tênis, e sempre participava dos campeonatos. Se eu pudesse, nunca mais a veria na minha frente.

— Ele até que é legal, mas está sem namorada — Kitaru disse a Erika. Falava de mim. — A aparência dele não é lá essas coisas, mas é educado e, diferentemente de mim, tem opiniões bem razoáveis. Sabe muita coisa e lê livros difíceis. Parece que é limpo, e acho que não tem nenhuma doença perigosa. Acho que é um cara com futuro promissor.

— Tá bom — disse Erika. — No clube de tênis tem algumas calouras bem bonitinhas, eu posso apresentá-las a ele.

— Não, não é isso que eu quero dizer — disse Kitaru. — Você não poderia sair com ele? Eu estou estudando para o vestibular, não posso sair com você como queria. Mas acho que ele pode sair com você no meu lugar, e assim eu também fico mais tranquilo.

— Como assim, fica mais tranquilo? — disse Erika.

— Quer dizer, eu conheço vocês dois e, melhor do que você namorar um cara desconhecido, ficaria mais tranquilo se você saísse com ele.

Erika estreitou os olhos e observou fixamente o rosto de Kitaru como se olhasse para uma paisagem com perspectiva errada. E abriu a boca devagar:

— Por isso você está sugerindo que eu namore esse Tanimura? Como ele *até que é legal*, você está me incentivando seriamente a sair com ele?

— Não é uma ideia tão ruim assim, é? Ou será que você já tem outro namorado?

— Claro que não — disse Erika, com a voz serena.

— Então você poderia sair com ele. Como se fosse um intercâmbio cultural.

— Intercâmbio cultural — repetiu Erika. E olhou pra mim.

Achei que nada do que eu falasse teria bom efeito, então fiquei calado. Estava com a colherzinha de café na mão e observava o desenho do seu cabo com interesse. Como um curador de um museu que examina uma descoberta arqueológica de tumba egípcia.

— Como assim, intercâmbio cultural? — ela perguntou a Kitaru.

— Quer dizer, não seria ruim pra gente introduzir um ponto de vista um pouco diferente na nossa relação... — disse Kitaru.

— Isso é intercâmbio cultural pra você?

— O que eu quero dizer...

— Tudo bem — disse Erika Kuriya claramente. Se tivesse um lápis na sua frente, talvez o tivesse quebrado ao meio. — Já que você está sugerindo, então vamos fazer o tal do intercâmbio cultural.

Ela tomou um gole de chá preto, devolveu a xícara ao pires e olhou para mim. E sorriu.

— Então, Tanimura. Já que Aki está incentivando, vamos marcar um encontro. Parece divertido. Quando você está livre?

Nenhuma palavra saiu da minha boca. Não ter palavras adequadas em momentos importantes era um dos problemas que eu tinha. Mesmo mudando de cidade, mesmo mudando a língua, parecia que esses problemas fundamentais não se resolviam facilmente.

Erika pegou uma agenda vermelha de couro da bolsa, abriu-a e a examinou.

— Você está livre no próximo sábado?

— Não tenho nenhum compromisso — eu disse.

— Então está combinado. Próximo sábado. E para onde nós vamos?

— Ele gosta de cinema — disse Kitaru a Erika.

— O sonho dele é ser roteirista. Ele faz parte do clube de estudo de roteiros.

— Então vamos ao cinema. Qual filme? Bom, você pode escolher. Só não gosto de filmes de terror. Se não for de terror, pode ser qualquer um.

— Ela é muito medrosa — disse Kitaru para mim. — Quando era criança, nós dois fomos a uma casa mal-assombrada no parque de diversão de Kôrakuen, e mesmo de mãos dadas...

— *Depois do filme* vamos jantar com calma — disse Erika para mim, interrompendo Kitaru. Em seguida anotou o número de telefone em uma folha e me entregou. — Esse é o telefone da minha casa. Quando decidir o lugar e o horário, você me liga?

Como eu não tinha telefone na época (quero que o leitor entenda que nessa época não existia nem sombra de telefone celular), eu lhe passei o número de telefone da casa de chá onde eu trabalhava. Em seguida olhei o relógio de pulso.

— Desculpe, mas preciso ir — tentei falar no tom mais alegre que pude. — Tenho que terminar um trabalho da faculdade até amanhã.

— Deixa isso pra depois — disse Kitaru. — Já que nós três nos reunimos aqui, vamos conversar com calma. Aqui perto tem um restaurante de soba que até que é bom...

Erika não disse nada. Deixei o valor do meu café na mesa e me levantei. Até que é um trabalho importante, desculpe, eu disse. Na verdade aquele trabalho tanto fazia para mim.

— Amanhã ou depois ligo pra você — falei a Erika.

— Vou esperar — ela disse com um sorriso muito simpático. A meu ver, era simpático demais para ser sincero.

Depois de deixar os dois sozinhos no salão de chá, enquanto caminhava para a estação, perguntei a mim mesmo: "Afinal, o que estou fazendo aqui?". Remoer por que estava em uma determinada situação depois de ela estar decidida também era outro problema que eu tinha.

No sábado seguinte combinei de encontrar Erika em Shibuya e fomos assistir a um filme de Woody Allen que se passava em Nova York. Ao conhecê-la, senti que ela poderia gostar de filmes como os de Woody Allen. A meu ver, Kitaru jamais a convidaria para um filme como esse. Felizmente o filme era bom, e nós saímos do cinema com uma sensação agradável.

Caminhamos um pouco na cidade ao anoitecer e entramos em um pequeno restaurante italiano em Sakuragaoka, pedimos pizza e tomamos vinho Chianti. Era um restaurante descontraído e não muito caro. A iluminação estava tênue, e nas mesas havia velas (na época, a maioria dos restaurantes italianos tinha velas e as toalhas das mesas eram xadrez). Conversamos sobre vários assuntos. Assuntos sobre os quais os estudantes do segundo ano da faculdade falariam no primeiro encontro (acho que poderia ser chamado de encontro). Sobre o filme a que havíamos acabado de assistir, sobre a vida de estudante, sobre nossos hobbies. A conversa foi mais animada do que eu imaginava, e ela riu alto algumas vezes. Não quero me gabar, mas parece que tenho talento para fazer as garotas rirem naturalmente.

— Aki me contou que faz pouco tempo que você terminou com a namorada da época do ensino médio, é verdade? — ela me perguntou.

— É — eu disse. — Namoramos quase três anos, mas não deu certo. Infelizmente.

— Aki disse que o namoro de vocês não deu certo por causa do sexo. Quer dizer... segundo ele, ela não te ofereceu o que você queria.

— Tem isso também. Mas não foi só isso. Se eu a amasse realmente, acho que eu conseguiria aguentar. Se eu tivesse certeza do meu amor. Mas eu não tinha.

Erika fez que sim com a cabeça.

— Mesmo que tivéssemos chegado aos finalmentes, acho que acabaríamos terminando — eu disse. — Depois de vir morar em Tóquio, longe dela, eu percebi isso aos poucos. Foi uma pena não ter dado certo, mas acho que era uma coisa inevitável.

— Essa situação está sendo difícil? — ela perguntou.

— Essa situação?

— Até pouco tempo atrás você tinha uma namorada, mas de repente ficou sozinho.

— Às vezes é difícil — eu disse com sinceridade.

— Mas será que não é necessário você passar por essa fase solitária e difícil enquanto ainda é jovem? Como um processo de crescimento?

— É o que você pensa?

— Assim como uma árvore que, para crescer vigorosamente, precisa passar por invernos rigorosos. Em um clima sempre quente e agradável, não surge o anel de crescimento.

Eu tentei imaginar o anel de crescimento dentro de mim. Só me veio à cabeça o resto de Baumkuchen* de três dias atrás. Quando disse isso, ela riu.

---

* Tipo de bolo alemão. A palavra *Baumkuchen* significa literalmente "bolo árvore". Os anéis que aparecem quando o bolo é fatiado lembram os anéis de uma árvore. (N. T.)

— Talvez essa fase seja necessária na vida das pessoas — eu disse. — Seria melhor se soubesse que ela vai acabar um dia.

Ela sorriu.

— Não se preocupe. Logo, logo você vai encontrar alguém, com certeza.

— Tomara — eu disse. Tomara.

Erika ficou pensativa por um tempo. Enquanto isso eu comi a pizza que já tinha chegado.

— Eu queria te pedir um conselho. Tudo bem?

— Claro — eu disse. E pensei: acho que vou me meter em confusão. Outro problema crônico que eu tenho é que as pessoas sempre vêm me pedir conselho sobre coisas importantes. E eu imaginava que era alta a probabilidade de não ser muito agradável o assunto sobre o qual Erika queria me pedir conselhos.

— No momento estou muito confusa — ela disse.

Seus olhos se moveram devagar, de um lado para outro, como se fossem os de um gato à procura de algo.

— Acho que você também pode perceber que, apesar de Aki estar no segundo ano de cursinho, praticamente nunca estuda para o vestibular. Quase não vai à aula. Por isso acho que este ano também ele não vai passar. Claro que, se ele escolher uma faculdade de nível mais baixo, deve passar em alguma, mas, não sei por que, ele só pensa na Waseda. Está convencido de que tem que entrar na Waseda. Eu acho que isso não faz sentido, mas não adianta nada eu, os pais ou os professores tentarmos convencê-lo do contrário: ele não nos dá ouvidos. Ele pelo menos poderia estudar mais para passar na Waseda, mas também não está fazendo isso.

— Por que será que ele não estuda?

— Ele acredita seriamente que conseguirá passar no vestibular se tiver sorte — disse Erika. — Ele acha que estudar para o vestibular é perda de tempo, é desperdiçar uma fase da vida. Eu não consigo entender como alguém pode ter uma ideia tão esquisita.

Achei que era uma colocação razoável, mas claro que não verbalizei isso.

Erika Kuriya soltou um suspiro e disse:

— No primário, ele era bom aluno e sempre tirava as melhores notas da turma. Mas depois as notas dele despencaram. Ele tem um temperamento de gênio, e na verdade é inteligente, mas parece que não tem inclinação para estudos tradicionais. Não consegue se adaptar bem ao sistema escolar, e só faz coisas estranhas, sozinho. Ao contrário de mim. Eu na verdade não sou muito inteligente, mas levo meus estudos a sério.

Eu não estudei tanto, mas consegui entrar na faculdade sem muitos problemas. Talvez fosse pura sorte.

— Eu gosto muito de Aki, e ele tem qualidades muito boas como pessoa. Mas às vezes é difícil acompanhar as ideias extremas dele. Por exemplo, no caso do dialeto de Kansai: por que uma pessoa que nasceu e cresceu em Tóquio precisa falar o dialeto de Kansai, e se esforçar tanto para isso? Não faz sentido. No começo eu achava que era apenas brincadeira, mas não era. Ele leva aquilo a sério.

— Talvez ele quisesse ser outra pessoa, com personalidade diferente — eu disse. Ou seja, ele estaria fazendo o contrário de mim.

— E só por isso passou a falar o dialeto de Kansai?

— Claro que o caso dele é bem extremo.

Erika pegou uma fatia de pizza com a mão e mordeu um pedaço do tamanho de um grande selo comemorativo. Mastigou-o, pensativa, e disse:

— Quero te perguntar uma coisa, porque não conheço outra pessoa a quem perguntar. Tudo bem?

— Tudo bem — eu disse. Não tinha outra opção.

— Em geral, quando um rapaz e uma garota têm um relacionamento íntimo, o rapaz passa a desejar o corpo da garota, não é mesmo?

— Em geral, acho que sim.

— Depois do beijo, o rapaz quer seguir adiante, não é?

— Normalmente, sim.

— No seu caso também foi assim?

— Claro — eu disse.

— Mas Aki é diferente. Mesmo estando a sós comigo, ele não quer mais que um beijo.

Eu demorei um pouco para escolher as palavras, pois não sabia o que responder. Enfim, disse:

— Isso é algo bem pessoal, e o que cada um deseja pode ser diferente. Claro que Kitaru te ama, mas, como você estava sempre muito próxima dele e era uma presença muito natural, talvez não conseguisse agir como os outros.

— Você acha isso mesmo?

Eu balancei a cabeça.

— Não posso afirmar nada com certeza, pois nunca passei por isso. Só estou dizendo que *talvez isso possa acontecer com alguém*.

— Às vezes acho que ele não sente desejo por mim.

— Eu acho que ele sente desejo por você, com certeza. Talvez ele só esteja com vergonha de reconhecer isso.

— Nós já estamos com vinte anos. Não estamos mais na idade de ter vergonha dessas coisas.

— Talvez a passagem do tempo seja um pouco *diferente* para cada pessoa — eu disse.

Erika pensou sobre isso. Parecia que ela sempre refletia sobre as coisas com seriedade, independentemente do que fosse.

— É provável que Kitaru esteja buscando algo mais sério — continuei. — De um jeito diferente das pessoas comuns, à maneira dele, no ritmo dele, de forma pura e genuína. Mas nem mesmo ele sabe direito o que está buscando. Por isso não consegue seguir adiante com naturalidade, adequando-se às pessoas ao redor. Quando nem a gente sabe direito o que está procurando, essa busca se torna bem difícil.

Erika levantou a cabeça e fitou fixamente os meus olhos por um tempo, sem nada dizer. A chama da vela refletia nas suas pupilas negras, formando um pequeno e belo ponto brilhante. Eu tive de desviar os olhos dela.

— É claro que você deve conhecer Kitaru bem melhor do que eu — eu disse, como se me justificasse.

Ela soltou outro suspiro. E falou:

— Pra dizer a verdade, estou saindo com outro rapaz, sem ser Aki. Ele também faz parte do clube de tênis e é um ano mais velho do que eu.

Era a minha vez de ficar calado.

Eu amo Aki do fundo do coração, e provavelmente não vou conseguir ter um sentimento tão profundo e natural como o que sinto por ele em relação a mais ninguém. Quando estou longe dele, uma parte do meu coração começa a doer, a latejar. Incomoda como uma dor de dente. É verdade. Parte do meu coração está reservada a ele. Mas, ao mesmo tempo, como posso dizer, tenho também um forte desejo de querer descobrir algo diferente, querer experimentar outras coisas. Curiosidade, espírito aventureiro, novas possibilidades... Esse desejo também é bem natural, e não consigo reprimi-lo, mesmo tentando.

Como uma planta vigorosa que não pode ser acomodada dentro de um vaso, pensei.

— É por isso que estou confusa — disse Erika.

— Então você deveria confessar com sinceridade esse sentimento a Kitaru — eu disse, escolhendo cuidadosamente as palavras. — Se você esconder dele o fato de estar saindo com outra pessoa, e se ele descobrir um dia por alguma razão, vai ficar magoado, e isso não é muito certo.

— Mas será que ele vai conseguir aceitar isso? O fato de eu estar saindo com outra pessoa?

— Eu acho que ele vai entender o que você sente — eu disse.

— Você acha?

— Acho — respondi.

Kitaru provavelmente vai compreender essa instabilidade que ela está sentindo, essa confusão. Afinal, ele também está passando por isso. Pensando por esse lado, eles sem dúvida formavam um casal que combinava. Mas eu não tinha muita certeza se Kitaru iria aceitar, de fato, com serenidade, o que ela estava fazendo (o que ela *poderia fazer*). A meu ver, Kitaru não era uma pessoa tão forte assim. Mas provavelmente o que seria mais insuportável para ele era o fato de ela manter um segredo, de mentir para ele.

Erika observava em silêncio a chama da vela que oscilava suavemente ao vento do ar-condicionado. E disse em seguida:

— Tenho o mesmo sonho com frequência. Eu e Aki estamos num navio. Um grande navio que faz longas travessias. Nós estamos em uma pequena cabine, a sós, é tarde da noite, e da escotilha dá pra ver a lua cheia. Mas essa lua é feita de um gelo límpido e transparente. A metade dela está mergulhada no mar. "Parece uma lua, mas é gelo, e acho que tem mais ou menos vinte centímetros de espessura", Aki me explica. "Por isso, de manhã, quando o sol levantar, ela vai derreter. É melhor você olhar bem pra ela enquanto ela estiver aí." Várias vezes tive esse mesmo sonho. Ele é bem bonito. Sempre a mesma lua. Sempre com vinte centímetros de espessura. A metade está mergulhada no mar. Meu corpo está apoiado no de Aki, a lua brilha de forma bela, estamos a sós e o barulho das ondas é reconfortante. Mas, quando acordo, sempre sinto uma grande tristeza. Não vejo a lua de gelo em nenhum lugar. Erika ficou um tempo em silêncio. E disse:

— Penso: como seria legal se eu e Aki pudéssemos fazer viagens de navio como essa, a sós. Toda noite olharíamos da escotilha a lua de gelo, um apoiado no corpo do outro. De manhã ela derreteria, mas à noite surgiria novamente. Ou talvez não. Talvez chegue uma noite em que ela não apareça mais. Sinto muito medo quando penso nisso. Quando penso no tipo de sonho que vou ter da próxima vez, sinto tanto medo que pareço ouvir meu próprio corpo encolhendo.

No dia seguinte, quando encontrei Kitaru no salão de chá, ele me perguntou como tinha sido o nosso encontro.

— Vocês se beijaram?

— Claro que não — eu disse.

— Não vou ficar bravo mesmo que a resposta seja sim — ele disse.

— Mas não nos beijamos.

— Nem pegou na mão dela?

— Não.

— Então o que vocês fizeram?

— Assistimos a um filme, caminhamos, jantamos e conversamos — eu disse.

— Só isso?

— Normalmente, as pessoas não são tão ousadas no primeiro encontro.

— É mesmo? — Kitaru disse. — Quase nunca tive um encontro normal, então não entendo bem dessas coisas.

— Mas me diverti na companhia dela. Se uma garota como ela fosse minha namorada, não a perderia, aconteça o que acontecesse.

Kitaru pensou um pouco. Tentou falar algo, mas pensou melhor e engoliu as palavras. Depois perguntou:

— E o que vocês comeram?

Falei sobre a pizza e o Chianti.

— Pizza e Chianti? — disse Kitaru, assustado. — Não sabia que ela gostava de pizza. Nós só vamos ao restaurante de soba ou a algum restaurante popular. Ela toma vinho? Nem sabia que ela bebia.

Kitaru não tomava nenhuma bebida alcoólica.

— Acho que tem muitos aspectos dela que você não conhece — eu disse.

Contei os detalhes do nosso encontro respondendo às perguntas dele. Sobre o filme de Woody Allen (tive de descrever o enredo minuciosamente), sobre o jantar (o valor da conta, e se a gente dividiu), sobre a roupa que ela usava (vestido branco de algodão, o cabelo estava preso), as roupas íntimas (claro que eu não ia saber) e o conteúdo da conversa. Naturalmente omiti a parte sobre ela sair com um rapaz mais velho. Também não contei sobre o sonho da lua de gelo.

— Vocês marcaram o próximo encontro?

— Não — eu disse.

— Por quê? Você gostou dela, não gostou?

— Sim, acho que ela é encantadora. Mas não podemos continuar com isso. Ela é sua namorada. Mesmo você falando que pode, claro que não vou conseguir beijá-la.

Kitaru pensou um tempo no assunto. E falou:

— Nos últimos anos da escola, comecei a ter sessões regulares com um terapeuta. Os meus pais e os professores insistiram. Andava causando confusão. Ou seja, acharam que eu *não era normal.* Mas, mesmo com as sessões, não senti nenhuma melhora, nenhuma diferença. Os terapeutas parecem ter uma profissão importante, mas são bem irresponsáveis. Só o que eles fazem é ouvir os pacientes, acenando com a cabeça, como se os compreendessem, mas isso até eu consigo fazer.

— Até hoje você tem sessões de terapia?

— Tenho. Umas duas vezes por mês. É jogar dinheiro no lixo. Erika não disse nada sobre isso?

Fiz que não com a cabeça.

— Pra falar a verdade, não entendo por que as pessoas dizem que o meu modo de pensar não é normal. A meu ver, eu só faço coisas comuns. Mas os outros dizem que a maioria das coisas que eu faço não é normal.

— Eu concordo que algumas coisas que você faz não podem ser consideradas normais — eu disse.

— Por exemplo?

— Por exemplo, o dialeto de Kansai que você fala é bom demais para ser de uma pessoa de Tóquio que aprendeu na fase adulta.

Nesse ponto Kitaru concordou.

— É mesmo. Talvez isso não seja muito normal.

— Talvez as pessoas normais fiquem horrorizadas.

— Pode ser.

— As pessoas que têm a cabeça normal não chegam a tanto.

— Talvez você tenha razão.

— Mas a meu ver, até onde eu sei, você não está incomodando ninguém fazendo o que faz, mesmo que sua atitude não possa ser considerada muito normal.

— Por enquanto.

— Então não tem problema, não é? — eu disse.

Talvez nessa hora eu estivesse um pouco irritado (não sei com quem). Eu mesmo percebi que estava sendo meio áspero.

— Qual é o problema, então? Se você não está incomodando ninguém *por enquanto*, então não tem problema. Afinal, o que podemos saber além do *por enquanto*? Se você quer falar o dialeto de Kansai, fale à vontade! Fale até cansar. Se você não quer estudar para o vestibular, não estude. Se você não quer enfiar a mão na calcinha da Erika Kuriya, não enfie. A vida é sua. Faça tudo do jeito que você quiser. Não precisa dar satisfações a ninguém.

Kitaru abriu levemente a boca, admirado, e olhou com firmeza para o meu rosto.

— Tanimura, você é um cara muito legal. Apesar de ser normal demais de vez em quando.

— Não tem jeito — eu disse. — Não dá para mudar o jeito que você é.

— Exatamente. Não dá para mudar. É justamente isso que eu quero dizer.

— Mas Erika é muito legal — eu disse. — Ela se importa realmente com você. Aconteça o que acontecer, é melhor você não perdê-la. Você nunca vai encontrar outra garota tão encantadora quanto ela.

— Eu sei. Eu sei muito bem disso — disse Kitaru. — Mas não adianta nada só saber.

— Não replique o próprio comentário — eu disse.

Duas semanas depois, Kitaru largou o trabalho no salão de chá. Ou melhor, de repente parou de ir trabalhar. Nem avisou que faltaria. Como era uma época movimentada, o dono do salão ficou bastante furioso e o chamou de irresponsável. Ele tinha salário de uma semana por receber, mas nem veio buscá-lo. O dono me perguntou se eu tinha o contato de Kitaru, respondi que não. De fato eu não sabia nem o endereço nem o telefone da casa dele. Só sabia onde ficava a casa, em Denenchôfu, e o telefone de Erika Kuriya.

Kitaru não comentou que iria parar de trabalhar nem entrou em contato depois. Simplesmente desapareceu da minha vida. Acho que isso me magoou bastante. Afinal, eu achava que Kitaru e eu éramos bons amigos. Foi muito duro para mim ser cortado tão facilmente assim. Além do mais, eu não tinha outro amigo em Tóquio.

O que me preocupou foi o fato de Kitaru estar muito calado nos dois últimos dias de trabalho. Mesmo quando eu falava algo, ele mal respondia. E sumiu da minha frente. Eu poderia telefonar para Erika e perguntar como ele estava, mas por alguma razão não queria fazer isso. Os dois deveriam resolver o problema entre eles. Foi isso que pensei. Não seria muito saudável me envolver demais no relacionamento delicado e complicado deles. De alguma forma, eu tinha de sobreviver no pequeno mundo ao qual pertencia.

Depois de um tempo, passei a pensar muito na minha ex-namorada. Provavelmente a relação de Kitaru e Erika Kuriya me influenciou de alguma maneira. Certa vez escrevi uma longa carta a ela pedindo desculpas pelo que tinha feito. Eu poderia ter sido mais generoso com ela. Mas nunca obtive resposta.

Logo percebi que era Erika Kuriya. Eu só tinha me encontrado com ela duas vezes até então, e já haviam se passado dezesseis anos desde o nosso último encontro. Mesmo assim não tinha como confundir. Ela mantinha a expressão vívida de antes e continuava bonita. Usava um vestido preto rendado, sapatos pretos de salto alto e um colar duplo de pérolas no pescoço fino. Ela também logo me reconheceu. Estávamos em um evento de degustação de vinhos em um hotel de Akasaka. Como era exigido o traje social, eu estava de terno escuro e gravata. Seria uma longa história se eu contasse como fui parar nesse evento. Ela era responsável pela agência publicitária que organizava o festival. Dava para ver que era uma profissional bastante competente.

— Tanimura, por que você nunca mais me ligou? Eu queria ter conversado com você com mais calma.

— Você era bonita demais para mim — eu disse.

Ela riu.

— É muito bom ouvir uma delicadeza dessas, ainda que por educação.

— Nunca na vida eu disse uma delicadeza.

O sorriso dela estava mais largo. Mas eu não havia dito uma mentira nem uma delicadeza. Ela era bonita demais para eu me interessar seriamente. Naquela época, e mesmo agora. Além disso, o sorriso dela era encantador demais para ser sincero.

— Um pouco depois eu liguei para a casa de chá onde você trabalhava, mas disseram que você não estava mais lá — ela disse.

Depois que Kitaru saiu do salão de chá, o trabalho ficou muito chato, e duas semanas depois eu também pedi as contas.

Erika e eu resumimos brevemente os acontecimentos dos últimos dezesseis anos de nossas vidas. Quando me formei comecei a trabalhar em uma pequena editora, mas três anos depois larguei o emprego e, desde então, trabalho como escritor. Me casei com vinte e sete anos. Por enquanto não tenho filhos. Ela ainda era solteira. Tenho muito trabalho, sou explorada e não tenho tempo de me casar, ela disse, meio que brincando. Daquela época para cá ela deve ter passado por muitas experiências amorosas, eu supus. A aura que ela emanava me fazia concluir isso. Foi ela quem primeiro tocou no nome de Kitaru.

— Aki é um sushiman em Denver — disse Erika Kuriya.

— Denver?

— Denver, estado do Colorado. Pelo menos era o que dizia o cartão-postal que recebi dois meses atrás.

— Mas por que Denver?

— Não sei — disse Erika. — O cartão-postal anterior era de Seattle, e lá ele trabalhava como sushiman também. Isso foi cerca de um ano atrás. De vez em quando ele me manda um cartão, como se lembrasse de mim de repente. É sempre um cartão-postal meio bobo, e ele escreve bem pouco. Às vezes nem tem endereço do remetente.

— Sushiman — eu disse. — Afinal Kitaru não entrou na faculdade?

Ela fez que não com a cabeça.

— Acho que foi no final do verão, de repente ele começou a falar que não iria mais prestar vestibular. Que seria perda de tempo continuar com aquilo. E ingressou em uma escola de culinária em Osaka. Disse que queria estudar com seriedade a culinária de Kansai e, além disso, poderia assistir aos jogos de beisebol em Kôshien. Claro que perguntei: "Você decide uma coisa tão importante sozinho, vai para Osaka, e eu, como fico?".

— O que ele disse?

Ela permaneceu em silêncio. Seus lábios continuaram firmemente cerrados. Parecia querer falar alguma coisa, mas, se colocasse aquilo em palavras, logo começaria a chorar. Não queria que a delicada maquiagem dos seus olhos fosse desfeita. Logo mudei de assunto.

— No nosso último encontro tomamos um Chianti barato em um restaurante italiano de Shibuya. E hoje estamos degustando vinhos do Napa Valley. Pensando bem, é uma coincidência curiosa.

— Eu me lembro bem — ela disse. E conseguiu se recuperar. — Naquele encontro assistimos a um filme de Woody Allen. Como se chamava, mesmo?

Eu disse o título.

— O filme até que era bom.

Eu concordei. É um dos melhores filmes de Woody Allen.

— Deu certo com o rapaz mais velho do clube de tênis? — perguntei.

Ela balançou a cabeça.

— Infelizmente não deu muito certo. Como posso dizer... não conseguimos nos entender direito. Terminamos depois de seis meses.

— Posso te fazer uma pergunta? — eu disse. — É uma pergunta bem pessoal.

— Pode, sim, só não sei se vou conseguir responder.

— Espero que você não fique ofendida.

— Vou tentar.

— Você dormiu com ele, não foi?

Erika Kuriya fitou o meu rosto assustada. As suas bochechas ficaram um pouco coradas.

— Tanimura, por que você me pergunta isso agora?

— Por quê? — eu disse. — Talvez porque isso me incomodasse um pouco desde aquela época. Mas foi uma pergunta descabida. Desculpe.

Erika balançou de leve a cabeça.

— Não tem problema. Não fiquei ofendida. Só um pouco assustada, porque não esperava isso. Afinal, foi há tanto tempo.

Eu olhei devagar à nossa volta. As pessoas em traje social viravam a taça de degustação aqui e acolá. Garrafas de bons vinhos estavam sendo abertas uma após a outra. Uma jovem pianista tocava "Like Someone in Love".

— A resposta é sim — disse Erika Kuriya. — Eu transei algumas vezes com ele.

— Curiosidade, espírito aventureiro, novas possibilidades — eu disse.

Ela sorriu bem de leve.

— É: curiosidade, espírito aventureiro, novas possibilidades.

— Assim criamos o nosso anel de crescimento.

— Se você diz isso — ela disse.

— Por acaso não foi logo depois do nosso encontro em Shibuya que você dormiu com ele pela primeira vez?

Ela folheou as páginas da memória dentro da sua cabeça.

— É, acho que foi cerca de uma semana depois. Até que me lembro bem dos acontecimentos dessa época. Afinal, para mim foi a primeira vez.

— E Kitaru tem uma intuição muito boa — eu disse, olhando nos olhos dela.

Ela os abaixou e apalpou por um tempo as pérolas do colar uma a uma, em sequência. Como se verificasse se elas continuavam ali. E soltou um leve suspiro, como se concluísse algo.

— É, você tem razão. Aki tinha uma intuição bem aguçada.

— Mas no fim não deu certo com o outro rapaz.

Ela assentiu. E disse:

— Infelizmente eu não sou muito inteligente. Por isso precisei fazer rodeios. Talvez até hoje eu esteja fazendo rodeios sem parar.

Todos nós estamos fazendo rodeios incessantemente, eu quis dizer, mas fiquei calado. Falar frases de efeito demais era outro problema que eu tinha.

— Kitaru se casou?

— Até onde eu sei, ele ainda é solteiro — disse Erika. — Pelo menos não recebi nenhuma notícia de que tenha se casado. Talvez nós dois não tenhamos sido feitos para o casamento.

— Ou vocês dois estão fazendo rodeios.

— Talvez.

— Será que não há alguma possibilidade de vocês se reencontrarem em algum lugar e ficarem juntos novamente?

Ela riu, baixou os olhos e balançou de leve a cabeça. Eu não sabia o que esse gesto significava. Não há essa possibilidade, talvez significasse isso. Ou talvez: não adianta pensar nisso.

— Você ainda sonha com a lua de gelo? — perguntei.

Ela levantou o rosto subitamente como se fosse impelida por algo e me fitou. Em seguida um sorriso se espalhou pelo rosto. Tranquilo, levando o tempo necessário. Era um sorriso sincero e natural.

— Você ainda se lembra desse sonho?

— Lembro bem, não sei por quê.

— Mesmo sendo o sonho de outra pessoa?

— O sonho deve ser algo que pode ser emprestado, se for preciso — eu disse. De fato, talvez eu exagere mesmo nas frases de efeito.

— É uma ideia bem legal — disse Erika. No seu rosto ainda havia o sorriso.

Alguém a chamou por trás. Já deveria estar na hora de voltar ao trabalho.

— Não tenho mais esse sonho — ela disse, por fim. — Mas ainda hoje me lembro nitidamente dele. O cenário, o que eu sentia, não é fácil esquecer essas coisas. Provavelmente nunca vou esquecer.

Erika Kuriya observou por um tempo um lugar distante atrás dos meus ombros. Como se procurasse a lua de gelo no céu noturno. Em seguida virou-se e se afastou com passos rápidos. Provavelmente foi ao banheiro retocar a maquiagem ao redor dos olhos.

* * *

Sempre que "Yesterday" começa a tocar no rádio enquanto estou dirigindo, por exemplo, na hora me vem à mente a letra esquisita que Kitaru cantava no banheiro. E me arrependo de não ter registrado toda a letra em algum lugar. Como era curiosa, eu continuei a me lembrar bem dela por um tempo, mas depois ela foi ficando vaga até que me esqueci quase por completo. Só me lembro de fragmentos, e já nem tenho mais certeza se estão corretos. Afinal, a memória é, inevitavelmente, algo sempre recriado.

Nos meus vinte anos, me esforcei algumas vezes para começar um diário, mas não deu certo. Muitas coisas aconteciam à minha volta nessa época, e eu não tinha condições de parar o que estava fazendo e registrá-las uma a uma, pois, além do mais, tinha dificuldade em acompanhar os acontecimentos. E a maioria não me fazia pensar: "eu preciso registrar isso de qualquer jeito". Com muito custo, eu permanecia de olhos abertos contra o vento, recuperava a respiração e conseguia forças para seguir em frente.

Mas curiosamente eu me lembro muito bem de Kitaru. Fomos amigos por apenas alguns meses, mas toda vez que escuto "Yesterday" no rádio, me vêm naturalmente à cabeça os vários cenários e as conversas com ele, como a que tivemos no banheiro da sua casa em Denenchôfu. Sobre os problemas dos rebatedores do Hanshin Tigers, vários elementos incômodos que acompanham o sexo, o quanto os estudos para o vestibular são inúteis, a história da fundação da escola pública primária de Denenchôfu, a diferença filosófica entre *oden* e *kantodaki*,* a riqueza

---

* *Oden* e *kantodaki* são nomes de um mesmo prato. Em Kanto (região de Tóquio) ele é chamado de *oden*, e em Kansai (região de Osaka), de *kantodaki*. (N. T.)

emocional dos vocabulários do dialeto de Kansai. E o único e curioso encontro que tive com Erika Kuriya, por insistência dele. E a confissão de Erika no restaurante italiano, à luz de velas. Eu me lembro desses eventos como se tivessem acabado de acontecer, literalmente. A música tem o efeito de despertar nitidamente a memória, às vezes a ponto de fazer doer o peito.

Mas, recordando a época em que eu tinha vinte anos, só me lembro do quanto eu era sozinho e solitário. Não tinha namorada para aquecer o meu corpo e o meu coração, nem amigos em quem pudesse confiar. Não sabia o que fazer no dia a dia e não tinha nenhuma perspectiva de futuro. Quase sempre estava confinado profundamente dentro de mim mesmo. Às vezes não falava com quase ninguém por uma semana. Essa fase durou cerca de um ano. Foi um longo ano. Não sei bem se foi uma fase de inverno rigoroso que acabou formando um importante anel de crescimento dentro de mim.

Tenho a impressão de que nessa época eu também observava todas as noites a lua de gelo da escotilha do navio. Uma lua transparente, firmemente congelada, com cerca de vinte centímetros de espessura. Mas não tinha ninguém ao meu lado. Eu observava essa lua bela e fria sozinho, sem compartilhá-la com ninguém.

Ontem é o anteontem de amanhã
E o amanhã de anteontem.

Tomara que Kitaru esteja vivendo feliz em Denver (ou em alguma outra cidade distante). Mesmo que não esteja feliz, desejo que pelo menos ele viva o dia de hoje com saúde e que não lhe falte nada. Afinal, ninguém sabe com o que vamos sonhar amanhã.

Órgão independente

Existem pessoas que, pela falta de complicações e ansiedades, são forçadas a se adaptar ao mundo levando uma vida cheia de artifícios. Não são muitas, mas às vezes me deparo com alguma. O doutor Tokai era uma delas.

Para que essas pessoas — sempre diretas e sem distorções — possam se encaixar no sinuoso mundo à sua volta, é necessário que façam ajustes em maior ou menor grau, e em geral elas próprias não se dão conta dos artifícios árduos e assustadores que usam no dia a dia. Têm convicção de que vivem de forma natural e verdadeira, sem se utilizar de máscaras ou subterfúgios. E quando, por alguma razão, um excepcional raio de luz penetra por alguma fresta e incide sobre os aspectos artificiais ou *antinaturais* de suas vidas, muitas vezes acabam por ter de adotar um desfecho trágico ou mesmo cômico. Naturalmente há muitas pessoas de sorte (e só podem ser consideradas assim) que não verão esse tal raio de luz até a morte, ou não terão nenhuma sensação especial ao vê-lo.

Gostaria de descrever brevemente o perfil desse sujeito chamado Tokai, com base nas informações que tive sobre ele. A maior parte eu ouvi diretamente da sua boca, e há informações meio embaralhadas que obtive de pessoas próximas a ele, pessoas confiáveis. Estão contidas neste relato também algumas suposições pessoais minhas, resultado da observação das suas falas e ações do dia a dia. Elas funcionam como uma massa, que preenche as lacunas entre os acontecimentos. O que eu quero dizer, na verdade, é que este retrato não é composto somente de fatos puros e objetivos. Por isso, como autor, não posso recomendar que esta narração seja usada como prova de um julgamento ou como um documento comprobatório de uma transação comercial (embora não faça a menor ideia para que tipo de transação ela poderia ser usada).

Mas, recuando alguns passos (peço que se certifique antes de que não há nenhum penhasco logo atrás) e observando este retrato de uma distância adequada, seguramente o leitor perceberá que a sutil diferença entre a veracidade e a falsidade dos pormenores não será essencial. E provavelmente a figura do doutor Tokai, médico, aparecerá de forma tridimensional e nítida — pelo menos é o que espera o autor. Resumindo, como posso dizer?, Tokai era uma pessoa não muito dada a mal-entendidos.

Não estou querendo dizer que ele era uma pessoa simples e previsível. Pelo menos em alguns aspectos, era complexo, multifacetado e não podia ser compreendido facilmente. Claro, eu não tinha como saber o que se escondia no obscuro de seu inconsciente nem o pecado original que carregava nas costas. Apesar disso, acho que posso afirmar de forma categórica que era relativamente fácil descrevê-lo, considerando que o padrão de seu comportamento era *constante*. Talvez esteja sendo presunçoso, mas essa foi a impressão que eu, como escritor profissional, tive naquela época.

Tokai tinha cinquenta e dois anos, e nunca foi casado. Não teve sequer a experiência de morar com uma mulher. Vivia sozinho em um apartamento de dois dormitórios no sexto andar de um elegante prédio em Azabu. Podemos dizer que era um solteiro convicto. Conseguia fazer os trabalhos domésticos quase sem dificuldade, como cozinhar, lavar e passar roupa, limpar a casa, e duas vezes por mês solicitava os serviços de uma faxineira profissional. Por natureza ele gostava de deixar as coisas limpas, e o trabalho doméstico não lhe causava nenhum sofrimento. Se fosse preciso, conseguia preparar um bom drinque e fazer diversos pratos, desde ensopado de batata com carne até peixe branco assado em papelote (já que a maioria das pessoas como ele não poupa dinheiro em ingredientes, basicamente o prato sempre fica delicioso). Nunca se incomodou por não ter uma mulher dentro de casa, nunca sentiu tédio por morar sozinho nem solidão por ter de dormir sem companhia. Quer dizer, pelo menos *até certo momento.*

Ele era cirurgião plástico. Era dono da Clínica de Beleza Tokai, em Roppongi. Tinha herdado o lugar de seu pai, que também era cirurgião plástico. Naturalmente, havia muitas oportunidades de conhecer mulheres. Não podia ser considerado especialmente bonito, não mesmo, mas seu rosto era aceitável e proporcional (jamais pensou em se submeter a uma cirurgia plástica), e a clínica ia muito bem, lhe dava uma boa renda. Era educado, refinado, culto e sabia conversar. Ainda tinha bastante cabelo (apesar de os fios brancos estarem um pouco visíveis) e, embora tivesse uma gordurinha aqui e ali, esforçava-se para manter o físico de quando era jovem, frequentando assiduamente uma academia de ginástica. E, por causa de tudo isso, ainda que minha sinceridade possa provocar forte aversão em muitas pessoas, até agora não faltaram mulheres para ele namorar.

Por alguma razão, desde novo, Tokai nunca desejou se casar e construir um lar. Tinha a clara convicção de que não servia para a vida de casado. Por isso procurava evitar mulheres que buscavam uma relação visando o casamento, por mais atraentes que elas fossem. Assim, as mulheres que ele escolhia para se envolver se restringiam às que já eram casadas ou que tinham outro namorado "mais sério". Enquanto seguisse esse padrão, nunca aconteceria de alguma namorada desejar se casar com ele. Sendo bastante claro, para as namoradas, ele era apenas o "namorado número dois", o conveniente "namorado para dias de chuva" ou o "amante" acessível. Para falar a verdade, era esse o tipo de relação para o qual Tokai levava mais jeito e que mais lhe agradava. Manter um relacionamento que, por exemplo, exigisse dele alguma responsabilidade deixava-o sempre incomodado.

O fato de que suas namoradas dormiam com outro homem além dele não perturbava tanto o seu coração. Afinal, o corpo não passava de um objeto carnal. Era o que Tokai pensava (em especial sendo médico), e suas namoradas geralmente concordavam (em especial sendo mulheres). Para Tokai, bastava que elas pensassem nele somente enquanto estavam juntos. O que elas pensavam e o que faziam quando não estavam com ele era problema delas, e não algo com que ele devesse se preocupar. Muito menos dar palpites.

Para Tokai, o próprio momento de dividir a mesa, tomar uma taça de vinho e aproveitar a conversa com as namoradas já representava um enorme prazer. O sexo não passava de "uma diversão adicional", uma extensão desse momento, e não era o objetivo final. O que ele buscava acima de tudo era um contato íntimo e intelectual com mulheres atraentes. O resto era o resto. Por isso as mulheres se sentiam naturalmente atraídas por Tokai, divertiam-se sem reservas na sua companhia e, como consequência, passavam a noite com ele. É apenas minha opinião pessoal, mas muitas mulheres (especialmente as atraentes) estão bastante cansadas de homens desesperados por sexo.

Ele às vezes se arrependia de não ter contado o número de mulheres com quem manteve esse tipo de relação nesses quase trinta anos. Mas nunca se interessou muito por quantidade. O que ele buscava acima de tudo era qualidade. Também não se importava muito com a aparência das namoradas. Bastava que elas não tivessem nenhum grande defeito no corpo, a ponto de lhe despertar o interesse profissional, ou que não fossem entediantes, a ponto de lhe provocar bocejos só de olhá-las. Afinal, querendo e tendo o dinheiro necessário, a aparência de qualquer um pode ser quase totalmente modificada (como especialista, ele conhecia inúmeros casos surpreendentes nessa área). Mais do que a aparência, ele valorizava a perspicácia, o senso de humor e a aguçada inteligência das mulheres. As que não tinham assunto nem opinião própria desanimavam o coração de Tokai, por mais bonitas que fossem. Nenhum tipo de cirurgia podia melhorar a habilidade intelectual. Aproveitar o diálogo durante as refeições ou ter uma divertida conversa aleatória na cama com mulheres inteligentes e perspicazes — Tokai amava esses momentos como se fossem tesouros da vida.

Ele nunca se viu envolvido em um problema sério com mulheres. Não lhe agradavam conflitos emocionais complicados. Quando uma nuvem escura despontava próxima ao horizonte, ele se afastava de forma hábil e elegante, sem agravar a situação e sem magoar a namorada, na medida do possível. Como uma sombra que se funde ao crepúsculo quando este se aproxima, de forma rápida e natural. Sendo um solteiro veterano, ele era perito nessas técnicas.

As relações terminavam em intervalos regulares. Quando chegava determinado momento, a maioria das mulheres que tinham outro namorado dizia: "É uma pena, mas acho que não vou poder mais te ver. Vou me casar em breve". Muitas decidiam se casar um pouco antes dos trinta ou um pouco antes dos quarenta, da mesma forma como os calendários são mais vendidos no final do ano. Tokai sempre recebia esse comunicado com serenidade, sorrindo com a medida adequada de tristeza nos lábios. Era uma pena, mas inevitável. Ele não tinha nenhuma inclinação para a instituição chamada casamento, mas aquilo era algo sagrado, à sua maneira. Precisava ser respeitado.

Nessas horas, ele oferecia a elas um bom presente de casamento e felicitações: "Parabéns. Quero que você seja feliz mais do que qualquer outra pessoa. Você é uma mulher inteligente, charmosa e bonita, e tem o direito de ser feliz". Era o que ele realmente sentia. Afinal, elas tinham oferecido momentos encantadores e uma parte valiosa da vida delas a Tokai, porque (provavelmente) sentiam uma afeição sincera por ele. Ele deveria lhes agradecer do fundo do coração só por isso. Que mais poderia exigir delas?

Mas cerca de um terço das mulheres que tiveram a felicidade de selar o sagrado matrimônio telefonava para Tokai depois de alguns anos. E diziam, com alegria na voz: "Tokai, o que você acha de sairmos juntos outra vez?". Então eles passavam a ter novamente uma relação agradável, mas que não podia ser considerada muito sagrada. Os solteiros despreocupados de antes passavam a ter uma relação um pouco mais intricada (e justamente por isso mais prazerosa) de solteiro e mulher casada. Mas o que faziam na prática quase não mudava — só exigia deles um pouco mais de artifício. Dois terços das mulheres que se casavam e terminavam a relação com ele nunca mais telefonavam. Provavelmente levavam uma vida tranquila e plena no casamento. Tinham se tornado eficientes donas de casa e talvez já tivessem alguns filhos. Os mamilos charmosos que um dia ele acariciara com delicadeza talvez estivessem amamentando um bebê. Quando pensava nisso, Tokai se sentia feliz.

Quase todos os amigos de Tokai eram casados. Tinham filhos. Tokai visitava a casa deles algumas vezes, mas nunca sentia inveja. As crianças eram graciosas à sua maneira quando pequenas, mas no fim do ensino fundamental ou no ensino médio quase sempre passavam a odiar e insultar os adultos e, como se fosse vingança, causavam sérios problemas, dilacerando sem piedade os nervos e o sistema digestivo dos pais. Por outro lado, os pais só pensavam em matricular os filhos em escolas reconhecidas, estavam sempre irritados por causa das suas notas, acusavam um ao outro, e as brigas conjugais pareciam não cessar. Os filhos, por sua vez, quase não abriam a boca em casa, enfurnavam-se no quarto e não paravam de conversar pela internet com os colegas de escola ou ficavam absortos em estranhos jogos pornográficos. Tokai não desejava de jeito nenhum ter filhos assim. Os amigos eram unânimes em afirmar: "Filhos dão trabalho, mas é bom tê-los", porém ele não podia confiar nesses clichês, não mesmo. Provavelmente os amigos só queriam que Tokai carregasse o mesmo fardo que eles. Apenas acreditavam, sem fundamentação alguma, que todo mundo tinha a obrigação de passar pelo mesmo calvário que eles.

Eu mesmo casei cedo, e como desde então venho mantendo o casamento, e coincidentemente não tenho filhos, consigo compreender até certo ponto a opinião dele (apesar de haver nela um pouco de preconceito simplista e um exagero retórico). Até acho que ele tem razão em muitos pontos. Claro que nem todos os casos são tão trágicos assim. Neste mundo vasto, existem lares belos e felizes onde filhos e pais mantêm um bom relacionamento do começo ao fim — mais ou menos na mesma frequência de um *hat-trick* no futebol. Mas não tenho nenhuma confiança de que conseguiria fazer parte desse pequeno grupo de pais sortudos, e não acho (não mesmo) que Tokai conseguiria.

Resumindo em palavras simples, sem temer o risco de ser mal interpretado, Tokai era uma "pessoa agradável". Pelo menos, superficialmente, não se notava nele nada que pudesse desestabilizar o seu caráter — como espírito competitivo, complexo de inferioridade, ciúmes, preconceito excessivo, orgulho, obsessão por alguma coisa, sensibilidade aguda ou obstinada opinião política. As pessoas ao seu redor amavam o seu temperamento verdadeiro e sua sinceridade, a sua polidez e a atitude alegre e positiva. Essas qualidades de Tokai eram voltadas de forma concentrada e eficaz especialmente para as mulheres — que representam cerca de metade da população mundial. A habilidade de ser cortês e atento aos pequenos detalhes em relação a elas era indispensável para quem tinha uma profissão como a dele, mas no caso de Tokai não parecia uma técnica adquirida depois de adulto, por necessidade, mas sim um dom natural e inato. Assim como a bela voz e os dedos compridos. Por esse motivo (e, claro, por sua técnica confiável), a clínica dele prosperava. Mesmo não publicando anúncios em revistas, a agenda dele estava sempre cheia.

Como os leitores devem saber, as "pessoas agradáveis" muitas vezes não têm profundidade, são medíocres e enfadonhas. Mas não era o caso de Tokai. Eu costumava tomar cerveja com ele nos finais de semana por cerca de uma hora, e me divertia na sua companhia. Ele era eloquente e sempre tinha assunto. O seu senso de humor era direto, prático e não havia nenhuma insinuação. Ele me contou dos interessantes bastidores da cirurgia estética (claro que na medida em que não violasse os termos de confidencialidade) e me forneceu várias informações curiosas sobre mulheres. Mas nenhuma vez esses temas caíram no lugar-comum. Ele sempre falava das mulheres com respeito e carinho, e as informações que poderiam identificar uma pessoa específica eram sempre omitidas com cuidado.

— Cavalheiro é quem não fala muito do imposto que pagou nem das mulheres com quem dormiu — certo dia ele me disse.

— Quem falou isso? — perguntei.

— São palavras minhas — disse Tokai, sem mudar a expressão do rosto. — Mas é claro que às vezes preciso falar de impostos com meu contador.

Para Tokai, era normal ter duas ou três "namoradas" ao mesmo tempo. Cada uma tinha o seu marido ou namorado e, como elas priorizavam o compromisso com eles, naturalmente sobrava pouco tempo para Tokai. Por isso, para ele, era uma coisa bem normal ter várias namoradas, e não se considerava infiel. Mas é claro que as namoradas não sabiam disso. Na medida do possível, ele procurava evitar mentiras, porém sua postura básica era não revelar as informações que não precisavam ser reveladas.

Na clínica de Tokai havia um excelente secretário que trabalhava para ele havia vários anos e organizava bem sua agenda complexa, como se fosse um experiente controlador de tráfego aéreo. A partir de certo momento, além da agenda profissional de Tokai, esse secretário passou a controlar também os compromissos pessoais dele com as namoradas depois do trabalho. O secretário conhecia todos os detalhes da colorida vida particular de Tokai, não dava nenhum palpite desnecessário, não demonstrava surpresa ao vê-lo sempre ocupado e, apesar disso, executava o trabalho sempre de forma profissional. Ele controlava bem o tráfego para que os encontros não coincidissem em dia e horário. Tinha mais ou menos na cabeça o ciclo menstrual de cada uma das mulheres com quem Tokai saía — o que parece inacreditável. Quando Tokai viajava com uma das namoradas, era ele quem reservava as passagens de trem, hospedaria ou hotel. Sem esse competente secretário, com certeza a maravilhosa vida pessoal de Tokai não teria sido livre de empecilhos. Para demonstrar sua gratidão, Tokai oferecia um presente a esse secretário elegante (ele era gay, naturalmente) sempre que tinha oportunidade.

Felizmente nunca aconteceu de o namorado ou o marido das mulheres de Tokai descobrir o caso deles, o que criaria um problema sério e deixaria Tokai em uma situação complicada. Ele era sempre cauteloso e aconselhava as namoradas a tomar todo o cuidado possível. Não se arriscar muito, não manter o mesmo padrão de comportamento e criar uma história simples quando precisassem mentir — eram esses os três principais conselhos que ele dava às namoradas. (Era como ensinar uma gaivota a voar, mas não custava nada ter esse cuidado.)

Isso não significa, porém, que ele nunca teve problemas. Afinal, era impossível continuar com esse tipo de relação com tantas mulheres por tantos anos e não se envolver em nenhum problema. Até um macaco pode cair do galho algum dia. Houve uma namorada distraída cujo parceiro desconfiado ligou para a clínica questionando a vida pessoal e a ética do doutor Tokai (o secretário competente resolveu o assunto com habilidade). Houve também uma mulher casada que se envolveu profundamente com ele e passou a apresentar problemas. Seu marido era um lutador de artes marciais bastante conhecido. Mesmo dessa vez não aconteceu nada sério. O caso não resultou em nenhuma infelicidade para o médico, como, por exemplo, ter o ombro fraturado.

— Não foi pura sorte? — perguntei.

— Provavelmente — ele respondeu, rindo. — Provavelmente eu *tive sorte*. Mas não foi só isso. Não posso me considerar especialmente inteligente, mas, em assuntos dessa natureza, eu tenho mais tato do que parece.

— Ah, tato — falei.

— Como posso dizer? Quando estou perto do perigo, na hora a minha cabeça funciona... — Tokai hesitou. Parecia não se lembrar de nenhum exemplo. Ou talvez tenha se lembrado de um que não quisesse falar.

Eu disse:

— Por falar em tato, tem um filme antigo do François Truffaut em que uma mulher aparece e fala para um homem: "No mundo há pessoas educadas e outras com tato. Claro que educação e tato são qualidades boas, mas muitas vezes tato é melhor do que educação". Você viu esse filme?

— Não, acho que não — disse Tokai.

— Ela dá um exemplo concreto: um homem abre a porta e encontra uma mulher nua se trocando. O homem educado logo fecha a porta dizendo "Desculpe, senhora". Agora, aquele com tato fecha a porta da mesma forma, mas dizendo "Desculpe, senhor".

— Entendi — disse Tokai, admirado. — É uma definição bastante interessante. Entendo muito bem o que quer dizer. Eu mesmo já me vi várias vezes em situações parecidas.

— E toda vez conseguiu se livrar delas usando o tato?

Tokai mostrou-se sério.

— Mas não quero me superestimar demais. Acho que, basicamente, tive sorte. Sou apenas um homem educado com sorte. Talvez seja mais seguro pensar assim.

De qualquer forma, essa vida *com sorte* de Tokai durou aproximadamente trinta anos. É muito tempo. E, certo dia, sem esperar, ele se apaixonou. Como uma raposa esperta que por descuido cai em uma armadilha.

Ele se apaixonou por uma mulher dezesseis anos mais nova, casada. O marido, dois anos mais velho que ela, trabalhava em uma empresa estrangeira de TI. Eles tinham uma filha de cinco anos. Tokai estava saindo com ela havia um ano e meio.

— Tanimura, você já decidiu não se apaixonar por alguém e se esforçou para isso? — Tokai certa vez me perguntou. Acho que foi no início de verão. Eu o conhecia havia mais de um ano.

Respondi que não passara por isso.

— Eu também nunca tinha passado por isso. Mas agora estou passando — disse Tokai.

— Está se esforçando para não se apaixonar por alguém?

— Exatamente. Estou me esforçando neste exato momento.

— Por quê?

— Por um motivo muito simples: se apaixonar é doloroso. Doloroso demais. O meu coração parece não suportar essa dor, e por isso estou me esforçando para não me apaixonar por ela.

Ele parecia estar falando sério. Na sua fisionomia não havia sinal de sua alegria de sempre.

— Mas como você está se esforçando, concretamente? — perguntei. — Para não se apaixonar.

— Faço muitas coisas. Experimento de tudo. Mas basicamente procuro pensar nos defeitos dela. Eu penso nas suas qualidades *não muito boas*, o máximo que consigo, e faço uma lista. Repito os itens várias e várias vezes mentalmente, como se recitasse um mantra, e tento me convencer de que não preciso me envolver além do necessário com uma mulher como essa.

— E está dando certo?

— Não, não muito — Tokai disse balançando a cabeça. — Um dos motivos é que não consigo pensar em muitas coisas negativas sobre ela. Tem também o fato de que me sinto fortemente atraído até por essas coisas negativas. Além disso, eu já não consigo mais distinguir o que é necessário para o meu coração e o que vai além. Não consigo enxergar direito a divisória. É a primeira vez na vida que tenho esse sentimento incoerente, confuso.

Como ele já tinha saído com várias mulheres, perguntei se até agora nenhuma havia deixado o seu coração tão perturbado.

— É a primeira vez — admitiu o médico, sem cerimônias. Depois, passeou pela memória até encontrar uma lembrança guardada bem no fundo. — Para falar a verdade, quando estava no colégio, eu experimentei uma sensação parecida, mas foi por pouco tempo. O peito doía muito quando eu pensava em uma pessoa, e não conseguia pensar em mais nada... Mas aquilo foi um tipo de amor não correspondido, sem nenhuma esperança. Agora a situação é completamente diferente. Eu já sou um homem-feito e mantenho relações sexuais com ela. Apesar disso, permaneço confuso. Quando penso muito nela, meus órgãos parecem até não funcionar direito. Principalmente o da digestão e o respiratório.

Tokai ficou em silêncio por um tempo, como se verificasse o funcionamento digestivo e pulmonar.

— Pelo que você diz, parece que está se esforçando para não se apaixonar por ela, mas ao mesmo tempo deseja fortemente não perdê-la — eu disse.

— É isso mesmo. Claro que é uma contradição, é como se eu me partisse em dois. Eu desejo duas coisas completamente opostas ao mesmo tempo. Por mais que me esforce, não vou consegui-las. Mas não tenho outra opção. Aconteça o que acontecer, não posso perdê-la. Se um dia eu vier a perdê-la, provavelmente perderei a mim mesmo.

— Mas ela é casada e tem uma filha.

— Exatamente.

— E o que ela pensa a respeito da relação de vocês?

Tokai inclinou um pouco a cabeça e escolheu as palavras:

— Eu só posso supor o que ela pensa, e a suposição só torna o meu coração mais confuso. Mas ela diz claramente que não pretende se separar do atual marido. Eles têm uma filha, e ela não quer desfazer a família.

— Mas continua saindo com você.

— Por enquanto, estamos nos vendo quando é possível. Mas não sei o que será do futuro. Talvez um dia ela pare de sair comigo, com medo de que o marido descubra nossa relação. Ou talvez o marido chegue a descobrir sobre nós, e teremos de terminar. Ou ela simplesmente pode se cansar do nosso relacionamento. Não faço a menor ideia de como será o amanhã.

— E isso o deixa mais aflito do que qualquer outra coisa.

— É... quando analiso essas várias possibilidades, não consigo pensar em mais nada. A comida nem desce direito.

Conheci o doutor Tokai na academia perto de casa. Todo final de semana, de manhã, ele trazia uma raquete de squash e jogávamos algumas partidas juntos. Era educado, tinha bom condicionamento físico e algum interesse pelo resultado da partida, por isso era um adversário perfeito para uma disputa sem compromisso. Eu era um pouco mais velho do que ele, mas nossas idades eram próximas (esse episódio aconteceu havia algum tempo), e nosso nível no squash era parecido. Corríamos suados atrás da bola e depois tomávamos chope juntos numa cervejaria lá perto. Como a maioria das pessoas de boa família, com alta escolaridade e que praticamente nunca passaram por dificuldades financeiras desde que nasceram, o doutor Tokai pensava basicamente apenas em si próprio. Apesar disso, ele, como já mencionei, era uma pessoa com quem se podia ter uma conversa interessante e divertida.

Ao saber que eu era escritor, Tokai passou a falar de si mesmo, aos poucos, não se limitando a assuntos gerais. Talvez ele pensasse que os escritores têm o legítimo direito (ou dever) de ouvir confissões de outras pessoas, assim como os terapeutas e religiosos. Eu passei por esse tipo de experiência não só com ele, mas com muitas outras pessoas, várias vezes. Não me desagrada ouvir a conversa dos outros, e ouvir a confissão do doutor Tokai me despertava muito interesse. Em geral, ele era franco, direto e conseguia ver a si mesmo com um olhar imparcial. E não tinha tanto medo de expor sua fraqueza na frente dos outros. São qualidades que faltam a muitas pessoas no mundo.

Tokai disse:

— Muitas vezes eu saí com mulheres mais bonitas do que ela, com corpos mais incríveis, que tinham mais bom gosto e eram mais inteligentes. Mas essas comparações não significam nada. Porque ela é especial para mim. É algo como um *ser sintético*. Todas as qualidades que ela possui estão ligadas a um único núcleo. Não posso medir nem analisar cada uma das qualidades e dizer se uma ou outra é inferior ou superior à de fulana. O que está no centro é que me atrai. Como se fosse um poderoso ímã. É algo que transcende a lógica.

Nós tomávamos canecas de Black and Tan com batata frita e picles.

— Há um poema clássico japonês que diz: "Depois do nosso encontro, percebo o quanto meu coração era livre de aflições". — disse Tokai.

— O autor é Gonchûnagon Atsutada — eu disse. Nem eu sabia direito por que me lembrava dessas coisas.

— Aprendi na faculdade que "encontro" nesse caso significa encontro amoroso, no qual um homem mantém relação carnal com a mulher. Naquela época apenas pensei "Ah, é?", mas, nessa idade, finalmente consegui entender o sentimento do autor. Ele teve um encontro com uma mulher por quem estava apaixonado, juntaram os corpos, se despediram, e depois veio uma profunda sensação de perda. Uma sensação asfixiante. Pensando bem, esse sentimento não mudou em nada nos últimos mil anos. E senti na pele que eu, que não conhecia pessoalmente esse tipo de sentimento, não poderia ser considerado um homem completo. O único problema é que percebi isso tarde demais.

Acabei explicando que, quando se trata dessas coisas, não tem nada de tarde demais ou cedo demais. Mesmo que seja tarde, é muito melhor do que não perceber nunca.

— Mas acho que seria melhor ter experimentado essa sensação quando ainda era jovem — disse Tokai. — Assim, provavelmente teria desenvolvido anticorpos contra isso.

Mas não é tão fácil ser imune a esse tipo de doença, pensei. Conheço várias pessoas que não conseguiam criar anticorpos e tiveram de carregar dentro de si uma perigosa doença latente. Mas não comentei nada sobre isso. Seria uma longa história.

— Saio com ela há um ano e meio. Seu marido costuma fazer viagens internacionais a trabalho, e nessas ocasiões nos encontramos, jantamos, vamos ao meu apartamento e dormimos juntos. Tudo começou porque ela descobriu que o marido tinha outra mulher. Ele pediu desculpas, prometeu que iria terminar com a outra e que nunca mais a trairia. Mas ela não se conformou. Passou a fazer sexo comigo para recuperar o equilíbrio emocional, por assim dizer. *Vingança* é uma palavra muito dura, mas as mulheres precisam desse tipo de acerto de contas mental. É muito comum.

Eu não sabia direito se isso era mesmo *muito comum*, mas ouvia em silêncio a explicação dele.

— Nós mantivemos uma relação agradável e divertida. Boas conversas, segredos íntimos, sexo delicado e demorado. Acho que compartilhamos belos momentos juntos. Ela ria muito. Ela ri com muita vontade. Mas ao longo dessa relação passei a amá-la profundamente, a ponto de não poder mais voltar atrás, e ultimamente tenho me perguntado: *afinal, quem sou eu?*

Eu achei que não tinha ouvido direito (ou ouvido errado) a última frase, e pedi que ele a repetisse.

— Ultimamente tenho me perguntado: *afinal, quem sou eu?* — ele repetiu.

— É uma pergunta difícil — eu disse.

— É. É uma pergunta muito difícil — disse Tokai. E balançou a cabeça algumas vezes, como se confirmasse a dificuldade. Parece que ele não tinha percebido a pequena ironia contida na minha afirmação.

— Afinal, quem sou eu? — ele continuou. — Até agora vim me dedicando ao trabalho como cirurgião plástico sem ter nenhum tipo de dúvida. Fiz residência, comecei a trabalhar como assistente do meu pai e, desde que ele se aposentou por um problema de visão, passei a administrar a clínica. Não quero me gabar, mas me considero um bom cirurgião. Existem clínicas de todos os níveis no mundo da cirurgia plástica, e em muitos casos os anúncios atraentes escondem um serviço bem irresponsável. Mas a nossa clínica sempre trabalhou de forma honesta, e nunca tivemos problemas graves com as pacientes. Disso eu me orgulho como profissional. Não tenho nenhuma insatisfação com a minha vida pessoal. Tenho muitos amigos e por enquanto sou saudável. Gozo a vida à minha maneira. Mas nos últimos dias tenho me perguntado muito: *afinal, quem sou eu?* Penso nisso *muito seriamente*. Se tirarem de mim a habilidade e a carreira de cirurgião, bem como essa vida confortável que levo hoje, e me lançarem ao mundo como uma pessoa anônima, sem nada, *quem eu seria?*

Tokai olhava fixamente para meus olhos. Como se buscasse alguma reação.

— Por que de repente você passou a pensar nisso? — perguntei.

— Acho que foi um livro que li um tempo atrás sobre um campo de concentração nazista. Ele contava a história de um clínico geral enviado para Auschwitz durante a guerra. Era judeu e tinha uma clínica em Berlim, mas certo dia foi preso juntamente com a família e enviado ao campo de concentração. Até então ele era amado pela família, respeitado pelas pessoas, tinha a confiança dos pacientes e levava uma vida plena em uma elegante mansão. Tinha alguns cães e nos finais de semana tocava peças de Schubert e Mendelssohn no violoncelo com os amigos. Desfrutava de uma vida pacata e próspera, mas tudo mudou completamente quando foi enviado a um lugar que poderia ser considerado o inferno na Terra. Lá ele não era mais um cidadão rico de Berlim ou um médico respeitado; praticamente nem era gente. Foi separado da família, era tratado como um vira-lata e mal recebia comida. Como o diretor do campo de concentração soube que ele era um médico famoso e achou que poderia ter alguma utilidade, ele se livrou da câmara de gás, mas não sabia como seria o dia seguinte. Poderia ser morto por causa de uma simples mudança de humor do carcereiro. Seus familiares provavelmente já estavam mortos.

Ele fez uma breve pausa.

— Nessa hora eu pensei: esse destino terrível vivido pelo médico poderia ser o meu destino se eu tivesse nascido em um lugar e uma época diferentes. Se um dia, por alguma razão, não sei qual, me tirassem desta vida de repente, me arrancassem todos os privilégios, fazendo com que minha existência fosse reduzida apenas a um número, quem eu seria? Fechei o livro e fiquei pensando nisso. Se tirarem de mim meu talento e minha credibilidade profissional, sou um simples homem de cinquenta e dois anos, sem nenhum valor, nenhuma habilidade especial. Por enquanto sou saudável, mas não tenho a força física de quando era jovem. Não posso aguentar por muito tempo trabalhos braçais pesados. Consigo escolher um bom Pinot Noir, conheço alguns restaurantes, casas de sushi e bares onde sou conhecido, consigo pensar em bons presentes para as mulheres, toco um pouco de piano (se for uma partitura simples, consigo tocar mesmo sem conhecer a música), mas é só. Se me mandarem para Auschwitz, nada disso terá utilidade.

Eu concordei com ele. O conhecimento sobre Pinot Noir, a habilidade de tocar piano e a arte de contar histórias divertidas provavelmente não terão nenhuma utilidade em um lugar como esse.

— Desculpe a pergunta, mas você nunca pensou nisso, Tanimura? Quem você seria se lhe fosse arrancada a habilidade de escrever?

Eu expliquei a ele: comecei como um "mero sujeito sem nada", a minha vida partiu praticamente do zero. Por uma casualidade comecei a escrever, e por sorte estou conseguindo viver disso. Por isso, para reconhecer que sou um mero sujeito sem valor e sem nenhuma habilidade especial, não preciso me imaginar em Auschwitz.

Ao ouvir isso, Tokai ficou pensativo. Parecia que ouvia pela primeira vez uma opinião como essa.

— Entendi. Uma vida assim talvez seja mais fácil.

Retruquei, sem muita convicção, que uma pessoa sem nada, que tem de começar a vida do zero, não é uma coisa tão fácil assim.

— É claro — disse Tokai. — Você tem razão. Deve ser muito duro começar a vida do nada. Nesse aspecto, acho que tive mais sorte do que outras pessoas. Mas passar a ter uma profunda dúvida sobre o próprio valor depois de certa idade, quando se adquiriu certo estilo de vida e posição social, é *duro* em outro sentido. Parece que a vida que vivi até agora não tem nenhum significado, é algo sem valor. Se fosse jovem, ainda haveria possibilidade de mudar e poderia ter esperança. Mas nessa idade, o passado recai em mim com grande peso. Não é fácil recomeçar.

— Você passou a pensar seriamente nisso depois de ler o livro sobre o campo de concentração nazista? — perguntei.

— É. Parece estranho, mas fiquei chocado com o conteúdo do livro. Além disso, como o futuro com a minha namorada é incerto, entrei em um estado de leve crise de meia-idade que durou algum tempo. *Afinal, quem sou eu?* Só pensava nisso. Mas, por mais que pensasse, não encontrava nada parecido com uma resposta. Só ficava andando em círculos. Não sentia mais prazer em muitas coisas que antes me alegravam. Não tinha vontade de me exercitar, de comprar roupas, não tinha ânimo para abrir a tampa do piano. Nem tinha vontade de comer. Só pensava nela. Mesmo quando estava atendendo minhas pacientes, acabava pensando nela. Chegava quase a mencionar o nome dela sem querer.

— Vocês se veem com frequência?

— Varia. Depende da agenda do marido dela. Isso também está sendo duro para mim. Quando ele faz uma longa viagem de negócios, temos encontros seguidos. Nessas horas ela deixa a filha com os pais dela ou contrata uma babá. Mas, quando o marido está no Japão, não podemos nos ver por várias semanas. Essa fase é muito dura para mim. Quando penso que talvez nunca mais volte a vê-la, desculpe por usar este clichê, mas parece que meu coração vai se partir ao meio.

Eu ouvia atentamente o que ele dizia, em silêncio. As palavras que ele escolhia eram batidas, mas não achei que fossem um clichê. Ao contrário, elas soaram bastante verdadeiras.

Ele inspirou devagar, depois expirou.

— Eu costumava ter várias namoradas ao mesmo tempo. Você talvez fique espantado, mas já cheguei a manter quatro, cinco relacionamentos de uma vez. Quando não podia ver uma, encontrava outra. E levava uma vida bem descontraída. Mas, depois que comecei a sentir essa forte atração por ela, curiosamente passei a não sentir atração por outras mulheres. Mesmo me encontrando com outras, não consigo me livrar da imagem dela. Não consigo expulsá-la do meu coração. O meu estado é realmente grave.

O estado é *grave*, pensei. Imaginei Tokai chamando uma ambulância pelo telefone: "Alô, preciso urgentemente de uma ambulância. O meu estado é realmente grave. Respiro com dificuldade, e o coração parece estar se partindo ao meio...".

Ele continuou:

— Um dos grandes problemas é que, quanto mais a conheço, mais me apaixono. Saio com ela há um ano e meio, e estou bem mais envolvido agora do que no início do nosso namoro. Hoje sinto que algo une fortemente os nossos corações. Quando o coração dela se move, o meu é puxado junto. Como dois botes presos por uma corda. Mesmo querendo cortá-la, não encontro em lugar nenhum uma faca que possa fazer isso. Nunca me senti assim antes. Isso me deixa angustiado. Afinal, quem serei eu se esse sentimento ficar mais profundo?

— Entendi — eu disse. Mas Tokai parecia buscar uma resposta mais sólida.

— Tanimura, o que devo fazer?

Eu disse: não sei o que você deve fazer concretamente, mas, ao ouvir sua descrição, o que você sente agora parece, para mim, algo natural, que faz sentido.

Para começar, apaixonar-se é isso. É não conseguir controlar o próprio coração e sentir como se fosse governado por uma força irracional. Ou seja, você não está tendo nenhuma experiência excepcional, diferente da maioria das pessoas. Você só está seriamente apaixonado por uma mulher. Sente que não quer perdê-la. Quer ficar o tempo todo com ela. Sente que, se não puder mais vê-la, o mundo pode acabar. É um sentimento que pode ser visto com frequência; não é misterioso nem especial. É uma cena bastante comum da vida.

O doutor Tokai cruzou os braços e refletiu sobre o que eu disse. Parecia não compreender direito o que acabara de ouvir. Talvez fosse difícil para ele entender o conceito da expressão "cena bastante comum da vida". Ou talvez a experiência pela qual ele estava passando fosse algo que, de fato, se afastava um pouco do "ato de se apaixonar".

Depois das cervejas, na hora de nos despedirmos, ele me disse, como se fizesse uma confissão:

— Tanimura, o que eu mais temo, o que mais me deixa confuso, é uma raiva que existe dentro de mim.

— Raiva? — falei, um pouco assustado. Pareceu-me um sentimento que não combinava nem um pouco com Tokai. — Raiva de quê?

Tokai balançou a cabeça.

— Nem eu sei. Sei que não é raiva dela. Mas, quando não estou com ela, quando não posso vê-la, às vezes sinto essa raiva crescer dentro de mim. Nem eu sei direito a que isso se refere. Mas é uma raiva muito forte, que nunca senti antes. Tenho vontade de atirar pela janela tudo o que estiver ao meu alcance no apartamento. Cadeira, televisão, livros, pratos, quadros, tudo. E não me importo se esses objetos matarem alguém que estiver passando lá embaixo. Parece absurdo, mas nessa hora penso isso de verdade. Claro que por enquanto consigo controlar essa raiva. Não chego a atirar nada. Mas talvez chegue uma hora em que não vou mais conseguir me controlar. Talvez chegue realmente a machucar alguém. Tenho medo disso. Preferiria machucar a mim mesmo.

Não lembro direito o que respondi para ele. Acho que disse palavras de consolo inofensivas. Pois naquela época não entendi direito o significado da "raiva" de que ele falava, o que ela poderia estar sugerindo. Talvez devesse ter dito algo mais apropriado. Mas, mesmo que eu tivesse dito algo *apropriado*, provavelmente seu destino não seria diferente. Sinto isso.

Pagamos a conta e saímos da cervejaria. Ele entrou em um táxi com a raquete na bolsa e acenou para mim. Foi a última vez que vi o doutor Tokai. Era quase final de setembro, quando o calor do verão ainda pairava no ar.

Desde então, Tokai não apareceu mais na academia. Nos finais de semana eu passava lá para ver se o encontrava, mas ele não estava. As outras pessoas também não sabiam do seu paradeiro. Isso é comum na academia. As pessoas são assíduas por um tempo, mas, certo dia, repentinamente, param de frequentá-la. Academia não é local de trabalho. As pessoas têm a liberdade de ir ou não. Por isso eu também não liguei muito. E se passaram dois meses.

No final de novembro, numa tarde de sexta-feira, recebi a ligação do secretário de Tokai. Ele se chamava Gotô. Falava com uma voz grave e macia, que me fez lembrar as músicas de Barry White, que costumam tocar nos programas de rádio noturnos.

— Sinto muito por ter de dar uma notícia como essa de repente, por telefone, mas o doutor Tokai faleceu na quinta-feira da semana passada, e na segunda foi realizado o funeral privado só com os parentes próximos.

— Faleceu? — repeti, chocado. — Dois meses atrás, quando o vi pela última vez, ele parecia bem. O que aconteceu?

Houve um silêncio do outro lado da linha. Depois, Gotô disse:

— Para falar a verdade, o doutor Tokai me pediu para entregar uma coisa ao senhor antes de falecer. Desculpe pelo pedido repentino, mas será que podemos nos encontrar rapidamente em algum lugar? Acho que poderei explicar os detalhes pessoalmente. O senhor pode escolher o local e o horário.

Perguntei se poderia ser naquele mesmo dia, mais tarde. Gotô concordou. Indiquei um café numa rua atrás da avenida Aoyama, às seis da tarde. Ali poderíamos conversar com calma, tranquilamente, sem ser incomodados. Gotô disse que não conhecia o lugar, mas achava que o encontraria facilmente.

Quando cheguei ao café, às cinco para as seis, ele já estava sentado à mesa e se levantou rapidamente quando me aproximei. Pela sua voz grave ao telefone, eu imaginava um homem com físico forte, mas ele era alto e magro. Como Tokai havia dito, era muito elegante. Usava blazer marrom de lã, uma camisa muito branca abotoada no colarinho e gravata cor de mostarda escura. Um jeito impecável de se vestir. Os longos cabelos estavam bem ajeitados. A franja caía com delicadeza na testa. Tinha cerca de trinta e cinco anos, e se Tokai não tivesse me dito que era gay, pareceria apenas um jovem bem-vestido e bastante comum (ele ainda tinha a fisionomia jovem). Tinha também uma barba densa. Tomava um expresso duplo.

Cumprimentei Gotô brevemente e pedi um expresso duplo também.

— A morte dele foi bem súbita, não é mesmo? — eu disse.

O jovem estreitou os olhos como se fosse atingido por uma luz forte.

— Sim. Faleceu de forma muito súbita. Assustadoramente súbita. Ao mesmo tempo, foi uma morte muito lenta e dolorosa.

Eu aguardei mais explicações em silêncio. Mas naquele momento — provavelmente até chegar o meu café — ele parecia não querer falar dos detalhes da morte do médico.

— Eu respeitava muito o doutor Tokai — disse o jovem, como se mudasse de assunto. — Como médico, como pessoa, ele realmente era maravilhoso. Era gentil e me ensinou muitas coisas. Eu trabalho na clínica há quase dez anos e, se não tivesse conhecido o doutor Tokai, acho que não estaria aqui. Ele era uma pessoa íntegra e transparente. Estava sempre sorrindo, não era arrogante, era atencioso com todos à sua volta, sem discriminação, e todos gostavam dele. Nunca o ouvi falar mal de ninguém.

Quando Gotô falou isso, percebi que eu também nunca o tinha ouvido falar mal de ninguém.

— Tokai falava muito de você — eu disse. — Dizia que, se não fosse por você, não poderia gerenciar a clínica direito, e que sua vida pessoal também seria uma bagunça.

Gotô mostrou um leve sorriso triste nos lábios.

— Não, eu não sou uma pessoa tão incrível assim. Eu apenas queria ser útil ao doutor Tokai, sem esperar nada em troca. Eu me esforcei bastante para isso, à minha maneira. Isso me dava alegria.

Depois de a garçonete trazer o expresso, ele finalmente começou a falar sobre a morte do médico:

— A primeira mudança que notei nele foi que parou de almoçar. Até então sempre comia alguma coisa na hora do almoço, mesmo que fosse simples, todos os dias. Por mais ocupado que estivesse, era metódico, principalmente quando se tratava de alimentação. Mas a partir de certo dia ele passou a não comer nada no almoço. Mesmo quando eu insistia, dizendo "o senhor precisa comer alguma coisa", ele respondia, "não se preocupe, só não tenho apetite". Isso foi no início de outubro. Essa mudança me deixou preocupado. Porque ele era uma pessoa que não gostava de mudar a rotina. Valorizava mais do que tudo o cotidiano regrado. Ele não só deixou de almoçar. Quando me dei conta, ele já não frequentava mais a academia. Costumava ir três vezes por semana nadar, jogar squash e fazer musculação, mas parecia que tinha perdido completamente o interesse. Depois deixou de se importar com a aparência. Ele gostava de se manter limpo e se vestir bem, mas, como posso dizer, aos poucos foi ficando desleixado. Às vezes usava a mesma roupa vários dias seguidos. E sempre parecia estar pensando profundamente em algo, ficou cada vez mais calado, até que quase não abria mais a boca e ficava distraído por um bom tempo. Mesmo quando eu falava com ele, parecia não me ouvir. Também deixou de sair com as mulheres depois do trabalho.

— Como você controlava a agenda dele, percebeu nitidamente essa mudança, não é?

— Exatamente. Para o doutor Tokai, sair com as mulheres era uma parte fundamental de seu dia a dia. Era a fonte da sua vitalidade. De repente ele parou de sair com elas, e isso não era algo normal, não mesmo. Ele estava com cinquenta e dois anos, que não é idade para envelhecer. O senhor deve saber que o doutor Tokai tinha uma vida bastante ativa em matéria de relacionamentos, não é?

— É, ele não escondia essas coisas. Não que ele se gabasse disso, mas era muito verdadeiro.

O jovem Gotô acenou com a cabeça.

— É, nesse sentido, ele era bastante verdadeiro. Ele também me contava muitas coisas. Justamente por isso sua mudança repentina foi um choque para mim. Ele já não me contava mais nada. Não sei o que estava acontecendo, mas ele guardava isso dentro de si, era um segredo só seu. Claro que perguntei se havia algum problema, se estava preocupado com algo. Mas ele apenas negava com a cabeça, sem revelar o que se passava no coração. Quase não falava comigo. Ele simplesmente emagrecia um pouco mais a cada dia diante dos meus olhos. Era evidente que não se alimentava direito. Mas eu não podia invadir por conta própria sua vida pessoal. Ele era uma pessoa amigável, mas não abria a guarda para ninguém. Por muitos anos fui uma espécie de secretário dele, mas só entrei no seu apartamento uma vez. Quando me pediu para apanhar algo importante que ele havia esquecido. Provavelmente apenas as mulheres com quem ele mantinha uma relação íntima podiam entrar no apartamento dele livremente. O que eu podia fazer era só conjecturar, de longe, apreensivo.

Assim dizendo, Gotô soltou mais um suspiro. Como se expressasse sua resignação com as *mulheres com quem Tokai mantinha uma relação íntima*.

— Ele não parava de emagrecer? — perguntei.

— Isso. Os olhos afundaram, e o rosto estava pálido como uma folha de papel. Quase não conseguia andar direito, com os passos cambaleantes, e mal conseguia segurar o bisturi. Claro que não conseguia fazer cirurgias. Felizmente tinha um bom assistente, e por um período ele substituiu o doutor Tokai. Mas essa situação não podia durar muito tempo. Eu telefonei para as pacientes para cancelar as consultas uma a uma, e a clínica ficou praticamente fechada. Até que o doutor Tokai deixou de aparecer lá. Isso foi no final de outubro. Eu telefonava para o apartamento dele, mas ninguém atendia. Cheguei a não conseguir falar com ele por dois dias. Como eu tinha a chave do apartamento, na manhã do terceiro dia entrei com essa chave. Não deveria ter feito isso, mas estava muito preocupado.

"Quando abri a porta, senti um cheiro terrível. As coisas estavam espalhadas por toda parte. Havia roupas usadas jogadas no chão. Ternos, gravatas, até cuecas. Parecia que ninguém arrumava o apartamento havia vários meses. As janelas estavam fechadas, e o ar, estagnado. O doutor Tokai estava deitado na cama sem se mexer."

Por um tempo, parecia que o jovem recordava a cena. Fechou os olhos e balançou a cabeça de leve.

— Olhando de relance, achei que já estava morto. Meu coração quase parou de bater. Mas eu tinha me enganado. Ele virou o rosto magro e pálido para mim, abriu os olhos e me fitou. De vez em quando piscava. Ele respirava de uma forma muito tênue. Estava com o edredom até o pescoço e não se mexia. Chamei seu nome, mas não houve reação. Os lábios secos estavam firmemente cerrados, como se estivessem costurados. A barba estava longa. Abri logo a janela para arejar a casa. À primeira vista não havia necessidade de tomar alguma medida urgente, e ele não parecia estar sofrendo, então resolvi arrumar o quarto. Estava muito bagunçado. Juntei as roupas espalhadas, lavei as que podiam ser lavadas na máquina e coloquei em um saco as que precisavam ser levadas para a lavanderia. Joguei fora a água que estava na banheira e a lavei. A marca da linha d'água demorou a sair da banheira, indicando que ela não fora lavada por muito tempo. O doutor Tokai gostava de ver as coisas limpas e, antes, nunca teria deixado isso acontecer. Parecia que ele tinha dispensado a faxina periódica do apartamento, e em todos os móveis havia poeira acumulada. Mas, para minha surpresa, quase não havia louça suja na pia da cozinha. Estava muito limpa. Ou seja, ele não usara a cozinha nos últimos tempos. Fora as várias garrafas de água mineral no chão, não havia sinal de que tivesse ingerido alguma coisa. Abrindo a geladeira, senti um cheiro terrível. A comida estava podre. Tofu, verduras, frutas, leite, sanduíche, presunto, essas coisas. Coloquei tudo em um grande saco de lixo e levei até o depósito no subsolo do prédio.

O jovem pegou a xícara de expresso vazia e a observou por um tempo, de vários ângulos. Em seguida, levantou os olhos e disse:

— Acho que levei mais de três horas para arrumar o quarto e deixá-lo praticamente como era antes. Deixei as janelas abertas durante todo esse tempo, e o cheiro desagradável tinha quase sumido. Mesmo assim o doutor Tokai não abriu a boca. Apenas me seguia com os olhos enquanto eu me movia de um lado para outro. Como ele estava muito magro, os olhos pareciam muito maiores e mais brilhantes. Mas não havia mais nenhuma emoção neles. Eles me fitavam, mas na verdade não enxergavam nada. Como posso dizer? Eles apenas seguiam *um objeto*, como se fossem lentes de uma câmera automática configurada para focalizar o que quer que se movimentasse. Para o doutor Tokai, não importava quem eu era ou o que fazia ali. Eram olhos muito tristes. Acho que nunca mais vou conseguir esquecer aqueles olhos.

"Em seguida fiz a barba do doutor Tokai com um barbeador elétrico e limpei seu rosto com uma toalha molhada. Ele não mostrou nenhuma resistência. Ficou completamente passivo. Depois liguei para o médico dele. Ao lhe explicar a situação, ele veio imediatamente. Examinou o doutor Tokai e fez alguns testes simples. Durante todo esse tempo o doutor não abriu a boca. Apenas fitava os nossos rostos com seus olhos vagos, sem emoção.

"Não sei como explicar... Talvez minha descrição não seja adequada, mas o doutor Tokai parecia não ter vida. Parecia uma múmia que, depois de ser enterrada e ficar em jejum por vários dias, retornara à superfície rastejando, sem conseguir abandonar os desejos mundanos. Acho que estou sendo cruel. Mas senti exatamente isso nessa hora. Ele já estava sem alma. Não havia esperança de ela voltar. Apenas os órgãos do seu corpo estavam funcionando de forma independente, sem perderem a esperança. Senti isso."

O jovem balançou a cabeça algumas vezes.

— Desculpe. Acho que estou tomando muito tempo na explicação. Vou ser mais sucinto. Resumindo, o doutor Tokai tinha algo parecido com anorexia. Praticamente não comia e só se mantinha vivo à base de água. Não, para ser exato, não era anorexia. Como o senhor sabe, normalmente são as mulheres jovens que sofrem desse distúrbio. Elas passam a comer pouco por uma razão estética, para emagrecer, até que perder peso se torna o único objetivo, e passam a não comer praticamente nada. Nos casos mais graves, o ideal para elas é ter peso zero. Um homem de meia-idade não costuma ser anoréxico. Mas o doutor Tokai tinha os mesmos sintomas, ainda que, naturalmente, não tivesse deixado de comer por uma razão estética. Em minha opinião, ele deixou de comer porque, *literalmente*, a comida não lhe descia.

— Mal de amor? — perguntei.

— Algo assim — disse o jovem Gotô. — Ou talvez ele tivesse o desejo de se aproximar desse zero. Talvez quisesse se reduzir ao nada. Porque, sem um motivo desses, uma pessoa comum não consegue aguentar o sofrimento causado pela fome. Talvez a ânsia de aproximar o próprio corpo do zero tenha superado esse sofrimento. Provavelmente é isso que acontece com as jovens anoréxicas que reduzem o próprio peso ao limite.

Tentei imaginar Tokai deitado na cama, definhando e emagrecendo como uma múmia, sofrendo de uma paixão ardente. Mas só me veio à mente a imagem do Tokai alegre, saudável, apreciador de refeições requintadas, bem-vestido.

— O médico injetou soro fisiológico no doutor Tokai e chamou uma enfermeira para preparar uma bolsa. Mas soro, o senhor sabe, não ajuda muito, e a agulha pode ser arrancada facilmente. Eu também não podia ficar o tempo todo ao lado de sua cabeceira. Quando a gente o forçava a comer, ele vomitava tudo. Queríamos interná-lo, mas ele se recusava. Nessa hora o doutor Tokai já tinha abandonado a vontade de viver e decidido se aproximar o máximo possível do zero. Por mais que tentássemos ajudá-lo, por mais soro que injetássemos nele, não conseguiríamos interromper esse fluxo. Tudo o que podíamos fazer era observar de braços cruzados o corpo do doutor Tokai ser consumido pela inanição. Foram dias dolorosos. Tínhamos de fazer alguma coisa, mas não podíamos fazer nada, na prática. O único consolo era que ele aparentemente não sentia dor. Pelo menos durante todo esse tempo eu nunca o vi fazer uma expressão de sofrimento. Eu ia todo dia ao apartamento dele, checava a correspondência, fazia a limpeza e, sentado ao lado de sua cabeceira, falava de vários assuntos. Sobre a clínica e coisas do dia a dia. Mas ele permanecia em silêncio. Não demonstrava nenhuma reação. Não dava para saber se ele estava consciente. Ele apenas fitava o meu rosto com seus grandes olhos sem expressão, silenciosamente. Seus olhos eram muito transparentes, o que é curioso. Eu quase conseguia ver o que estava atrás deles.

— Será que ele ficou assim por causa da namorada? — perguntei. — Ele me contou que tinha um relacionamento bem sério com uma mulher casada e com uma filha.

— É. Fazia um tempo que o doutor Tokai tinha entrado nessa relação séria e profunda. Quer dizer, não era mais uma relação descontraída e divertida que ele costumava ter com as namoradas de até então. E parecia que havia acontecido algo sério entre os dois. Por causa disso, parecia que o doutor Tokai havia perdido a vontade de viver. Eu liguei para a casa dela. Mas ela não atendeu, quem atendeu foi seu marido. Eu disse: "Gostaria de falar com a sua esposa a respeito da consulta na clínica". O marido disse que ela não morava mais lá. Eu perguntei onde poderia encontrá-la. "Não sei", disse o marido friamente e desligou o telefone.

Ele ficou calado por um tempo outra vez. E continuou:

— Resumindo a longa história, com dificuldade consegui descobrir o paradeiro dela. Tinha saído de casa, deixando o marido e a filha, e estava morando com outro homem.

Fiquei sem palavras. Tinha perdido o fio da meada. Enfim, falei:

— Quer dizer que tanto o marido quanto Tokai levaram um fora dela?

— Basicamente, é isso — disse o jovem, hesitante. Franziu levemente a testa. — Ela tinha outro amante. Não sei dos detalhes, mas parece que ele é mais novo do que ela. É apenas minha opinião, mas ele não parece ser um tipo respeitável. Ela saiu de casa, como se tivesse fugido. Parece que o doutor Tokai não passou de um trampolim. Parece que foi usado, por conveniência. Há indícios de que gastou uma grande quantia de dinheiro com ela. Verificando a conta bancária e as contas do cartão de crédito, notei que ele movimentou muito dinheiro, em um fluxo diferente do habitual. Provavelmente comprou presentes caros ou algo assim. Ou talvez tivesse emprestado dinheiro a ela. Como não deixou nenhum comprovante, não temos como saber onde ele gastou tanto dinheiro, mas uma boa quantia foi sacada nesse curto período de tempo.

Soltei um suspiro pesado.

— Então ele deve ter ficado bem abatido.

O jovem assentiu.

— Se essa mulher, ao terminar com o doutor Tokai, tivesse dito, por exemplo: "Realmente não posso deixar o meu marido e a minha filha, e por isso não quero mais continuar com a nossa relação", acho que ele ainda teria suportado. Como ele a amava como nunca amou nenhuma mulher na vida, teria ficado profundamente abatido, mas não tão aniquilado a ponto de preferir a morte. Se a história tivesse lógica, por mais fundo que fosse o abismo em que ele caísse, um dia teria conseguido se reerguer. Mas o fato de ter aparecido outro amante e de ele ter sido usado de forma tão aberta foi um golpe muito duro para o doutor Tokai.

Eu o escutava em silêncio.

— Quando o doutor Tokai faleceu, estava com cerca de trinta e cinco quilos — o jovem disse. — Antes, ele tinha mais de setenta, então estava com menos da metade do peso normal. Os ossos da costela estavam salientes e lembravam as ondulações de uma praia rochosa na maré baixa. Dava vontade de desviar os olhos ao vê-lo. Me lembrei dos prisioneiros judeus muito magros, logo depois de serem libertados dos campos de concentração nazistas, numa cena que vi num documentário muito tempo atrás.

Campos de concentração. Sim, em certo sentido Tokai previra aquilo corretamente. *Afinal, quem sou eu? Ultimamente tenho me perguntado muito isso.*

O jovem continuou:

— Clinicamente, a causa direta da morte foi insuficiência cardíaca. O coração já não tinha mais força para bombear o sangue. Mas, a meu ver, a morte foi causada pelo coração apaixonado. Foi *mal de amor*, literalmente. Liguei várias vezes para a antiga namorada, querendo explicar a situação. Praticamente cheguei a suplicar, perguntando-lhe se não poderia visitar o doutor Tokai ao menos uma vez, mesmo que rapidamente. Se continuar assim, ele não vai resistir. Mas ela não veio. Claro que não penso que ele teria sobrevivido se ela tivesse aparecido na frente dele. Ele já tinha decidido morrer. Mas, quem sabe, teria acontecido algum tipo de milagre. Ou o doutor Tokai teria morrido com outro sentimento. Ou talvez a visita dela só o tivesse deixado confuso. Talvez ela só trouxesse mais sofrimento ao seu coração. Não sei direito. Para ser sincero, essa história está cheia de mistérios para mim. Mas de uma coisa eu tenho certeza: não existe ninguém no mundo que tenha realmente morrido por uma paixão que o impedisse de comer qualquer coisa. Não concorda?

Concordei. De fato, nunca tinha ouvido uma história assim. O que certamente tornava Tokai uma pessoa especial. Quando disse isso, o jovem Gotô cobriu o rosto com as mãos e chorou silenciosamente. Parecia que ele gostava do doutor Tokai do fundo do coração. Eu queria consolá-lo, mas não havia nada que eu pudesse fazer, na prática. Depois de um tempo, ele parou de chorar e enxugou as lágrimas com um lenço branco e limpo que tirou do bolso da calça.

— Desculpe. Fico envergonhado por isso.

Eu disse que não se deve ter vergonha de chorar por alguém. Especialmente se for por alguém importante, que já se foi. O jovem Gotô me agradeceu:

— Muito obrigado. As suas palavras me deixaram mais aliviado.

Ele pegou a bolsa de squash sob a mesa e a entregou para mim. Dentro havia uma raquete Black Knight nova. Era um objeto de luxo.

— O doutor Tokai pediu para lhe entregar isso. Ele a tinha encomendado em uma loja, mas, quando a raquete chegou, já não tinha mais forças para jogar. Me pediu então para entregá-la ao senhor. No último momento parece que ele recuperou a consciência repentinamente e me transmitiu algumas instruções práticas. Inclusive falou da raquete. Gostaria que o senhor a usasse.

Agradeci e aceitei a raquete. Depois perguntei sobre a clínica.

— Por enquanto não estamos atendendo, e acho que cedo ou tarde ela será fechada ou vendida com todos os móveis e equipamentos — ele disse. — Naturalmente, como preciso passar os trabalhos administrativos para alguém, vou continuar trabalhando por um período, mas não decidi o que vou fazer depois. Também preciso de um pouco mais de tempo para me recuperar. Por enquanto não estou em condições de pensar claramente.

Desejei que esse jovem se recuperasse logo do choque, e que conseguisse levar uma vida tranquila de agora em diante. Ao se despedir, ele falou:

— Senhor Tanimura, não quero incomodá-lo, mas tenho um pedido a fazer. Gostaria que o senhor não se esquecesse do doutor Tokai. Ele tinha um coração extremamente puro. Em minha opinião, o que podemos fazer pelas pessoas falecidas é nos lembrarmos delas o máximo possível. Isso é fácil de falar, mas não é fácil de fazer. Não posso pedir isso a qualquer pessoa.

— Você tem razão — eu disse. — Não é tão fácil lembrar-se por muito tempo de alguém falecido, ao contrário do que as pessoas possam pensar. Vou me esforçar para me lembrar dele o máximo possível — prometi. Eu não tinha como julgar se o coração do doutor Tokai era extremamente puro como o jovem afirmara, mas certamente ele *não era uma pessoa comum*, e provavelmente valia a pena mantê-lo na memória. Nós nos despedimos com um aperto de mãos.

Assim, para não me esquecer do doutor Tokai, estou escrevendo este texto. Para mim, deixar um registro escrito é o meio mais eficaz para não me esquecer das coisas. Alterei o nome dos personagens e dos locais para não causar problemas às pessoas envolvidas, mas o fato aconteceu de verdade, praticamente do jeito que eu contei. Espero que o jovem Gotô leia este texto, onde quer que esteja.

Há mais uma coisa relacionada ao doutor Tokai de que me lembro bem. Não sei direito como fomos parar nesse assunto, mas certo dia ele emitiu sua opinião sobre as mulheres em geral.

Todas as mulheres nascem com uma espécie de órgão independente especial para mentir, segundo a opinião de Tokai. Depende de cada mulher o tipo de mentira que vai contar, onde e como vai fazê-lo. Mas com certeza todas elas mentem uma hora, ainda mais sobre assuntos importantes. Naturalmente elas também mentem sobre assuntos que não têm muita importância mas, acima de tudo, não hesitam em mentir nos de extrema importância. E a maioria não muda nem um pouco a expressão do rosto nem o tom de voz nessa hora. Porque não são elas que mentem: é seu órgão independente, que mente por conta própria. Por isso a mentira não faz pesar a bela consciência delas nem prejudica seu sono tranquilo — com exceção de alguns casos específicos.

Como ele disse isso de forma categórica, e era algo incomum, eu me lembro muito bem dessa afirmação. Não tenho como não concordar de todo com ela, mas talvez as nossas opiniões tenham algumas nuances um pouco diferentes. Acho que ambos chegamos ao cume nada prazeroso da mesma montanha, seguindo diferentes rotas de escalada.

À beira da morte, Tokai pôde confirmar, provavelmente sem nenhum prazer, que sua opinião não estava errada. Nem é preciso dizer, mas tenho muita pena do doutor Tokai. Lamento profundamente a sua morte. Creio que ele precisou de muita determinação para deixar de comer e morrer por inanição. É impossível imaginar o seu calvário físico e psicológico. Mas, ao mesmo tempo, não posso dizer que não sinto inveja dele, que conseguiu amar profundamente uma mulher a ponto de desejar aproximar do zero a própria existência — mesmo com o tipo de mulher que ela era. Se quisesse, poderia ter continuado até o fim com a sua vida cheia de artifícios, como fizera até então. Poderia continuar saindo com várias mulheres ao mesmo tempo, despreocupadamente, virando uma taça de Pinot Noir suave, tocando "My Way" no piano de cauda da sala e desfrutando de divertidos encontros amorosos em algum canto da cidade. Mesmo assim, ele se apaixonou profundamente a ponto de não conseguir mais comer, penetrou em um mundo completamente novo, viu paisagens nunca antes vistas e, em consequência, impeliu a si mesmo em direção à morte. Usando as palavras do jovem Gotô, ele *se reduziu ao nada*. Eu não tenho como julgar qual das vidas havia sido mais feliz ou verdadeira para ele. O destino do doutor Tokai, entre setembro e novembro daquele ano, está cheio de mistérios para mim, assim como para o jovem Gotô.

Continuo jogando squash, mas depois da morte de Tokai eu mudei de casa e também troquei de academia. Na nova academia costumo jogar com um instrutor. Preciso pagar uma taxa, mas me sinto mais à vontade assim. Quase nunca uso a raquete que ganhei do doutor Tokai. Um dos motivos é que ela é leve demais para mim. E, quando sinto na mão a sua leveza, acabo me lembrando inevitavelmente do corpo de Tokai, magro e abatido.

Quando o coração dela se move, o meu é puxado junto. Como dois botes presos por uma corda. Mesmo querendo cortá-la, não encontro em lugar nenhum uma faca que possa fazer isso.

Ele estava preso ao bote errado, concluímos depois. Mas será que podemos afirmar isso? Eu penso: assim como a namorada dele (provavelmente) usava seu órgão independente para mentir, em um sentido um pouco diferente, o doutor Tokai, por sua vez, também usava um órgão independente para amar. Este também tinha uma função heterônoma, não podia ser controlado pela vontade de Tokai. É fácil para uma pessoa de fora discutir, depois, triunfante, sobre a conduta deles, ou balançar a cabeça com tristeza. Mas sem a intervenção de um órgão como esse, que nos impulsiona para o alto, que nos empurra para o fundo do abismo, que perturba nosso coração, que nos mostra uma bela ilusão e às vezes nos impele à morte, nossa vida certamente seria muito insípida. Ou não passaria de uma sequência de artifícios.

Naturalmente não tenho como saber o que Tokai pensou, o que passou na sua cabeça quando estava perto da morte que ele mesmo escolhera. Mas mesmo em meio à dor e ao sofrimento profundos, ele conseguiu recuperar a consciência, mesmo que por um breve momento, para pedir ao seu secretário que entregasse a nova raquete de squash para mim. Talvez ele quisesse transmitir uma mensagem. Talvez quase no derradeiro momento ele tenha descoberto algo parecido com uma resposta para a pergunta *afinal, quem sou eu?*. Talvez o doutor Tokai quisesse transmitir isso para mim. Tenho essa impressão.

Sherazade

Sempre que fazia sexo com Habara, ela contava uma história interessante e fantástica. Como a Sherazade de *As mil e uma noites*. Claro que, ao contrário da antiga lenda, Habara não tinha a menor intenção de cortar a cabeça da mulher pela manhã (para começar, ela nunca ficara ao seu lado até o amanhecer). Apenas lhe contava as histórias porque sentia vontade. Talvez também quisesse consolar Habara, que tinha de ficar confinado em casa, sozinho. Mas não devia ser só isso; ela devia gostar do simples ato de ter uma conversa íntima com um homem na cama — especialmente no momento de languidez logo depois do sexo, quando estavam a sós —, assim ele supôs.

Habara a chamava de Sherazade. Ele não mencionava esse nome na frente dela, mas, quando ela vinha, ele escrevia "Sherazade" com uma caneta esferográfica no pequeno diário onde fazia anotações. Também registrava sucintamente o conteúdo da história contada por ela nesse dia — de modo que fosse indecifrável caso alguém lesse.

Habara não sabia se as histórias eram verídicas, se era tudo invenção ou se era uma mistura das duas coisas. Era impossível fazer essa distinção. Parecia que nelas a realidade e a suposição, a observação e o sonho, convergiam. Por isso Habara não se importava se eram ou não verídicas, apenas ouvia absorto, com atenção, a narrativa dela. Ainda que fosse verdade, mentira ou um complexo emaranhado dos dois, essa diferença teria algum significado agora?

De qualquer forma, Sherazade sabia contar histórias de um jeito cativante. Qualquer tipo de acontecimento se tornava especial quando era contado por ela. O modo de falar, as pausas, o desenvolvimento do enredo, tudo era perfeito. Ela aguçava a curiosidade e mantinha o suspense com frieza, fazendo o ouvinte pensar, prever os acontecimentos, e no final fornecia com precisão o que ele esperava. Através da sua admirável técnica, ela fazia o ouvinte se esquecer da realidade ao redor, mesmo que momentaneamente. Como se limpasse o quadro-negro com um pano umedecido, apagava por completo os persistentes fragmentos de qualquer memória desagradável que o ouvinte queria esquecer, bem como as preocupações. "Isso já é suficiente", Habara pensava. Ou melhor, era isso que ele desejava mais do que tudo nesse momento.

Sherazade tinha trinta e cinco anos, quatro anos a mais do que ele, era dona de casa quase em tempo integral (tinha diploma de enfermeira e de vez em quando era chamada para fazer alguns serviços) e tinha dois filhos no primário. Seu marido trabalhava em uma empresa qualquer. Morava a cerca de vinte minutos de carro dali. Isso era (praticamente) tudo o que ela havia contado a Habara a seu respeito. Claro que ele não tinha como verificar se essas informações eram verdadeiras ou não. Ele também não tinha nenhuma razão especial para duvidar delas. Ela não revelara seu nome. "Você não precisa saber meu nome", dissera. Tinha razão. Para ele, ela era simplesmente *Sherazade*, e por enquanto não havia nenhum inconveniente em chamá-la assim. Ela também nunca o chamara pelo nome, Habara — o que ela provavelmente sabia. Ela tinha o cuidado de evitar o nome, como se dizê-lo em voz alta fosse um ato inadequado e de mau agouro.

Sherazade estava longe de ser a bela rainha de *As mil e uma noites*, por mais que se quisesse ser favorável no julgamento. Ela era uma dona de casa de cidade pequena, a gordura tinha começado a acumular em alguns cantos do corpo (funcionando como uma massa, que preenche as lacunas), e notava-se que estava seguindo com passos firmes rumo ao território da meia-idade. Tinha gordura no queixo e rugas cansadas no canto dos olhos. O cabelo, as roupas e a maquiagem não chegavam a ser ruins, mas não eram nada admiráveis. O rosto em si não era feio, não mesmo, mas causava apenas uma impressão vaga nas pessoas, como uma imagem desfocada. A maioria dos que cruzavam com ela na rua ou pegavam o mesmo elevador provavelmente não prestava atenção nela. Talvez dez anos atrás ela fosse uma garota encantadora e vivaz. Alguns homens talvez se virassem para vê-la melhor. Mesmo que tivesse sido assim um dia, essa fase já havia chegado ao fim. E, por enquanto, não havia nenhum sinal de que ela pudesse recuperá-la.

Sherazade visitava a House duas vezes por semana. Os dias não eram definidos, mas ela nunca ia nos finais de semana. Provavelmente porque precisava ficar com a família. Quando ia, ela telefonava uma hora antes, sem falta. Chegava de carro, carregando os mantimentos comprados no supermercado ali perto. O carro era um pequeno Mazda azul, modelo antigo, o para-choque traseiro tinha um amassado visível, e as rodas estavam sujas e pretas. Ela parava o carro no estacionamento da House, abria a porta traseira, tirava as sacolas de compras e tocava a campainha com elas nas mãos. Habara verificava quem era pelo olho mágico, girava a chave, tirava a corrente e abria a porta. Ela ia direto para a cozinha, onde separava e guardava os alimentos na geladeira. Depois fazia a lista de compras para a próxima visita. Parecia uma eficiente dona de casa: realizava as tarefas com habilidade, sem movimentos desnecessários. Praticamente não abria a boca enquanto trabalhava, mantendo sempre uma fisionomia séria.

Quando ela terminava o trabalho, sem que combinassem, como que carregados por uma corrente marítima invisível, os dois iam para o quarto. Lá Sherazade tirava a roupa rapidamente e depois, em silêncio, se deitava na cama com Habara. Os dois se abraçavam quase sem falar nada e faziam sexo seguindo alguns procedimentos, como se estivessem incumbidos de realizar uma tarefa. Quando ela estava menstruada, usava a mão para fazer o serviço. Sua habilidade quase profissional fazia Habara se lembrar de que Sherazade tinha diploma de enfermagem.

Depois do sexo, os dois conversavam deitados na cama. Mas era ela quem falava mais, e Habara apenas ouvia, pronunciando curtas interjeições ou fazendo algumas perguntas simples. E, quando os ponteiros do relógio marcavam quatro e meia, Sherazade parava de falar mesmo que estivesse no meio da história (por alguma razão sempre chegava ao clímax do relato nesse horário), saía da cama, reunia e vestia as roupas espalhadas no chão e se arrumava para ir embora. Preciso preparar o jantar em casa, dizia.

Habara se despedia dela na porta, fechava a corrente e observava pela fresta da cortina o pequeno e sujo carro azul partir. Às seis, preparava uma refeição simples com o que tinha na geladeira e comia sozinho. Ele havia trabalhado como cozinheiro por um tempo, e preparar a refeição não era nenhum sofrimento. Tomava Perrier enquanto comia (não bebia nada alcoólico) e depois assistia a um filme em DVD ou lia um livro tomando café (ele preferia livros que exigiam muito tempo para serem concluídos e que precisavam ser lidos várias vezes). Não tinha nada em especial para fazer. Não tinha ninguém com quem conversar. Nem para telefonar. Como não tinha computador, não podia acessar a internet. Não assinava jornal nem assistia à televisão (tinha uma razão legítima para isso). Naturalmente, também não podia sair de casa. Se, por alguma razão, Sherazade fosse impedida de vir aqui, ele perderia por completo o contato com o mundo exterior e, literalmente, seria abandonado sozinho nessa ilha deserta e inacessível.

Mas essa possibilidade não o preocupava tanto. "É uma situação que eu preciso resolver com a minha própria força. Será difícil, mas conseguirei superá-la de alguma forma. Afinal, não estou sozinho nessa ilha deserta", Habara pensou. "*Eu sou a ilha deserta.*" Para começar, ele já estava acostumado a ficar sozinho. Seus nervos não se deixavam vencer tão facilmente mesmo quando estava completamente só. O que perturbava o coração de Habara era o fato de que, se ficasse completamente isolado, não poderia mais conversar com Sherazade na cama. Ou melhor, não poderia ouvir a continuação de suas histórias.

Um pouco depois de se adaptar à House, Habara começou a deixar a barba crescer. Ele já tinha barba densa. Resolveu deixá-la crescer para mudar a própria imagem, mas o motivo não foi só esse. A principal razão era que ele estava muito entediado. Se tivesse barba, toda hora poderia passar a mão no queixo, nas patilhas, no bigode e desfrutar dessa sensação tátil. Poderia passar o tempo ajeitando-a com tesoura ou navalha. Não tinha se dado conta antes, mas descobriu inesperadamente que uma simples barba já aliviava o tédio.

— Na vida passada eu fui uma lampreia — certo dia Sherazade disse na cama. Como se falasse algo bem banal, tipo "o polo norte fica bem no norte".

Habara não fazia a menor ideia de como era e como vivia uma lampreia. Por isso não expressou nenhuma opinião a respeito.

— Você sabe como uma lampreia come uma truta? — ela perguntou.

— Não, não sei — Habara disse. Para começar, ele nem sabia que lampreia comia truta.

— As lampreias não têm maxilas. Essa é a maior diferença entre a lampreia e a enguia normal.

— Uma enguia normal tem maxilas?

— Você nunca olhou uma enguia com atenção? — ela perguntou, assustada.

— Eu como enguia de vez em quando, mas não tenho muita chance de reparar nas maxilas.

— Você deveria observar com calma, um dia, em algum lugar. Em um aquário, por exemplo. Uma enguia normal tem maxilas e dentes firmes. Mas as lampreias, não. Em compensação, sua boca é uma espécie de ventosa. E com essa ventosa elas se aderem às pedras no fundo do rio e ficam presas de cabeça para baixo, se balançando. Como uma planta aquática.

Habara imaginou uma grande quantidade de lampreias se balançando no fundo das águas, como se fossem plantas aquáticas. De certa forma, era uma cena surreal. Mas Habara sabia que muitas vezes a realidade era surreal.

— Na verdade, as lampreias se disfarçam de plantas aquáticas se escondendo entre elas. E, quando uma truta passa lá em cima, as lampreias se prendem em sua barriga com a ventosa. Tornam-se parasitas do peixe como as sanguessugas que se aderem firmemente ao hospedeiro. Dentro da ventosa das lampreias há uma espécie de língua dentada que raspa e perfura a pele da truta como uma lixa, e elas vão comendo a carne aos poucos.

— Não gostaria de ser uma truta — disse Habara.

— Dizem que no período romano havia muitos tanques de cultivo de lampreias em várias regiões, e os escravos desobedientes e malcriados eram atirados ainda com vida dentro desses tanques, para servirem de alimento.

"Tampouco gostaria de ter sido escravo no período romano", pensou Habara. "Na verdade, não queria ser escravo em período nenhum."

— No primário, quando vi uma lampreia pela primeira vez em um aquário e li a explicação de como ela vivia, percebi na hora: na minha vida passada fui esse ser aí — disse Sherazade. — Percebi isso porque tinha uma lembrança nítida de me aderir à pedra no fundo do lago, de balançar na vertical disfarçada de planta aquática e observar as trutas gordas que passavam lá no alto.

— Não se lembra de dar uma mordida numa truta?

— Não.

— Que bom — disse Habara. — É só disso que você se lembra da época em que foi uma lampreia? De se balançar no fundo do lago?

— A gente não consegue se lembrar de tudo da vida passada assim tão facilmente — ela disse. — Se tiver sorte, consegue se lembrar de uma pequena passagem, por acaso. Bem de repente, como se espreitasse através da parede por um pequeno buraco. Só dá para ver uma parte do cenário. Você consegue se lembrar de alguma coisa da sua vida passada?

— Não me lembro de nada — disse Habara.

Sinceramente, ele não queria se lembrar da sua vida passada. Estava ocupado o suficiente com a realidade do aqui e agora.

— Mas não era tão ruim assim ficar no fundo do lago. Ficar de ponta-cabeça com a boca colada na pedra, observando os peixes que nadam lá no alto. Uma vez vi uma enorme tartaruga chinesa de carapaça mole. Vista de baixo, ela parecia uma enorme nave espacial, escura como a dos vilões de *Star Wars*. Grandes pássaros brancos com longos bicos afiados atacavam os peixes como assassinos profissionais. Vistos do fundo do lago, os pássaros pareciam apenas nuvens correndo no céu azul. Como ficávamos escondidas entre as plantas aquáticas, estávamos seguras.

— Você consegue visualizar essa cena?

— Muito nitidamente — disse Sherazade. — A luz que havia nesse momento, a sensação da correnteza. Consigo me lembrar até das coisas em que eu pensava nessa hora. Às vezes consigo entrar na cena, também.

— Das coisas em que você pensava?

— É.

— Então você pensava em algo nessa hora?

— Claro.

— Em que será que uma lampreia pensa?

— Ela pensa em coisas *típicas de uma lampreia*. Em assuntos de lampreia, em um contexto de lampreia. Mas não é possível converter esse pensamento em nossa linguagem. Afinal, é um pensamento para os seres que vivem dentro d'água. Como os bebês que estão no ventre materno. Sabemos que eles estão pensando, mas não podemos expressar isso na nossa linguagem. Não é mesmo?

— Por acaso você se lembra de quando estava na barriga de sua mãe? — perguntou Habara, assustado.

— Claro — disse Sherazade, como se fosse uma coisa extremamente normal. E apoiou a cabeça de leve sobre o peito dele. — Você não se lembra?

— Não lembro — disse Habara.

— Então um dia vou te contar de quando eu era um bebê, dentro da barriga da minha mãe.

Nesse dia Habara registrou no diário: "Sherazade, lampreia, vida passada". Mesmo se alguém lesse, não saberia o que era.

Habara conhecera Sherazade havia quatro meses. Ele foi enviado à House que ficava em uma pequena cidade no norte de Kanto, e ela, que morava perto, passou a cuidar dele como uma "intermediária". A função dela era comprar mantimentos e artigos gerais para Habara, que não podia sair de casa, e entregá-los na House. Ela comprava inclusive livros e revistas que ele queria ler, bem como CDs que queria ouvir, atendendo aos seus pedidos. Às vezes ela mesma escolhia DVDs de filmes e trazia para ele (Habara não entendia direito o critério de suas escolhas).

E, a partir da segunda semana em que Habara estava na House, ela passou a convidá-lo para a cama como se fosse uma coisa natural. Os preservativos também já tinham sido providenciados. Talvez fosse uma das "atividades de apoio" passadas a ela. De qualquer forma, a iniciativa era dela, e a coisa era feita sem muito caso nem hesitação, bem naturalmente, dentro do fluxo de uma série de eventos, e ele não se recusava a seguir os procedimentos. Deitava-se na cama atendendo ao convite e abraçava o corpo dela sem entender direito por que estava fazendo aquilo.

O sexo com ela não chegava a ser ardente, mas não era feito de forma profissional do começo ao fim. Mesmo que tivesse começado como um serviço designado (ou fortemente sugerido), ela parecia ter passado a sentir algum prazer a partir de certo momento — mesmo que fosse um prazer parcial. Habara percebeu isso pela alteração sutil da reação do corpo dela, o que o deixou consideravelmente feliz. Afinal, ele não era um animal selvagem dentro de uma jaula, mas sim uma pessoa com sentimentos delicados. O sexo cujo único objetivo é satisfazer as necessidades físicas, apesar de necessário, não é muito prazeroso. Mas Habara não conseguia saber até onde Sherazade considerava o sexo com ele uma obrigação e até onde julgava ser um ato pessoal; ele não conseguia delimitar essa fronteira.

Isso não acontecia apenas em relação ao sexo, mas também a todos os serviços cotidianos prestados por ela. Habara não conseguia identificar até onde era obrigação e até onde ela agia pela afeição pessoal que sentia por ele (para começar, ele nem sabia se aquilo poderia ser chamado de afeição). Em vários aspectos, ele tinha dificuldades para compreender os sentimentos e as intenções de Sherazade. Por exemplo, ela geralmente usava roupas íntimas de tecido simples, sem ornamentos. Peças que provavelmente uma dona de casa comum por volta dos trinta anos usaria no dia a dia — assim imaginava Habara, que nunca antes tivera relação com uma dona de casa comum por volta dos trinta. Peças que provavelmente foram compradas na liquidação de uma loja de departamentos. Mas, dependendo do dia, ela usava peças sedutoras, de modelo bem sofisticado. Ele não sabia onde ela as comprava, mas pareciam de boa qualidade. Eram peças delicadas de seda, rendadas e de cores intensas. Habara não fazia a menor ideia do objetivo dessa disparidade tão extrema.

Outra coisa que deixava Habara confuso era o fato de que o sexo com Sherazade e a história contada por ela estavam intrinsecamente relacionados. Uma coisa não podia ser separada da outra. Habara nunca havia experimentado essa sensação de estar tão ligado — ou firmemente *costurado* — a uma relação sexual que não podia ser considerada muito ardente, com uma mulher por quem não se sentia especialmente atraído, e isso o deixava um pouco confuso.

* * *

— Quando eu era adolescente — certo dia Sherazade começou a contar na cama, como se fizesse uma confissão —, de vez em quando entrava na casa dos outros para roubar.

Como geralmente acontecia quando ouvia as histórias dela, Habara não conseguiu expressar nenhuma opinião adequada.

— Você já entrou na casa dos outros para roubar?

— Acho que não — disse Habara com a voz rouca.

— Se você faz isso uma vez, parece que fica viciado.

— Mas é contra a lei.

— Exatamente. Se você for descoberto, será preso. Violação de domicílio seguido de furto ou tentativa de furto é um crime muito grave. Mas, mesmo sabendo que não pode, você fica viciado.

Habara aguardou a continuação da história em silêncio.

— O que é mais interessante de entrar na casa dos outros quando não tem ninguém é que ela fica bem silenciosa. Não sei por quê, mas ela fica realmente muito quieta. Talvez seja o lugar mais silencioso do mundo. Eu sentia isso. Quando eu sentava no chão dessa casa muito quieta, sozinha e imóvel, conseguia voltar naturalmente à época em que eu era uma lampreia — disse Sherazade.

— Era uma sensação muito legal. Eu já contei que fui lampreia numa vida passada, né?

— Contou.

— Então. Eu voltava a ser uma lampreia. Estava firmemente colada à pedra no fundo do lago com minha ventosa, de ponta-cabeça, e balançava lentamente o corpo na água. Como as plantas aquáticas ao meu redor. Fazia muito silêncio à minha volta, e eu não ouvia nenhum barulho. Ou talvez eu nem tivesse orelhas. Em dia de sol, a luz penetrava da superfície como se fosse uma flecha. E por vezes era refratada como num prisma. Peixes de várias cores e formatos passavam nadando lentamente sobre mim. Eu não pensava em nada. Ou melhor, só tinha pensamentos típicos de uma lampreia. Eles estavam embaçados, mas eram muito puros. Não eram transparentes, mas não tinham nenhuma impureza. Eu era eu mesma, mas não era. Estar preenchida por essa sensação é realmente maravilhoso.

Sherazade invadiu uma casa alheia pela primeira vez quando estava no segundo ano do ensino médio. Ela frequentava o colégio público de sua cidade natal e estava apaixonada por um colega de classe. Ele jogava futebol, era alto e tirava boas notas. Não era especialmente bonito, mas parecia limpo e era muito simpático. Entretanto, como a maioria das paixões das meninas do colégio, não era correspondida. Ele parecia gostar de outra garota da mesma sala e nem ligava para Sherazade. Nunca dirigia a palavra a ela, talvez nem tivesse notado que ela era sua colega de classe. Mas ela não conseguia esquecê-lo de jeito nenhum. Ela se sentia sufocada quando o via, às vezes quase chegava a vomitar. Achou que ficaria louca se continuasse assim. Mas declarar o seu amor estava fora de cogitação. Jamais daria certo.

Certo dia, Sherazade faltou à aula sem avisar e foi à casa desse rapaz, que ficava a cerca de quinze minutos a pé da casa dela. O pai dele trabalhara em uma fábrica de cimento, mas falecera havia alguns anos em um acidente de carro na autoestrada. A mãe era professora de japonês em uma escola pública da cidade vizinha. A irmã mais nova estava no segundo ciclo do ensino fundamental. Por isso não tinha ninguém na casa durante o dia. Ela havia pesquisado esses detalhes sobre a família dele.

A porta, claro, estava trancada. Sherazade tentou procurar a chave debaixo do capacho. Estava lá. A casa ficava em um bairro residencial de uma cidade pacata, onde quase nunca aconteciam crimes. Por isso as pessoas não se preocupavam muito com a segurança. Muitas vezes a chave ficava escondida debaixo do capacho ou de um vaso de planta, para os familiares que esqueciam suas cópias.

Por precaução, Sherazade apertou a campainha e aguardou um pouco. Depois de verificar que ninguém da vizinhança estava por perto, abriu a porta e entrou. Em seguida, trancou-a por dentro. Tirou os sapatos, colocou-os em um saco plástico dentro da mochila nas costas. Então subiu para o andar de cima na ponta dos pés.

O quarto dele ficava ali, como ela imaginava. A pequena cama de madeira estava impecavelmente arrumada. Havia uma estante cheia de livros, um guarda-roupa e uma escrivaninha. Sobre a estante havia um pequeno aparelho de som e alguns CDs. Na parede havia o calendário do Barcelona e uma bandeirinha do time, nenhum outro enfeite. Nem fotos, nem quadros. Havia apenas a parede cor de creme. Na janela, uma cortina branca. O quarto estava bem arrumado e organizado. Nenhum livro fora do lugar nem roupa suja jogada no chão. Os materiais de papelaria sobre a mesa também estavam todos nos seus devidos lugares. Demonstravam bem o caráter metódico do dono do quarto. Ou talvez a mãe dele arrumasse todos os dias, cuidadosamente. Talvez fossem os dois. Esse fato deixou Sherazade mais nervosa. Se o quarto estivesse bagunçado, ninguém perceberia se ela tirasse as coisas do lugar. "Teria sido melhor assim", pensou Sherazade. Como não era, teria de ser muito cuidadosa. Mas, ao mesmo tempo, ficou muito feliz porque o quarto era limpo, simples e organizado. Era típico dele.

Sherazade sentou-se na cadeira da escrivaninha e permaneceu imóvel e em silêncio. "Ele estuda aqui todos os dias sentado nesta cadeira", e seu coração acelerou ao pensar nisso. Ela pegou os materiais de papelaria sobre a mesa um por um, os acariciou, cheirou e beijou. Tudo: lápis, tesoura, régua, grampeador, calendário. Só pelo fato de serem dele, esses objetos comuns pareciam reluzir.

Depois ela abriu as gavetas da mesa uma por uma e examinou minuciosamente o que havia dentro. Na primeira, miudezas de papelaria e algumas lembranças estavam dispostas em compartimentos. Na segunda gaveta, os cadernos escolares que ele usava, e na terceira (a mais funda) havia diversos documentos, cadernos velhos e folhas de respostas de provas. A maioria dos documentos se relacionava aos estudos ou às atividades do clube de futebol. Nada importante. Não encontrou nada parecido com um diário ou cartas que ela esperava encontrar. Nenhuma foto. Para Sherazade isso pareceu um pouco estranho. Fora a escola e o futebol, ele não tinha vida particular? Ou ele guardava essas coisas com cuidado em outro lugar que não poderia ser encontrado facilmente?

Mesmo assim, Sherazade ficou exultante só de seguir com os olhos a letra dele no caderno, sentada diante da escrivaninha. Se continuasse assim, talvez ficasse louca. Para acalmar a excitação, ela levantou da cadeira e sentou no chão. Então olhou o teto. Tudo continuava quieto ao seu redor. Não havia nenhum barulho. Nessa hora, ela se tornou uma lampreia no fundo do lago.

— Você só entrou no quarto dele, tocou em várias coisas e depois ficou ali, quieta? — perguntou Habara.

— Não, não foi só isso — disse Sherazade. — Eu queria alguma coisa que pertencesse a ele. Queria levar para casa algo que ele usasse no dia a dia. Mas não podia ser algo importante. Pois ele logo daria falta. Então resolvi roubar só um lápis.

— Só um lápis?

— É. Um lápis que ele usava. Mas achei que não deveria só roubar. Pois assim eu seria uma simples ladra. O fato de *eu fazer isso* perderia sentido. Afinal, eu era uma *ladra do amor*, por assim dizer.

"Ladra do amor", pensou Habara. "Parece o título de um filme mudo."

— Por isso pensei em deixar algo no lugar, como um *sinal*. Como prova de que eu estive naquele lugar. Como uma declaração de que foi uma troca, e não um simples roubo. Mas não pensei em nada adequado para deixar. Procurei dentro da mochila e nos meus bolsos, mas não encontrei nada que servisse. Na verdade, deveria ter levado algo, mas não tinha pensado nisso antes... Como não tive alternativa, resolvi deixar um absorvente. Claro que era novo, ainda dentro da embalagem. Como estava para ficar menstruada, tinha um na mochila. Resolvi deixá-lo na última gaveta da mesa dele, bem no fundo, onde não poderia ser encontrado facilmente. E isso me deixou muito excitada. O fato de ter um absorvente meu escondido no fundo da gaveta dele. Acho que foi por isso que logo em seguida fiquei menstruada.

"Lápis e absorvente", pensou Habara. Talvez devesse escrever no diário: "ladra do amor, lápis e absorvente". Provavelmente ninguém entenderia o que isso significava.

— Acho que fiquei na casa dele só por uns quinze minutos, no máximo. Era a primeira vez na vida que entrava na casa de alguém sem permissão, estava o tempo todo nervosa e com medo de que voltassem de repente, então não consegui ficar por muito tempo. Dei uma espiada lá fora, saí sorrateiramente da casa, tranquei a porta e escondi a chave debaixo do capacho, no mesmo lugar. E fui para a escola. Carregando com cuidado o lápis que era dele.

Sherazade ficou calada por um momento. Parecia ter voltado no tempo, observando cada um dos vários acontecimentos daquela época.

— Depois, por cerca de uma semana, consegui passar os dias com uma sensação de plenitude que nunca tinha sentido antes — disse Sherazade. — Escrevia qualquer coisa no caderno com o lápis dele. Sentia o seu cheiro, beijava, encostava na bochecha, passava o dedo. Às vezes eu chupava o lápis. Conforme eu usava, ficava cada vez mais curto, e claro que era difícil para mim, mas eu tinha que fazer isso. "Se ele ficar curto demais e não puder mais usá-lo, basta pegar outro", eu pensava. Ainda havia vários no porta-lápis da mesa dele. E ele nem tinha notado a falta deste. Provavelmente nem sabia que tinha um absorvente meu no fundo da gaveta da escrivaninha. Quando pensava nisso, eu ficava muito excitada. Tinha uma sensação estranha, um formigamento no quadril. Para me acalmar, eu precisava esfregar um joelho no outro debaixo da mesa. Mesmo que na vida real ele não ligasse para mim, que praticamente nem notasse a minha existência, eu não me importava. Afinal, sem que ele soubesse, eu conseguia ter nas mãos uma parte dele.

— Parece um ritual de magia — disse Habara.

— É, em certo sentido talvez fosse mesmo. Me dei conta disso um tempo depois, quando por acaso li um livro sobre esse assunto. Mas naquela época ainda estava no colégio, e não pensava muito nas coisas. Apenas era impelida pelo meu desejo. Eu repetia a mim mesma que isso iria arruinar a minha vida. Se fosse descoberta invadindo a casa de outra pessoa, provavelmente eu seria expulsa da escola, e se a notícia se espalhasse, talvez não pudesse mais continuar na cidade. Eu tentei me convencer disso. Mas em vão. Acho que minha cabeça não estava funcionando bem.

Dez dias depois ela faltou à escola novamente e foi à casa dele. Eram onze da manhã. Ela pegou a chave debaixo do capacho como da vez anterior. Entrou e foi ao andar de cima. O quarto dele continuava impecavelmente organizado, e a cama, arrumada com perfeição. Antes de tudo ela pegou um lápis comprido que já estava em uso e o guardou com cuidado no seu estojo. Em seguida experimentou deitar-se na cama dele, também sendo muito cuidadosa. Ajeitou a barra da saia, juntou as mãos sobre o peito e olhou para o teto. "Ele dorme nesta cama todas as noites." Quando pensou isso, seu coração acelerou de repente, e ela nem conseguia mais respirar direito. O ar mal chegava aos pulmões. A garganta estava seca, sensível, e doía toda vez que respirava.

Sherazade levantou da cama, esticou a colcha e sentou no chão como da vez anterior. E olhou para o teto. Tentou se convencer de que era cedo para deitar na cama. O estímulo era forte demais.

Dessa vez Sherazade ficou no quarto por cerca de trinta minutos. Tirou o caderno da gaveta e passou os olhos rapidamente por ele. Leu suas anotações sobre um livro. *Coração*, de Natsume Soseki, livro indicado para as férias de verão. A resenha fora escrita à mão, com letra meticulosa e bonita, bem típica de um excelente aluno, e à primeira vista não havia erros de ortografia. Tinha recebido a nota máxima. O que era óbvio. Com um texto em letra tão formidável assim, qualquer professor teria vontade de dar a nota máxima mesmo sem ler uma linha sequer.

Em seguida Sherazade abriu as gavetas do guarda-roupa uma por uma e olhou o que havia dentro. Cuecas e meias. Camisetas, calças. Uniforme de futebol. Todas as peças estavam dobradas de forma precisa. Não havia nada sujo ou surrado.

Tudo era muito limpo e organizado. Será que era ele quem dobrava as suas roupas? Ou seria sua mãe? Deveria ser a mãe. Sherazade sentiu uma forte inveja dessa mãe, que podia cuidar dele desse jeito todos os dias.

Afundou o nariz na gaveta e sentiu cada peça. Cheiravam a roupas lavadas com cuidado e secadas ao sol. Ela tirou uma camiseta cinza sem estampas, desdobrou-a e levou-a ao nariz. Para ver se sentia o cheiro do suor dele nas axilas. Mas não sentiu. Mesmo assim, permaneceu com o rosto bem colado no tecido e respirou profundamente. Ela desejou essa camiseta. Mas era muito arriscado. Afinal, todas as roupas eram organizadas de forma muito metódica. Ele (ou a mãe dele) talvez tivesse memorizado em detalhes todas as peças da gaveta. Se faltasse uma, provavelmente haveria uma pequena confusão.

Sherazade por fim desistiu de pegar a camiseta. Dobrou-a novamente e a pôs de volta na gaveta. Precisava ter cuidado. Não podia se arriscar muito. Dessa vez ela resolveu levar, além do lápis, um pequeno escudo de futebol em formato de bola que encontrara no fundo da gaveta. Parecia ser do time da época do primário. Era velho e não dava a impressão de ser importante. Provavelmente ele não iria notar sua falta. Ou demoraria a perceber. Aproveitando, deu uma olhada na última gaveta para ver se o absorvente que ela escondera ainda estava lá. Continuava no mesmo lugar.

O que aconteceria se a mãe dele descobrisse um absorvente escondido no fundo da gaveta da escrivaninha do filho? Sherazade tentou imaginar. O que ela iria pensar? Iria questioná-lo diretamente? "Por que você tem um absorvente? Me explique." Ou será que ela iria guardar isso para si, tirando as próprias conclusões? Sherazade não fazia a menor ideia da atitude que uma mãe tomaria nessas horas. De qualquer forma, resolveu deixar o absorvente lá. Afinal, era o primeiro sinal deixado por ela.

Dessa vez Sherazade resolveu deixar também três fios de cabelo como segundo sinal. Na noite anterior arrancara três fios da sua cabeça, embrulhara em um filme plástico, colocara em um pequeno envelope e o lacrara. Ela tirou esse envelope da mochila e o colocou no meio de um caderno velho de matemática que havia em uma das gavetas. Eram fios lisos nem muito compridos nem muito curtos. A menos que se fizesse teste de DNA, não era possível saber de quem eram. Mas já à primeira vista dava para saber que eram de uma garota.

Ela saiu da casa e foi direto para a escola assistir às aulas depois do intervalo do almoço. E novamente passou os dez dias seguintes com uma sensação de plenitude. Parecia que uma parte maior dele havia se tornado sua. Mas claro que a história não termina aqui, desse jeito. Entrar na casa dos outros para roubar, como dizia Sherazade, acabava *viciando*.

Quando chegou a este ponto da narrativa, Sherazade olhou o relógio de cabeceira. E disse "Está na hora de ir", como se convencesse a si mesma. Em seguida saiu da cama sozinha e começou a se vestir. Os números do relógio indicavam 4:32. Ela vestiu a calcinha branca e lisa que tinha apenas uma função prática, abotoou o fecho do sutiã nas costas, colocou rapidamente a calça jeans e vestiu pela cabeça a blusa de moletom azul-marinho com a marca da Nike. Foi à pia e lavou as mãos com cuidado usando sabonete, arrumou rapidamente o cabelo com a escova e partiu em seu Mazda azul.

Ao ficar sozinho, sem se lembrar de nada que precisasse fazer, Habara saboreou mentalmente cada parte da história contada por ela, como um boi rumina o alimento. Ele não fazia a menor ideia do rumo que a história iria seguir — como acontecia com a maioria das histórias contadas por ela. Para começar, ele não conseguia imaginar como Sherazade era quando estava no colégio. Será que nessa época ela ainda era magra? Usava uniforme com meias brancas e uma trança no cabelo?

Como não tinha apetite, antes de começar a preparar o jantar tentou retomar a leitura que havia começado, mas não conseguiu se concentrar de jeito nenhum. Sem querer, acabava imaginando Sherazade subir sorrateiramente para o andar de cima da casa, ou cheirar a camiseta do rapaz com o nariz colado nela. Habara queria ouvir a continuação da história o mais rápido possível.

Sherazade veio à House três dias depois, no início da semana. Como sempre, ela organizou os mantimentos que trouxe em uma grande sacola de papel, verificou a data de validade, organizou o que havia na geladeira, checou o estoque de enlatados e engarrafados assim como os condimentos, e fez a lista da próxima compra. Colocou mais Perrier na geladeira. E empilhou sobre a mesa os livros e DVDs que trouxera.

— Falta mais alguma coisa? Precisa de algo?

— Nada em especial — respondeu Habara.

Em seguida os dois foram para a cama e transaram como de costume. Depois de breves preliminares ele colocou o preservativo, penetrou-a (ela exigia, como enfermeira, que ele usasse preservativo sempre, do começo ao fim) e depois de um tempo gozou. O sexo não chegava a ser uma obrigação, mas tampouco era feito com especial fervor. Ela sempre parecia tomar cuidado para que o sexo não fosse muito ardente. Assim como o instrutor da escola de direção nunca espera que a manobra dos seus alunos seja muito ousada.

Depois de verificar com olhos profissionais que Habara expelira corretamente determinada quantidade de sêmen dentro do preservativo, Sherazade retomou a narrativa.

Após invadir a casa pela segunda vez, ela conseguiu passar os cerca de dez dias seguintes com uma sensação de plenitude. Escondeu o escudo de futebol com formato de bola no seu estojo. E o acariciava de vez em quando durante as aulas. Mordia o lápis de leve e lambia o grafite. Pensava no quarto dele: na escrivaninha, na cama onde ele dormia, no armário cheio de roupas, nas cuecas brancas e simples, e também no absorvente e nos três fios de cabelo escondidos na gaveta.

Desde que começara a entrar na casa dele, não conseguia se concentrar nos estudos. Durante a aula ficava divagando, distraída, ou estava concentrada em mexer no lápis ou no escudo. Mesmo voltando para casa, não tinha vontade de fazer as lições. As notas de Sherazade não costumavam ser ruins. Ela não era uma das melhores alunas da sala, mas costumava estudar e quase sempre tirava notas acima da média. Por isso, quando ela praticamente não conseguia responder às perguntas dos professores no meio da aula, eles lançavam um olhar de dúvida antes de ficarem bravos. Ela chegou a ser chamada para a sala dos professores durante o intervalo, onde lhe perguntaram: "Aconteceu alguma coisa? Está com algum problema?". Mas ela não conseguiu responder direito. "Esses dias não estou me sentindo muito bem...", ela disse, hesitante. "Na verdade, estou apaixonada por um rapaz, passei a entrar na casa dele durante o dia para roubar, roubei lápis e um escudo de futebol, e agora só consigo mexer nesses objetos. Não consigo pensar em mais nada além dele..." Claro que não podia dizer uma coisa dessas. Era um segredo pesado e sombrio que ela tinha de carregar sozinha.

— Eu fiquei viciada, tinha que entrar na casa dele para roubar em intervalos regulares — disse Sherazade. — Como você deve perceber, isso era muito arriscado. Não podia continuar nessa corda bamba por muito tempo. Eu sabia muito bem disso. Um dia seria descoberta, e certamente chamariam a polícia. Quando pensava nisso, ficava muito preocupada. Mas não consegui deter a roda que já tinha começado a rolar ladeira abaixo. Dez dias depois da segunda "visita", os meus pés seguiram naturalmente para a casa dele outra vez. Eu ia ficar louca se não fizesse isso. Mas, pensando agora, acho que já estava meio louca, na verdade.

— Você não teve problema por faltar à escola tantas vezes? — Habara perguntou.

— Meus pais tinham uma loja, estavam sempre ocupados e praticamente não ligavam para mim. Eu nunca tinha arranjado confusão ou batido de frente com eles. Por isso achavam que não havia problema em me deixar largada. Eu mesma falsificava facilmente os comunicados que tinha que devolver para a escola. Escrevia sucintamente o motivo de faltar à aula imitando a letra da minha mãe, assinava e carimbava. Já tinha avisado ao professor responsável que eu tinha problemas de saúde e que de vez em quando precisava faltar meio período para ir ao hospital. Na nossa sala havia alguns alunos problemáticos que não iam à escola por vários dias seguidos, e como os professores quebravam a cabeça com eles, ninguém ligava para o fato de eu faltar meio período uma vez ou outra.

Sherazade olhou de relance o relógio digital da cabeceira e continuou:

— Mais uma vez, peguei a chave de baixo do capacho, abri a porta e entrei. A casa estava quieta como das outras vezes, ou melhor, mais do que o normal, por alguma razão. O barulho do termostato da geladeira ligando e desligando na cozinha parecia a respiração de um grande animal, e não sei por que aquilo me assustava. O telefone começou a tocar uma vez. O barulho era alto, sonoro e estridente, e o meu coração quase parou. O suor brotou de todo o corpo de uma vez. Mas naturalmente ninguém atendeu a essa chamada, e o telefone parou depois de tocar umas dez vezes. Então o silêncio ficou ainda mais profundo que antes.

Nesse dia Sherazade ficou deitada de costas na cama do garoto por muito tempo. Dessa vez o coração não bateu tão forte, e ela conseguiu respirar normalmente. Até teve a sensação de que ele dormia ao seu lado em silêncio. Se estendesse um pouco a mão, parecia que o seu dedo tocaria o braço forte dele. Mas na realidade ele não estava ali. Ela estava apenas envolvida em seu próprio devaneio.

Em seguida Sherazade ficou com muita vontade de sentir o cheiro dele. Levantou-se da cama, abriu as gavetas do guarda-roupa e verificou as camisetas. Todas estavam limpas, secadas ao sol e bem-enroladas como se fossem rocamboles. A sujeira tinha sido removida e o cheiro, apagado. Como da outra vez.

Então, de repente, ela se deu conta de uma coisa. Poderia dar certo. E desceu a escada rapidamente. Encontrou o cesto de roupa suja no banheiro e o abriu. Dentro havia roupas sujas dele, da mãe e da irmã mais nova. Provavelmente do dia anterior. Entre elas, Sherazade encontrou uma camiseta masculina. Camiseta branca de gola redonda com a marca BVD. Ela a cheirou. Tinha o odor inconfundível de suor de um garoto. Odor que ela de vez em quando sentia quando estava perto dos colegas da sala. Não era um cheiro especialmente agradável. Mas o dele deixou Sherazade *infinitamente* feliz. Ao encostar o nariz na parte das axilas e cheirar, sentiu como se fosse envolvida por ele, como se estivesse firmemente rodeada pelos seus braços.

Sherazade foi ao andar de cima levando a camiseta e deitou outra vez na cama dele. Cobriu o rosto com o tecido e continuou sentindo o cheiro do suor dele sem se cansar. Assim, começou a experimentar uma languidez no quadril. Sentiu também os mamilos enrijecerem. Será que ficaria menstruada logo? Não, ainda era cedo. Supôs que estava assim por causa do desejo. Não sabia o que fazer, como agir nessa hora. Ou melhor, pelo menos *nesse lugar* ela não podia fazer nada. Afinal, estava no quarto dele, na cama dele.

De qualquer forma, Sherazade resolveu levar consigo essa camiseta impregnada de suor. Claro que seria arriscado. A mãe dele provavelmente notaria a falta de uma peça. Mesmo que não desconfiasse que fora roubada, ficaria intrigada em saber onde teria desaparecido. A casa era tão arrumada e organizada que a mãe deveria ser obcecada pela ordem. Se desse falta de algo, certamente procuraria pela casa toda. Como um cão farejador muito bem treinado. E provavelmente descobriria alguns vestígios deixados por Sherazade no quarto do querido filho. Mesmo sabendo disso, ela não queria abrir mão dessa camiseta. Sua cabeça não conseguia convencer seu coração.

"O que eu devo deixar aqui no lugar da camiseta?", ela se perguntou. Pensou em deixar a calcinha. Era uma peça bem comum, relativamente nova e simples, e fora trocada de manhã. Poderia escondê-la no fundo do guarda-roupa. Ela lhe pareceu apropriada para ocupar o lugar da camiseta. Entretanto, quando a tirou, percebeu que estava úmida e quente na parte entre as pernas. "É por causa do meu desejo", pensou. Cheirou o tecido, não havia odor. Mas ela não podia deixar no quarto dele uma peça maculada pelo desejo sexual. Se fizesse isso, rebaixaria a si mesma. Vestiu a calcinha de volta, decidida a deixar outra coisa. Mas o quê?

Quando chegou a este ponto da narrativa, Sherazade parou de falar. Durante um bom tempo ela não disse mais nenhuma palavra. De olhos fechados, respirava pelo nariz, em silêncio. Habara também ficou deitado sem falar nada e aguardou que ela continuasse.

— Habara — por fim disse Sherazade, abrindo os olhos. Era a primeira vez que ela o chamava pelo nome.

Habara olhou o rosto dela.

— Habara, você consegue fazer amor mais uma vez? — ela disse.

— Acho que sim — Habara disse.

E os dois fizeram amor mais uma vez. O corpo de Sherazade estava muito diferente de antes. Estava macio e profundamente úmido. A pele tinha mais brilho e elasticidade. "Ela está se lembrando de forma vívida e real de quando estava na casa do colega de classe", Habara supôs. "Ou melhor, ela voltou no tempo *de verdade*, e passou a ter dezessete anos novamente. Como se voltasse à vida passada. Sherazade era capaz de fazer *isso*. O poder da sua arte de contar histórias tinha efeito sobre ela mesma. Assim como um excelente hipnotizador consegue aplicar sua técnica em si próprio através de um espelho."

O sexo foi mais intenso do que nunca, demorado e ardente. No final ela atingiu o orgasmo de forma bem visível, com fortes convulsões. Parecia que nessa hora até as feições de seu rosto tinham mudado. Habara conseguiu ter uma ideia aproximada de Sherazade com dezessete anos, como se por um instante espreitasse de uma fresta estreita uma paisagem. Ele abraçava agora uma garota problemática de dezessete anos, que por acaso estava presa no corpo de uma dona de casa de trinta e cinco. Habara compreendeu isso nitidamente. Dentro dela, a adolescente estava de olhos fechados, tremendo, e continuava cheirando absorta a camiseta masculina impregnada de suor.

Depois do sexo, Sherazade não falou mais nada. Nem verificou o preservativo de Habara, como sempre fazia. Os dois ficaram deitados lado a lado, em silêncio. Ela estava com os olhos bem abertos e fitava o teto. Como a lampreia que, do fundo do lago, observa a superfície iluminada. Habara pensou como seria bom se estivesse em outro mundo, ou em outro tempo, e fosse uma lampreia — sem ser uma pessoa limitada chamada Nobuyuki Habara, e sim uma simples lampreia anônima. Sherazade e ele eram lampreias, estavam colados a uma pedra, cada um com a respectiva ventosa, lado a lado, e observavam o corpo balançar na correnteza, aguardando uma truta gorda e com ar de superioridade.

— No final, o que você deixou no lugar da camiseta dele? — Habara quebrou o silêncio.

Ela continuou calada por mais algum tempo. E depois, disse:

— Acabei não deixando nada. Não tinha nada à altura que pudesse deixar no lugar da camiseta com o cheiro dele. Eu simplesmente levei a camiseta para casa. E nessa hora eu me tornei uma autêntica ladra.

Doze dias depois, quando Sherazade foi à casa dele pela quarta vez, a fechadura da porta havia sido trocada por uma nova. Ela brilhava dourada, orgulhosa e robusta, recebendo a luz solar do quase meio-dia. A chave não estava mais sob o capacho. O desaparecimento de uma camiseta do filho do cesto de roupa suja provavelmente levantara a suspeita da mãe. Ela investigara minuciosamente todos os cantos da casa com seus olhos penetrantes e percebera que aconteciam algumas coisas estranhas. Talvez alguém tivesse entrado na casa quando ninguém estava. E logo a fechadura da porta fora trocada. A decisão da mãe era sempre acertada, e suas ações, muito rápidas.

Naturalmente, Sherazade ficou desapontada quando descobriu que a fechadura fora trocada, mas ao mesmo tempo sentiu alívio. Era como se alguém tivesse tirado o peso de seus ombros. *"Já não preciso mais entrar nessa casa para roubar"*, ela pensou. Se a fechadura não tivesse sido trocada, ela certamente continuaria entrando na casa, e suas ações teriam se tornado cada vez mais radicais. E mais cedo ou mais tarde teria acontecido uma tragédia. Alguém da família poderia voltar, de repente, por algum motivo, enquanto ela estava no andar de cima. Se isso acontecesse, não teria escapatória. Nem margem para justificativa. Certamente esse dia teria chegado. Mas essa situação catastrófica foi evitada. Talvez devesse agradecer à mãe dele — que Sherazade não conhecia —, cujos olhos eram penetrantes como os de um gavião.

Sherazade cheirava a camiseta dele toda noite antes de dormir. E dormia com ela ao seu lado. Quando ia para a escola, embrulhava a peça em um papel e a escondia em um lugar seguro. Depois do jantar, quando ficava sozinha no quarto, ela a desembrulhava, acariciava e sentia seu cheiro. Ficou preocupada com a possibilidade de o odor diminuir e desaparecer com o passar dos dias, mas isso não aconteceu. Aquele perfume permaneceria como uma memória importante que não se apaga.

Ao pensar que não podia (não precisava) mais entrar na casa dele para roubar, aos poucos Sherazade recuperou a razão. Sua consciência passou a trabalhar como antes. Já não divagava distraída na sala de aula com tanta frequência, e a voz dos professores chegava direitinho ao seu ouvido, mesmo que parcialmente. Mas durante a aula ela estava mais concentrada em espreitá-lo do que em ouvir a explicação dos professores. Estava sempre alerta, observando se não havia nada estranho no comportamento dele, se ele não demonstrava algum sinal de nervosismo. Mas parecia não haver nada diferente. Como sempre, ele ria inocente abrindo muito a boca, respondia correta e claramente às perguntas dos professores, e depois da aula se dedicava aos treinos de futebol. Ele gritava e suava muito. Não havia nenhum sinal de que acontecia algo anormal à sua volta. Ela ficou impressionada: ele é uma pessoa assustadoramente normal. *Sem nenhum subterfúgio.*

"Mas eu sei o que ele esconde", Sherazade pensou. "Ou *alguma coisa* que ele esconde. Provavelmente ninguém mais sabe. Só eu (e talvez a mãe dele)." Na terceira vez que entrou na casa dele, encontrou algumas revistas de pornografia cuidadosamente escondidas no fundo do guarda-roupa. Nelas havia muitas fotos de mulheres nuas. Elas estavam com as pernas abertas e mostravam generosamente o órgão sexual. Havia fotos de casais transando. Estavam em posições muito forçadas. Pênis eretos dentro de vaginas. Era a primeira vez na vida que Sherazade via fotos como essas. Sentada diante da escrivaninha dele, ela observou com interesse cada uma das fotos, folheando as páginas das revistas. "Provavelmente ele se masturba vendo fotos como essas", ela pensou. Mesmo assim não sentiu repugnância. Nem se decepcionou com essa faceta oculta. Ela sabia que era uma coisa natural. O sêmen produzido tinha de ser liberado em algum momento. Assim funcionava o corpo masculino (mais ou menos como as mulheres tinham a menstruação). Nesse sentido, ele também era apenas um homem normal na adolescência. Não era nenhum herói da justiça nem santo. Sherazade até ficou mais tranquila ao conhecer esse seu lado.

— Um pouco depois de parar de ir à casa dele, meu desejo intenso por ele foi diminuindo. Assim como a maré aos poucos recua na praia. Não sei por quê, mas não cheirava mais a camiseta tão avidamente como antes, nem acariciava com tanta frequência, absorta, o lápis e o escudo. A febre baixou como se a doença fosse curada. Acho que não foi *algo parecido com* uma doença; deve ter sido uma doença de verdade. Ela provocou febre alta e deixou minha cabeça confusa por um tempo. Talvez todas as pessoas passem por uma fase absurda como essa uma vez na vida. Ou talvez tenha sido uma experiência especial que aconteceu só comigo. Você já passou por isso?

Habara pensou, mas não se lembrou de nada.

— Acho que nunca passei por uma experiência tão especial como essa — ele disse.

Sherazade pareceu ter ficado um pouco desapontada com a resposta.

— De qualquer modo, depois de me formar no colégio, acabei me esquecendo dele. Com facilidade, o que foi até curioso para mim. Nem lembrava mais direito por que me senti tão atraída por ele quando tinha dezessete anos. A vida é estranha. Às vezes, quando observamos as coisas sob um ângulo um pouco diferente, algo que parecia inacreditavelmente resplandecente e absoluto, algo que me fez pensar em abrir mão de tudo para consegui-lo, passa a ser assustadoramente desbotado. "Afinal, o que os meus olhos estavam vendo?", a gente se pergunta. Essa é a história do meu "período de ladra".

"Parece o 'período azul' de Picasso", Habara pensou. Mas ele compreendia bem o que ela queria dizer.

Ela olhou o relógio digital da cabeceira. O horário de ir embora se aproximava. Deu uma pausa sugestiva e disse:

— Mas, para falar a verdade, a história não acaba aqui. Cerca de quatro anos depois, por uma pequena e curiosa coincidência, fui reencontrá-lo, quando estava no segundo ano do curso de enfermagem. A mãe dele também tem uma grande participação nessa história, que envolve algo sobrenatural. Não acho que você vá acreditar, mas quer ouvir?

— Muito — disse Habara.

— Então te conto da próxima vez — disse Sherazade. — É uma longa história, e já está na hora de eu voltar para casa para preparar o jantar.

Ela saiu da cama, colocou as roupas de baixo, a meia-calça, a regata, a saia e a blusa. Da cama, Habara observava vagamente essa sequência. "Os movimentos que uma mulher faz ao se vestir talvez sejam mais interessantes do que ao se despir", pensou.

— Tem algum livro que você queira ler? — perguntou Sherazade, já se despedindo.

— Acho que nenhum em especial — Habara respondeu. "Eu só quero ouvir a continuação da sua história", pensou, mas não disse. Sentiu que, se expressasse abertamente aquilo, talvez nunca mais fosse ouvi-la.

Nessa noite, Habara foi para a cama cedo e pensou em Sherazade. Talvez ela nunca mais volte aqui. Essa possibilidade o preocupava. Não era algo impossível de acontecer. Entre Sherazade e ele não havia nenhum tipo de acordo pessoal. Era uma relação proporcionada por acaso por alguém, e que poderia ser cortada a qualquer hora só pelo capricho desse alguém. Eles estavam ligados por uma corda fina e frágil, por assim dizer. Provavelmente um dia, ou melhor, *com certeza um dia* essa relação iria chegar ao fim. A corda seria cortada. Mais cedo ou mais tarde, essa era a única diferença. E, uma vez que Sherazade partisse, Habara já não poderia mais ouvir suas histórias. O fluxo seria interrompido, e as várias narrativas fantásticas, desconhecidas, ainda não contadas, desapareceriam.

Ou talvez ele fosse privado de qualquer liberdade e, como consequência, fosse afastado de todas as mulheres, não só de Sherazade. Era grande a chance de isso acontecer. Assim, ele nunca mais poderia penetrar o interior úmido do corpo feminino. Nem sentir seu tremor sutil. Mas o que era mais difícil para Habara não era a falta do sexo em si, mas a possibilidade de não poder mais compartilhar um momento íntimo com as mulheres. Perdê-las, no final das contas, era isso. Um momento especial, que anula a realidade mesmo fazendo parte dela: era o que as mulheres proporcionavam. E Sherazade lhe oferecia isso de forma abundante e inesgotável. A consciência de que ele poderia perder isso um dia, outra vez, provavelmente o deixava mais triste do que qualquer outra coisa.

Habara fechou os olhos e parou de pensar em Sherazade. Pensou nas lampreias. Nas lampreias sem maxilas que se aderem à pedra, escondidas entre as plantas aquáticas, e balançam o corpo devagar. Então tornou-se uma delas e aguardou a truta passar. Porém, por mais que esperasse, não passava nenhuma. Nem as gordas, nem as magras, de nenhum tipo. Até que o sol se pôs, e ele foi envolvido por uma profunda escuridão.

Kino

O homem se sentava no mesmo lugar, sempre. Na última banqueta do balcão, bem ao fundo. Claro, apenas quando não estava ocupada, mas ela nunca estava, quase sem exceção. Para começar, o bar nunca ficava lotado, era um lugar bem escondido e não podia ser considerado confortável. Como ficava colado às escadas, o teto era baixo e inclinado. Na hora de se levantar ele precisava tomar cuidado para não bater a cabeça. O homem era alto, mas parecia gostar de se sentar especialmente ali.

Kino se lembrava muito bem do dia em que ele apareceu ali pela primeira vez. Primeiro, porque tinha a cabeça completamente raspada (como se tivesse acabado de passar máquina zero no cabelo); segundo, porque, apesar de ser magro, tinha ombros largos e olhos penetrantes. As maçãs do rosto eram salientes e a testa, grande. Deveria ter pouco mais de trinta anos. Não chovia nesse dia, nem havia sinal de que fosse chover, mas ele usava uma longa capa de chuva cinza. Kino até chegou a desconfiar de que fosse alguém da yakuza. Por isso ficou bastante tenso e alerta. Era uma noite fria de meados de abril, mais de sete e meia da noite, e não havia outro freguês.

Ao se sentar na banqueta mais ao fundo, ele tirou a capa, pendurou-a no gancho da parede, pediu cerveja com a voz tranquila e começou a ler um espesso livro em silêncio. Pela sua fisionomia, parecia estar profundamente concentrado na leitura. Depois de trinta minutos, terminou a cerveja, levantou de leve a mão para chamar

Kino e pediu um uísque. Kino perguntou a marca, e ele respondeu que não tinha nenhuma preferência.

— Um escocês, da marca mais comum, duplo. Com a mesma quantidade de água e um pouco de gelo, por favor.

Um escocês da marca mais comum? Kino despejou White Label no copo, adicionou a mesma quantidade de água, quebrou o gelo com o martelo e escolheu dois pequenos cubos com formato bonito. O homem tomou um gole, saboreou a bebida e estreitou os olhos.

— Este está bom.

Ele continuou a leitura por mais ou menos trinta minutos, até que se levantou e pagou a conta em dinheiro. Contou as moedas para pagar o valor exato, evitando troco. Quando ele saiu, Kino ficou um pouco aliviado. Mas mesmo depois permanecia a sensação de que ele continuava lá. Enquanto preparava a comida no interior do balcão, Kino levantava a cabeça periodicamente e olhava o lugar onde o homem estivera sentado. Pois sentia que alguém levantava a mão de leve para pedir algo.

O homem passou a vir com frequência ao bar de Kino. Uma vez por semana ou duas, no máximo. Primeiro ele bebia a cerveja e depois pedia uísque (White Label, com a mesma quantidade de água e um pouco de gelo). Às vezes pedia uma segunda dose, mas geralmente tomava apenas uma. Tinha dias em que comia algum petisco, escolhendo entre as ofertas do dia listadas no quadro negro.

Ele falava pouco. Mesmo depois que passou a ir com frequência, só abria a boca para fazer o pedido. Quando via Kino, acenava de leve com a cabeça. Como se dissesse: eu me lembro de você. À noite, ele chegava relativamente cedo com o livro debaixo do braço, colocava-o sobre o balcão e iniciava a leitura. Era um livro de capa dura, espesso. Nunca lia livros de bolso. Quando se cansava de ler (devia se cansar), tirava os olhos da página e observava as garrafas da estante à sua frente, uma por uma. Como se examinasse raros animais empalhados vindos de um país distante.

Kino foi se acostumando com a presença desse homem, e já não sentia tanto desconforto quando ficava a sós com ele. Kino também não era de falar muito, e para ele não era um sacrifício não conversar com alguém que estava ao seu lado. Enquanto o homem seguia absorto na leitura, Kino lavava a louça, preparava o molho, escolhia os discos ou, sentado na cadeira, lia os jornais da manhã e da tarde, como se não houvesse freguês.

Kino não sabia o nome do homem. O homem sabia que os outros o chamavam de Kino. O nome do bar também era Kino. O homem não dissera seu nome, e Kino tampouco lhe perguntara. Ele não passava de um freguês assíduo que vinha ao bar, tomava cerveja e uísque, lia um livro calado e pagava a conta em dinheiro. Não incomodava ninguém. Que mais Kino tinha de saber dele?

Kino trabalhou dezessete anos em uma empresa que vendia artigos esportivos. Na faculdade de educação física, foi um talentoso corredor de média distância, mas, como havia machucado o tendão de Aquiles no terceiro ano, desistiu de entrar numa equipe patrocinada quando se formou e, por indicação do treinador, foi contratado como um simples funcionário dessa empresa. Cuidava principalmente dos tênis de corrida. Seu trabalho era fazer com que as lojas especializadas de todo o país expusessem o maior número de artigos de sua empresa, além de fazer com que o maior número de atletas de primeira linha usasse os tênis da marca. A empresa era de médio porte, a matriz ficava em Okayama, e não era tão conhecida como Mizuno ou Asics. Nem tinha capital para fazer um contrato exclusivo com atletas mundialmente conhecidos, como Nike e Adidas. Não tinha sequer verba para custear os encontros com esses atletas. Se quisesse convidá-los para um jantar, teria de economizar com as despesas de viagem ou pagar do próprio bolso.

Mas a empresa confeccionava manualmente tênis, para os melhores atletas, com capricho e sem visar o lucro. Não eram poucos os que reconheciam esse trabalho honesto. "O resultado acompanha o trabalho honesto", essa era a filosofia de seu presidente e fundador. Era provável que essa cultura corporativa despretensiosa e aparentemente contrária à tendência da época combinasse com o temperamento de Kino. Até ele, que não era de falar muito e nem mesmo era simpático, conseguiu trabalhar na área de vendas. Na verdade, era justamente pelo seu temperamento que ele tinha a confiança de alguns treinadores e a afeição pessoal de alguns atletas (embora não muitos). Ouvia com atenção que tipo de tênis cada profissional precisava e, voltando à empresa, informava ao funcionário da confecção. O trabalho era interessante à sua maneira, e recompensador. As condições de trabalho não eram das melhores, mas ele sentia que fazia o que estava à sua altura. Não podia mais correr, mas sentia prazer em ver os jovens atletas percorrerem a pista com leveza e cheios de energia.

Kino não saiu da empresa porque estivesse insatisfeito. Foi consequência de um inesperado problema conjugal. Ele descobriu que o seu colega de trabalho mais próximo tinha um caso com sua esposa. Kino passava mais tempo viajando a trabalho do que em Tóquio. Ele enchia a grande bolsa esportiva com modelos de tênis e visitava as lojas de todo o país, assim como faculdades e empresas que mantinham uma equipe de atletismo. Enquanto estava fora, sua esposa e seu colega se encontravam frequentemente. Kino não era muito bom em perceber essas coisas. Achava que a relação conjugal ia bem e nunca suspeitara do comportamento da esposa. Se não tivesse voltado de uma viagem de negócios um dia antes do previsto, por acaso, talvez nunca descobrisse.

Nesse dia, ele voltou de viagem direto para seu apartamento em Kasai e encontrou a esposa e o colega nus na cama. Estavam juntos na cama onde o casal costumava dormir. Não havia nenhuma margem para equívoco. Como sua esposa estava sobre ele, ao abrir a porta Kino e ela se entreolharam. Ele viu seus seios de formato bonito balançarem para cima e para baixo. Kino estava com trinta e nove anos, e ela, trinta e cinco. Não tinham filhos. Ele baixou a cabeça, fechou a porta do quarto, saiu de casa carregando a bolsa de viagem, que continha roupas sujas de uma semana, e nunca mais voltou. E no dia seguinte pediu demissão da empresa.

Kino tinha uma tia solteira. Era a irmã mais velha de sua mãe e tinha um rosto bonito. Sempre havia sido boa com Kino, desde quando ele era criança. Tinha um namorado mais velho de longa data (talvez fosse mais um amante do que namorado), que generosamente lhe oferecera uma pequena casa em Aoyama. Eram bons e velhos tempos, aqueles. Ela morava no andar de cima, e no térreo abrira um salão de chá. Em frente havia um pequeno jardim onde um belo salgueiro fazia cair abundantes folhas verdes. Ficava no fundo de um beco atrás do Museu Nezu, o lugar não era nem um pouco apropriado para estabelecimento comercial, mas curiosamente sua tia tinha o dom de atrair as pessoas, e o salão de chá até que prosperava.

Depois dos sessenta, porém, ela teve um problema de coluna, e foi ficando cada vez mais difícil administrar sozinha o salão de chá. Então decidiu passá-lo adiante e se mudar para um condomínio de luxo com águas termais no planalto Izu. Lá havia até um centro de fisioterapia. Ela tinha perguntado a Kino: "Depois que eu me mudar, você não quer administrar o salão de chá no meu lugar?". Isso acontecera três meses antes de ele descobrir que sua esposa o estava traindo. Obrigado, mas por enquanto não tenho interesse, Kino respondera.

Depois de entregar sua carta de demissão, Kino telefonou para a tia e perguntou se o estabelecimento ainda estava à venda. Ela disse que pedira a uma imobiliária para vendê-lo, mas que por enquanto não tinha aparecido ninguém seriamente interessado.

— Se puder, queria começar talvez um bar nesse lugar, será que posso alugá-lo? — Kino perguntou.

— E o trabalho na empresa? — replicou a tia.

— Eu pedi demissão outro dia.

— Sua esposa não falou nada?

— Acho que vamos nos separar em breve.

Kino não explicou o motivo e sua tia tampouco perguntou. Houve um breve silêncio do outro lado da linha. Em seguida ela disse o valor do aluguel mensal. Era bem abaixo do que Kino imaginava. Se for esse valor, acho que consigo pagar, ele disse.

— Parece que vou receber um pouco do meu fundo de garantia, então acho que não vou incomodar a senhora por causa de dinheiro.

— Não estou preocupada com isso — disse sua tia, categoricamente.

Os dois nunca conversavam muito (sua mãe não gostava que ele fosse próximo dessa tia), mas curiosamente se entendiam bem desde cedo. Ela sabia que Kino não era de descumprir uma promessa por qualquer motivo.

Kino usou metade das suas economias para reformar o interior do salão de chá e transformá-lo em um bar. Procurou móveis e utensílios o mais simples possível, fez um comprido balcão de madeira sólida e comprou cadeiras novas. Aplicou papel de parede de cor suave e trocou as luminárias por outras mais adequadas a um bar. Trouxe de casa sua modesta coleção de discos e a dispôs na estante. Ele já tinha um aparelho de som relativamente bom. Toca-discos Thorens e amplificador Luxman. Também tinha um pequeno JBL duas vias. Ele os comprara com muito custo quando ainda era solteiro. Desde novo gostava de ouvir clássicos do jazz em LPs. Era praticamente seu único hobby — embora não conhecesse ninguém com o mesmo interesse. Na época de estudante ele tinha trabalhado como barman por um tempo em um bar em Roppongi, por isso conseguia fazer de cabeça a maior parte dos drinques.

Decidiu chamar o bar de "Kino". Afinal, não conseguia pensar em nenhum outro nome apropriado. Na primeira semana não entrou ninguém. Mas ele já esperava por isso, e não ligou muito. Não avisou a nenhum conhecido seu que abriria um bar. Não colocou anúncio nem uma placa chamativa. Abriu um bar no fundo de um beco e simplesmente aguardou, em silêncio, que algum freguês excêntrico o encontrasse e entrasse. Ainda restava um pouco do fundo de garantia que havia recebido, e sua esposa, com quem já não morava mais, não lhe exigira nenhuma ajuda financeira. Como ela estava morando com o ex-colega de Kino, não precisavam mais do apartamento de Kasai. Por isso resolveram vendê-lo, quitar a dívida do financiamento e dividir o restante. Kino dormiria no andar de cima do bar. Assim, conseguiria sobreviver por algum tempo.

No bar sem nenhum freguês, Kino ouviu músicas que queria ouvir e leu livros que queria ler até enjoar. Aceitou o isolamento, o silêncio e a solidão de forma bem natural, como a terra seca aceita a chuva. Ouviu com frequência o disco de piano solo de Art Tatum. Combinava com o seu estado de espírito atual.

Por alguma razão ele não sentiu raiva nem ressentimento de sua ex-esposa nem de seu ex-colega que dormia com ela. Claro que no começo levou um grande choque, e por um tempo não conseguiu pensar direito, mas passou a sentir que devia ter sido uma coisa inevitável. No final das contas, era para ser assim. Desde o começo ele levara uma vida sem realização. Não conseguia fazer os outros felizes e, naturalmente, fazer a si mesmo feliz. Para começar, Kino não sabia bem no que consistia a felicidade. Não conseguia perceber claramente as sensações de dor, ira, decepção ou resignação. A única coisa que podia fazer, com muita dificuldade, era encontrar um local a que pudesse se prender, para impedir que o coração, que havia perdido a profundidade e o peso, ficasse perdido a esmo. O barzinho chamado Kino no fundo de um beco se tornou esse lugar concreto. E se tornou um espaço estranhamente confortável — o que foi apenas uma consequência.

Quem descobriu o quão confortável era o bar Kino, antes mesmo das pessoas, foi uma gata cinzenta de rua. Era uma fêmea jovem com um belo rabo comprido. Parecia ter gostado de uma prateleira meio escondida no canto do bar, e dormia enrolada ali. Kino procurou não lhe dar atenção. Provavelmente ela não queria ser incomodada. Uma vez por dia ele lhe oferecia comida e trocava a água. Não fazia mais nada. Construiu também uma portinha para que ela pudesse entrar e sair livremente a qualquer hora. Mas por alguma razão ela preferia entrar e sair pela porta da frente, como as pessoas.

Talvez essa gata tivesse atraído boas energias. Aos poucos os fregueses passaram a frequentar o bar Kino.

Um barzinho no fundo de um beco, uma pequena placa discreta, um velho e esplêndido salgueiro, um proprietário de meia-idade calado, velhos discos de vinil girando no toca-discos, apenas duas opções de pratos do dia, uma gata cinzenta relaxada no canto. Alguns fregueses passaram a ir com frequência, gostavam desse ambiente. Às vezes levavam seus amigos. O bar estava longe de prosperar, mas Kino passou a conseguir pagar o aluguel com o lucro que obtinha todo mês. O que já era suficiente para ele.

O jovem de cabeça raspada começou a aparecer no bar cerca de dois meses depois de ter sido inaugurado. E se passaram mais dois meses até Kino descobrir seu nome. Eu me chamo Kamita, disse o homem. Se escreve em dois ideogramas: Deus e arrozal. Mas não se lê Kanda,* completou. Não foi para Kino que ele explicou isso.

Era um dia chuvoso. Mas caía uma chuva fina, a ponto de quase não se precisar de guarda-chuva. No bar só estavam Kamita e mais dois fregueses de terno escuro. O relógio indicava sete e meia. Kamita lia um livro na banqueta ao fundo, tomando White Label com água, como sempre. Os outros dois estavam sentados à mesa e tomavam uma garrafa de Haut-Médoc. Logo que entraram, tiraram o vinho de uma sacola de papel e disseram: "Podemos beber aqui? Vamos pagar cinco mil ienes como taxa de rolha". Era a primeira vez que isso acontecia, mas, como não havia motivo para recusar, Kino disse que tudo bem. Ele abriu a garrafa e lhes ofereceu duas taças. Ofereceu também um prato de castanhas variadas. Não custava nada fazer isso. Mas os dois fumavam muito e, para Kino, que não gostava de cigarro, não eram fregueses muito agradáveis. Como não tinha muito o que fazer, Kino se sentou na banqueta e ouviu o disco de Coleman Hawkins que continha a música "Joshua Fit the Battle

---

* A leitura mais comum dos dois ideogramas juntos. (N. T.)

of Jericho". O solo de contrabaixo de Major Holley era formidável.

No início os dois homens tomavam vinho normalmente, animados, mas por algum motivo começaram a discutir. Não dava para saber o que discutiam, mas parecia que discordavam ligeiramente em uma questão e tinham fracassado na tentativa de chegar a um consenso. Os dois ficaram cada vez mais exaltados, e a conversa se transformou em uma discussão acirrada. Certa hora, tentando se levantar, um deles bateu na mesa, fazendo cair o cinzeiro cheio e quebrando uma taça de vinho. Kino correu até lá com uma vassoura, limpou o chão e depois trouxe outra taça e outro cinzeiro.

Era visível que Kamita — nessa hora Kino ainda não sabia seu nome — estava irritado com o comportamento ultrajante dos dois. Ele não mudou sua fisionomia, mas o dedo da mão esquerda batia de leve no balcão, como um pianista que examina uma tecla específica que o incomoda. Preciso dar um jeito nessa situação, pensou Kino. Afinal, tinha de se responsabilizar pelo que acontecia no local. Foi à mesa dos dois e pediu com polidez que falassem mais baixo.

Um deles ergueu o rosto e olhou para Kino. Seus olhos não eram nada amigáveis. Em seguida, se levantou. Kino não tinha se dado conta antes, mas ele era enorme. Não exatamente alto, mas tinha o peito largo e braços fortes. Poderia ser lutador de sumô. Não devia ter perdido uma briga desde criança. Estava acostumado a dar ordens, não gostava de recebê-las. Na faculdade de educação física, Kino vira várias pessoas desse tipo. Para gente assim, não adiantava argumentar usando a lógica.

O outro homem era bem menor. Era magro, tinha o rosto pálido e feição astuta. Devia ser bom em incitar os outros a fazer algo, com habilidade, era essa a impressão que causava. Ele também se levantou devagar. Kino ficou de frente para os dois. Pareciam ter decidido interromper momentaneamente a discussão para enfrentar Kino juntos. Seus movimentos eram sincronizados, como se aguardassem secretamente esse desfecho.

— O que foi? Você está atrapalhando a nossa conversa — disse o mais forte, com a voz seca e grave.

Os dois usavam ternos que pareciam caros, mas de perto o corte não era nada elegante. Não eram da yakuza, mas talvez tivessem relação com ela. De qualquer forma, não pareciam gente muito honesta. O mais forte tinha um corte militar, e o outro, um rabo de cavalo tingido de castanho. Kino se preparou para enfrentar um pequeno problema. Sentiu o suor brotar nas axilas.

— Com licença — alguém disse atrás dele.

Ao se virar, viu que Kamita, que até então estivera sentado no balcão, estava logo ali, de pé.

— Não culpe o barman — disse Kamita, apontando Kino. — Como vocês falavam muito alto, eu pedi para ele falar com vocês. Pois não conseguia me concentrar na leitura.

Kamita falava com voz tranquila e mais devagar do que o normal. Mas era possível ter a sensação de que algo começara a se modificar.

— *Não conseguia me concentrar na leitura* — repetiu o homem menor em voz baixa. Como se verificasse se a oração continha algum erro gramatical.

— Você não tem casa? — disse o mais forte para Kamita.

— Tenho — respondeu Kamita. — Moro aqui perto.

— Então por que não lê em casa?

— Gosto de ler aqui — disse Kamita.

Os dois se entreolharam.

— Me empresta o seu livro — disse o menor. — Vou ler para você.

— Gosto de ler sozinho, em silêncio — disse Kamita. — E não quero que você leia errado.

— Você é engraçado — disse o mais forte. — Me faz rir.

— Qual é o seu nome? — perguntou o de rabo de cavalo.

— Eu me chamo Kamita. Se escreve em dois ideogramas: Deus e arrozal. Mas não se lê Kanda — disse ele. Foi então que Kino ficou sabendo seu nome.

— Não vou me esquecer — disse o mais forte.

— Faz bem. A memória muitas vezes nos dá força — disse Kamita.

— De qualquer forma, vamos sair. Acho que podemos conversar mais à vontade lá fora — disse o menor.

— Tudo bem — disse Kamita. — Posso ir para onde vocês quiserem. Mas antes vamos pagar a conta. Assim, não vamos causar prejuízo ao bar.

— Tudo bem — concordou o menor.

Kamita pediu a conta a Kino e colocou o valor exato da sua parte, inclusive as moedas, no balcão. O homem de rabo de cavalo tirou uma nota de dez mil ienes da carteira e a jogou na mesa.

— É suficiente, incluindo a taça quebrada?

— É, sim — disse Kino.

— Que bar mais pão-duro — disse o mais forte, irônico.

— Não precisa de troco, mas compre taças um pouco melhores — disse o de rabo de cavalo. — Com essas taças, até um vinho bom fica ruim.

— Realmente, é um bar pão-duro — repetiu o mais forte.

— É, esse é um bar pão-duro de fregueses pães-duros — disse Kamita. — Não é apropriado para vocês. Deve haver outros bares mais adequados. Só não sei onde.

— Você fala coisas engraçadas — disse o mais forte. — Me faz rir.

— Você pode se lembrar disso mais tarde e rir com calma — disse Kamita.

— De qualquer forma, não queremos receber ordens suas para onde devemos ir ou não ir — disse o de rabo de cavalo. E lambeu os lábios devagar com a língua comprida, como uma cobra diante da presa.

O mais forte abriu a porta e saiu, e o de rabo de cavalo o seguiu. Provavelmente sentindo um ar ameaçador, a gata também saiu correndo atrás, apesar da chuva.

— Está tudo bem? — Kino perguntou a Kamita.

— Não se preocupe — disse Kamita com um leve sorriso. — Você pode ficar aqui, sem fazer nada. Não vou demorar muito.

Kamita saiu e fechou a porta. Continuava chovendo. A chuva havia engrossado um pouco. Kino se sentou à beira do balcão e simplesmente aguardou o tempo passar, seguindo a orientação de Kamita. Não havia sinal de que fossem entrar outros fregueses. Estava bastante quieto lá fora, não se ouvia nenhum barulho. O livro que Kamita lia, aberto no balcão, aguardava o dono como se fosse um cão bem-treinado. Cerca de dez minutos depois a porta se abriu, e Kamita entrou sozinho.

— Poderia me emprestar uma toalha? — ele disse.

Kino lhe entregou uma toalha limpa. Kamita enxugou a cabeça molhada. Depois secou o pescoço, o rosto e por último as mãos.

— Obrigado. Já está tudo bem. Eles não vão voltar nunca mais. Não vão mais incomodar você.

— Afinal, o que aconteceu?

Kamita apenas balançou a cabeça de leve. "É melhor você não saber", talvez quisesse dizer. Em seguida voltou ao seu lugar, tomou o resto de uísque e continuou a leitura como se nada tivesse acontecido. Como ele tentou pagar na saída, Kino o lembrou de que já havia sido paga. "É mesmo", disse Kamita encabulado, depois levantou a gola da capa de chuva, colocou o chapéu de aba arredondada e saiu.

Mais tarde Kino saiu do bar e deu uma volta na vizinhança. Mas o beco estava bem silencioso. Não passava ninguém. Não havia sinal de briga, nem de sangue. O que teria acontecido? Ele voltou ao bar e aguardou os fregueses. Mas não apareceu mais ninguém, e a gata também não voltou. Ele despejou White Label duplo no copo, acrescentou a mesma quantidade de água, colocou dois cubos pequenos de gelo e tomou. Não era uma bebida especialmente saborosa. Era apenas um uísque com água e gelo. De qualquer forma, nessa noite ele precisava de certa dose de álcool.

Quando era estudante, tinha visto uma briga entre dois trabalhadores jovens e um homem que parecia ser membro da yakuza, em uma ruazinha de Shinjuku. O mafioso era de meia-idade, tinha uma aparência frágil, os outros dois eram mais fortes. Eles estavam embriagados. Por isso subestimaram o membro da yakuza, que provavelmente lutava boxe. Em certo momento ele fechou a mão e, sem falar uma única palavra, derrubou os dois como num passe de mágica. E ainda lhes deu fortes chutes com a sola do sapato de couro depois de estarem caídos. Talvez algumas costelas tivessem se quebrado. O ruído surdo indicava isso. O homem saiu dali andando, como se nada tivesse acontecido. Essa é a briga de um profissional, pensou Kino daquela vez. Não fala nada desnecessário, calcula os movimentos mentalmente, de antemão, e logo derruba os adversários antes de eles se prepararem para o ataque. Dá o golpe definitivo, sem hesitar, nos adversários caídos. E deixa o local. Os amadores não teriam nenhuma chance.

Kino imaginou a cena de Kamita derrubando os dois homens em questão de segundos, como aquele membro da yakuza. A aparência de Kamita realmente fazia lembrar a de um boxeador. Mas Kino não tinha como saber o que acontecera naquela noite chuvosa. Kamita também não tentou explicar. Quanto mais pensava, mais profundo ficava o mistério.

Cerca de uma semana depois, Kino dormiu com uma cliente. Foi a primeira mulher com quem Kino teve relação depois de se separar da esposa. Ela tinha trinta anos, talvez um pouco mais. Se era bonita ou não, era um assunto delicado. Mas tinha cabelos lisos e longos, nariz pequeno e um ar peculiar, que chamava a atenção. Seu comportamento e seu modo de falar transmitiam certa languidez, e pela sua fisionomia era difícil perceber em que pensava.

Ela já tinha ido ao bar algumas vezes. Sempre acompanhada de um homem da mesma faixa etária. Ele usava óculos com aro de tartaruga e tinha um cavanhaque pontudo que lembrava a geração *beat* de antigamente. Tinha cabelos longos e não usava gravata, por isso não devia ser um assalariado comum. Ela usava sempre um vestido justo que destacava seu belo corpo esbelto. Eles se sentavam no balcão, tomavam um coquetel ou xerez e de vez em quando cochichavam entre si. Não ficavam por muito tempo. Deviam estar tomando algo antes de transar, Kino imaginava. Ou depois disso. Não dava para saber. De qualquer forma, o modo de beberem lembrava um ato sexual. Um sexo demorado e denso. Eram curiosamente inexpressivos, e Kino nunca vira a mulher rir.

Ela dirigia a palavra a Kino de vez em quando. Falava sempre da música que estava tocando. Do nome do músico ou do título da canção. Ela disse que gostava de jazz e que tinha uma pequena coleção de vinis.

— Meu pai costumava ouvir esse tipo de música em casa. Eu prefiro músicas mais atuais, mas essas me dão saudades.

Pelo modo de falar, não dava para saber se sentia saudades das músicas ou do pai. Kino não perguntou.

Para falar a verdade, Kino cuidava para não se envolver muito com essa mulher. Parecia que o companheiro não via com bons olhos a conversa amigável dos dois. Uma vez falaram um tempo de música (sobre lojas de discos usados de Tóquio e como fazer a manutenção de discos de vinil). Desde então, o homem passou a olhar Kino de forma fria e suspeita quando ele conversava com ela. No dia a dia Kino procurava manter distância desse tipo de situação. Provavelmente não havia nenhum sentimento humano mais prejudicial do que ciúme e orgulho. E, por alguma razão, Kino havia passado por várias experiências terríveis por causa desses sentimentos. Talvez dentro de mim exista algo que, de alguma forma, estimule essa parte obscura das pessoas, Kino pensava de vez em quando.

Mas, nessa noite, a mulher apareceu sozinha. Além dela, não havia outro freguês no bar. Era uma noite em que chovia sem parar. Quando ela abriu a porta, o ar da noite com cheiro de chuva entrou sorrateiramente. Ela se sentou ao balcão, pediu conhaque e quis ouvir um disco de Billie Holiday.

— Quanto mais antigo, melhor.

Kino colocou sobre o prato giratório o vinil antigo da Columbia que continha "Georgia on My Mind". Os dois ouviram em silêncio. Ela quis ouvir o lado B também, então ele virou o disco.

A mulher tomou sem pressa três doses de conhaque e ouviu outros discos antigos. *Moonglow*, de Erroll

Garner, e *I Can't Get Started*, de Buddy DeFranco. Kino no começo pensou que ela estivesse esperando o companheiro de sempre, mas ele ainda não tinha aparecido quando se aproximou o horário de fechar o bar. A mulher também não mostrava sinais de que esperava alguém. Como prova disso, não olhara o relógio nenhuma vez. Sozinha, ouvia as músicas, pensava algo em silêncio e tomava conhaque. Parecia que o silêncio não a incomodava. Conhaque é uma bebida que combina com o silêncio. Dá para passar o tempo balançando-o levemente, observando a sua coloração e sentindo o seu cheiro. Ela usava um vestido preto de manga curta e um fino cardigã azul-marinho por cima. Tinha pequenos brincos de madrepérola.

— O seu companheiro não vem hoje? — Kino ousou perguntar, perto do horário de fechar.

— Hoje ele não vem. Está longe — assim dizendo, ela se levantou, foi até a gata que dormia e acariciou as costas dela com a ponta dos dedos. A gata continuou dormindo, sem lhe dar atenção. — Acho que não vamos nos encontrar mais — ela disse, como se fizesse uma confissão. Talvez tivesse falado para a gata.

De qualquer forma, Kino não tinha como responder. Ele não disse nada e continuou a arrumação dentro do balcão. Limpou a pia, lavou as panelas e as guardou no armário.

— Como posso dizer... — a mulher parou de acariciar a gata e voltou ao balcão, estalando os saltos. — É que a nossa relação não pode ser considerada muito normal.

— Não pode ser considerada muito normal — Kino repetiu as palavras, sem nenhuma razão particular.

A mulher virou o copo de conhaque e tomou o pouco que restava.

— Eu queria que você visse uma coisa.

Independentemente do que fosse, Kino não queria ver o que ela queria lhe mostrar. Era algo que ele *não deveria ver*. Ele sabia disso desde o começo. Mas as palavras que ele deveria falar nessa hora já tinham se perdido.

A mulher tirou o cardigã e o deixou sobre a banqueta. Depois abriu o zíper de trás do vestido com ambas as mãos. E se virou, mostrando as costas a Kino. Um pouco abaixo do sutiã branco havia algo como pequenas cicatrizes. Tinham uma cor escura, e a disposição irregular lembrava uma constelação de inverno. Um aglomerado de estrelas escuras e secas. Talvez fossem cicatrizes de uma erupção cutânea causada por uma doença contagiosa. Ou seriam algum ferimento?

Sem nada dizer, ela ficou assim, com as costas expostas na direção de Kino, por muito tempo. A alvura vívida do sutiã de aspecto novo e as cicatrizes escuras contrastavam de forma nefasta. Kino continuou observando as costas dela sem dizer nada, como uma pessoa que, ao ser questionada, não entende o significado da pergunta. Não conseguia desviar os olhos. Até que ela fechou o zíper e ficou de frente para Kino. Vestiu o cardigã e ajeitou o cabelo, para ganhar tempo.

— São queimaduras de cigarro — disse a mulher com brevidade.

Kino ficou sem palavras. Mas precisava falar algo.

— Quem fez isso? — ele disse, numa voz rouca.

Ela não respondeu. Nem mostrou sinal de tentar responder. Kino também não esperava nenhuma resposta em especial.

— Será que posso tomar só mais um copo de conhaque? — ela disse.

Kino serviu mais uma dose. Ela tomou um gole e aguardou o calor descer lentamente pelo peito.

— Olha, Kino...

Kino interrompeu o movimento da mão que enxugava o copo e olhou para a mulher.

— Tenho outras cicatrizes assim — ela disse, com a voz inexpressiva. — Como posso dizer... em um lugar que você não consegue ver tão facilmente.

Kino não consegue se lembrar da pulsão que o levou a se deitar com essa mulher nessa noite. Sentira desde o começo que ela tinha alguma coisa que não era normal. *Algo* alertava sua intuição, em voz baixa: você não pode se envolver a fundo com essa mulher. Além de tudo, havia as queimaduras de cigarro nas costas. Kino era cauteloso por natureza. Se desejasse transar com uma mulher, era só procurar uma profissional. Bastaria pagar e pronto. Para começar, Kino nem se sentia atraído por aquela mulher.

Mas era óbvio que ela desejava fortemente fazer amor com um homem — na realidade, Kino — nessa noite. Os olhos dela não tinham profundidade, apenas as pupilas estavam estranhamente dilatadas. Havia um brilho de determinação, de que não era possível voltar atrás. Kino não conseguiu contrariar o impulso dela. Não era forte a esse ponto.

Fechou o bar e subiu as escadas com a mulher. No quarto, à luz da lâmpada, ela tirou rapidamente o vestido, em seguida a calcinha, e abriu as pernas. Mostrou a ele o lugar que não podia ser visto "tão facilmente". Kino desviou os olhos involuntariamente. Mas não tinha como não voltar a vê-lo. Kino não conseguia nem queria compreender a pulsão de um homem que era capaz de algo tão cruel, nem a pulsão de uma mulher que continuava suportando tamanha dor. Era uma cena bárbara de um planeta árido, a vários anos-luz de distância do mundo em que Kino vivia.

A mulher pegou a mão de Kino e a conduziu às queimaduras. Ela fez com que a mão dele as tocasse uma por uma. Havia algumas bem perto do mamilo e outras da vagina. Conduzida por ela, a ponta dos seus dedos seguiu as cicatrizes escuras e rígidas. Como se desenhasse uma linha com o lápis seguindo os números para formar uma figura. Essa figura se assemelhava a alguma coisa, mas no final não se formou nenhuma imagem. Depois a mulher tirou as roupas de Kino e os dois fizeram amor no tatame. Sem diálogo nem preliminares, nem tempo para apagar a luz e estender o futon. A língua comprida dela explorou o fundo da garganta de Kino, e suas unhas se cravaram nas costas dele.

Sem dizer uma palavra, sob aquela luz, eles devoraram várias vezes a carne do desejo como se fossem feras famintas. Tentaram várias posições e várias formas, praticamente sem descansar. Quando o dia começou a clarear, se deitaram no futon e dormiram como se fossem arrastados pela treva. Quando Kino despertou, um pouco antes de meio-dia, a mulher já havia sumido. Ele teve a sensação de ter tido um sonho bastante real. Mas claro que não fora sonho. Nas suas costas havia marcas profundas de unhas, no braço, marca de dentes, e sentia uma dor aguda no pênis, que ela havia apertado com força. No travesseiro branco vários fios longos de cabelo se emaranhavam, e no lençol havia um cheiro forte que nunca sentira antes.

Depois disso a mulher apareceu outras vezes no bar como cliente. Sempre acompanhada do homem de cavanhaque. Eles se sentavam ao balcão, conversavam tomando seus drinques e iam embora. A mulher trocava algumas palavras com Kino, principalmente sobre música. Em um tom casual, bem normal, como se não se lembrasse de nada do que acontecera entre eles naquela noite. Mas no fundo dos olhos dela havia algo como a luz de um desejo. Kino conseguia vê-la. A luz estava lá, incontestavelmente, como uma lanterna acesa bem no fundo da galeria escura de uma mina. Essa luz condensada fez com que Kino se lembrasse nitidamente da dor das unhas nas suas costas, da sensação do pênis sendo apertado fortemente, da língua comprida se movendo e do cheiro forte e estranho deixado no futon. Você não vai conseguir se esquecer disso, a luz dizia.

Enquanto a mulher e Kino trocavam algumas palavras, o companheiro dela observava atenta e minuciosamente a expressão e os movimentos de Kino, os olhos como os de um leitor ávido, perito em ler nas entrelinhas. Entre os dois havia uma pegajosa sensação de aderência. Como se compartilhassem secretamente um pesado segredo que só podia ser compreendido por eles. Kino continuou sem saber se vinham ao bar antes ou depois do sexo. Mas certamente era um ou outro. E, curioso, nenhum dos dois fumava.

A mulher deveria aparecer sozinha no bar outra vez, provavelmente em uma noite chuvosa e quieta. Quando seu companheiro de cavanhaque estivesse "longe". Kino sabia disso. A luz no fundo dos olhos dela anunciava isso. Ela tomaria alguns copos de conhaque calada no balcão, e esperaria Kino fechar o bar. Subiria ao andar de cima, tiraria o vestido, abriria o corpo sob a luz da lâmpada e mostraria a ele as mais novas queimaduras de cigarro. E os dois fariam sexo outra vez, com intensidade, como se fossem duas feras. Sem margem para pensar em algo, sem descansar, até o amanhecer. Kino não sabia direito quando isso aconteceria. Mas aconteceria *um dia*, com certeza. Era a mulher quem decidiria. Quando pensava nisso, ele sentia a garganta seca. Era uma sede que não podia ser saciada, por mais água que tomasse.

* * *

Ao fim do verão o divórcio foi finalmente oficializado, e nessa ocasião Kino se encontrou com a esposa. Havia alguns assuntos que os dois tinham de resolver, e, segundo o advogado dela, ela queria se encontrar e conversar a sós com ele. Decidiram se encontrar no bar de Kino antes que abrisse.

Os dois logo resolveram as questões (Kino não se opôs a nenhuma condição proposta), assinaram e carimbaram os documentos. Ela usava um vestido novo azul e estava com o cabelo curto como nunca deixara antes. Sua fisionomia parecia mais alegre e saudável. Não tinha mais gordura no pescoço nem nos braços. Para ela provavelmente havia começado uma vida nova, mais plena. Ela deu uma olhada no bar e disse, é um bar bem encantador. É silencioso, limpo, com uma atmosfera tranquila, bem típico de você. Em seguida houve um breve silêncio. *Mas aqui não há nada que faça tremer o coração...* Ela provavelmente quis dizer. Foi o que Kino supôs.

— Quer beber alguma coisa? — Kino perguntou.

— Se tiver vinho tinto, aceito um pouquinho.

Kino apanhou duas taças e serviu um Zinfandel de Napa Valley. Os dois beberam em silêncio. Não podiam brindar à oficialização do divórcio. A gata se aproximou e, o que era raro, saltou espontaneamente no colo de Kino. Ele acariciou a parte de trás das orelhas dela.

— Preciso te pedir desculpas — disse sua esposa.

— Por quê? — Kino perguntou.

— Porque acabei te magoando — disse. — Você ficou pelo menos um pouco magoado, não ficou?

— Bem — disse Kino, depois de um tempo. — Eu também tenho sentimentos, e fico magoado, sim. Só não sei se fiquei pouco ou muito magoado.

— Eu queria te pedir desculpas pessoalmente.

Kino assentiu.

— Você me pediu desculpas, e eu as aceitei. Não precisa mais se preocupar com isso.

— Antes que acontecesse aquilo, deveria ter confessado tudo a você, mas não consegui.

— Mas no final daria na mesma, não é?

— Acho que sim — disse ela. — Mas eu hesitei em falar, e acabou acontecendo da pior maneira possível.

Kino levou a taça de vinho à boca, em silêncio. Na realidade, ele já tinha se esquecido quase completamente do que acontecera *naquela hora*. Não conseguia se lembrar dos fatos na sequência correta. Como se fossem fichas fora de ordem dentro de um classificador.

Ele disse:

— Não é culpa de ninguém. Eu não deveria ter voltado um dia antes do previsto. Ou deveria ter te avisado. Assim, aquilo não teria acontecido.

Sua esposa não disse nada.

— Desde quando você tinha relação com ele? — Kino perguntou.

— Acho melhor não falarmos disso.

— Quer dizer que é melhor eu não saber?

Ela não disse nada.

— É, talvez não — Kino reconheceu. E continuou acariciando a gata. Ela ronronou. Isso também nunca acontecera antes.

— Talvez eu não tenha o direito de falar isso — disse a mulher que um dia já fora sua esposa. — Mas você deveria se esquecer de várias coisas, o mais rápido possível, e encontrar outra pessoa.

— Será? — disse Kino.

— Com certeza em algum lugar existe uma mulher que se dará bem com você. Acho que não é tão difícil encontrar alguém assim. Não consegui ser essa mulher, e fui cruel com você. Lamento muito por isso. Mas entre a gente havia algo como botões em casas erradas desde o início. Acho que você é uma pessoa que pode ser feliz de forma mais natural.

Botões em casas erradas, Kino pensou.

Kino olhou o vestido azul novo que ela usava. Como estavam sentados frente a frente, não dava para ver se havia botões ou zíper atrás. Mas Kino não conseguiu deixar de imaginar o que encontraria ao abrir o zíper ou os botões. O corpo dela já não lhe pertencia. Ele já não podia mais vê-lo nem tocar nele. O que ele podia fazer era apenas imaginar. Quando fechou os olhos, viu inúmeras cicatrizes marrons de queimadura rastejarem nas costas brancas e macias dela, como se fossem um bando de insetos vivos se espalhando em várias direções. Ele balançou a cabeça de leve algumas vezes para expulsar essa imagem. Ela pareceu ter interpretado erroneamente esse seu gesto.

Ela pôs sua mão carinhosamente sobre a de Kino.

— Me desculpe — ela disse. — Me desculpe mesmo.

Chegou o outono. Primeiro a gata sumiu, e em seguida as cobras apareceram.

Demorou alguns dias para Kino notar o desaparecimento da gata. Afinal, a gata — que não tinha nome — vinha ao bar só quando queria e ficava sem aparecer por um tempo. O gato é um animal que respeita a liberdade. Além do mais, ela parecia receber alimento em outro lugar também. Por isso Kino não ligava mesmo que ela não aparecesse durante uma semana ou dez dias. Mas, quando percebeu que ela não aparecia havia mais de duas semanas, ele ficou um pouco preocupado. Será que ela teria sofrido algum acidente? Depois de três semanas, ele se deu conta de que ela não voltaria mais.

Kino gostava dessa gata, e a gata também parecia confiar nele. Ele lhe oferecia alimento, um lugar para dormir e procurava não incomodá-la. A gata lhe retribuía demonstrando afeição ou não demonstrando hostilidade. Ela parecia desempenhar também o papel de guardiã do bar de Kino. Enquanto ela estivesse dormindo no canto do bar, nada de muito ruim aconteceria. Era a impressão que dava.

Depois que a gata sumiu, começaram a aparecer cobras em volta da casa.

Primeiro, surgiu uma cobra meio parda. Bem comprida. Ela se movia lentamente contorcendo o corpo debaixo do salgueiro que fazia sombra no quintal da frente. Kino a avistou quando abria a porta da casa com a chave, carregando sacolas de papel com as compras. Era raro ver uma cobra bem no centro de Tóquio. Ele ficou assustado, mas não se preocupou muito. Atrás da casa havia o grande jardim do Museu Nezu, com muito verde. Não seria espantoso se cobras morassem ali.

Entretanto, dois dias depois, viu outra cobra quase no mesmo lugar, quando abriu a porta para apanhar o jornal, antes do almoço. Dessa vez era uma cobra azulada, um pouco mais grossa que a primeira, e parecia viscosa. Quando viu Kino, ela parou de se mexer e o espiou (ou pareceu que espiou), levantando levemente a cabeça. Kino ficou sem saber o que fazer, e ela baixou a cabeça devagar e se escondeu rapidamente. Kino não conseguiu não se assustar. Era como se a cobra o *reconhecesse*.

Três dias depois, ele viu a terceira cobra praticamente no mesmo lugar. Debaixo do salgueiro do quintal da frente. Era uma cobra preta, bem mais curta que as outras duas. Kino não conhecia as espécies de cobra. Mas essa última lhe pareceu a mais perigosa entre as três. Parecia venenosa, mas ele não tinha certeza. Ele a viu apenas de relance. Quando a cobra percebeu a presença de

Kino, desapareceu no meio da moita. Avistar três cobras em uma semana era demais. Talvez algo estivesse acontecendo ali perto.

Kino telefonou para a tia de Izu. Depois de lhe contar sua situação atual, perguntou se ela alguma vez vira cobras em volta da casa de Aoyama.

— Cobras? — sua tia levantou a voz assustada. — Aquelas que rastejam?

Kino então lhe contou que vira três em sequência na frente da casa.

— Morei muitos anos nessa casa e acho que nunca vi uma cobra — disse a tia.

— Então não é muito normal ver três cobras em uma semana, não?

— De fato, acho que não é normal. Será que não é sinal de que vai acontecer um grande terremoto ou algo assim? Dizem que os animais preveem o desastre e mostram um comportamento diferente.

— Se for assim, talvez seja melhor preparar os mantimentos de emergência — disse Kino.

— Acho que é uma boa ideia. De qualquer forma, se você morar em Tóquio, mais cedo ou mais tarde irá enfrentar um terremoto.

— Mas será que as cobras se preocupariam tanto com um terremoto?

Não sei com que as cobras se preocupam, disse a tia. Naturalmente Kino também não sabia.

— Por natureza as cobras são animais inteligentes — disse a tia. — Na mitologia antiga, elas frequentemente guiam os homens. Isso acontece em lendas no mundo todo, o que é curioso. Mas só depois as pessoas descobrem se foram guiadas para o lado bom ou ruim. Ou melhor, elas são, muitas vezes, boas e más ao mesmo tempo.

— Elas são dúbias — disse Kino.

— É, cobras originalmente são dúbias. E a maior delas, a mais inteligente, esconde o seu coração em algum lugar fora do corpo para não ser morta. Por isso, se você quiser matá-la, precisa ir até seu esconderijo quando ela não estiver, encontrar seu coração pulsante e parti-lo ao meio. Claro que isso não é fácil.

Kino ficou impressionado com a erudição da tia.

— Outro dia, quando assistia à NHK, um professor universitário explicou isso em um programa que comparava as mitologias do mundo. Até que a televisão nos ensina coisas úteis. Não podemos subestimá-la. Se você tiver tempo, poderia ver mais TV.

Não é normal ver três cobras de espécies diferentes por aqui em uma semana — foi uma coisa que ele descobriu conversando com a tia.

Kino fechava o bar à meia-noite, trancava as portas e janelas e subia para o andar de cima. Tomava banho, lia um pouco, apagava a luz e dormia antes das duas. Nessa hora, Kino passou a sentir que as cobras o cercavam. Inúmeras cobras circundavam a casa. Ele sentia a presença secreta delas. Na calada da noite reinava o silêncio absoluto e, com exceção de uma sirene de ambulância de tempos em tempos, não havia nenhum outro ruído. Ele até podia ouvir as cobras rastejando. Fechou a portinha da gata com uma tábua, para que elas não entrassem na casa.

Pelo menos por enquanto as cobras não pareciam causar danos a Kino. Elas apenas contornavam a pequena casa de forma secreta e dúbia. Talvez por isso a gata cinzenta não aparecesse mais no bar. A mulher com queimaduras de cigarro também não aparecia havia algum tempo. Kino temia que ela viesse sozinha numa noite chuvosa e, ao mesmo tempo, desejava secretamente o contrário, no fundo do seu coração. Era outra coisa dúbia, também.

Certa noite Kamita apareceu antes das dez. Pediu cerveja, um White Label duplo e até comeu couve recheada. Não era normal ele vir tão tarde da noite e permanecer no bar por tanto tempo. De tempos em tempos, Kamita levantava os olhos do livro e fitava a parede à sua frente. Parecia pensar profundamente em algo. Ele esperou o bar fechar e todos os clientes saírem.

— Kino — disse Kamita depois de pagar a conta, com a voz séria. — Para mim é realmente uma pena que tenha acabado nisso.

— *Tenha acabado nisso?* — Kino repetiu, automaticamente.

— De você ter que fechar o bar. Mesmo que seja temporário.

Kino observou o rosto de Kamita sem palavras. Fechar o bar?

Kamita deu uma olhada no bar vazio. E disse, olhando o rosto de Kino:

— Parece que você ainda não entendeu direito o que eu quero dizer.

— Não, acho que não entendi.

Kamita continuou, como se fizesse uma confissão:

— Eu gostava muito deste lugar. Conseguia ler meu livro em silêncio e gostava das músicas que tocava. Estava muito feliz que um bar assim tivesse sido inaugurado aqui. Mas infelizmente parece que muitas coisas ficaram *desgastadas*.

— Desgastadas? — disse Kino. Ele não sabia o que essas palavras significavam concretamente. Só conseguiu se lembrar de uma tigela com a borda um pouco lascada.

— Aquela gata cinzenta não deverá voltar mais aqui — disse Kamita sem responder à pergunta. — Pelo menos por enquanto.

— Porque este lugar está *desgastado*?

Kamita não respondeu.

Kino olhou atentamente ao redor, como fizera Kamita, mas não percebeu nada de diferente. Só sentiu que estava vazio e havia perdido um pouco da vitalidade e da cor. Fechado, o bar ficava vazio, mas nesse dia pareceu ainda mais.

Kamita disse:

— Você não é uma pessoa que consegue fazer algo errado por vontade própria. Sei muito bem disso. Mas, neste mundo, às vezes não basta *não fazer* algo errado. Tem coisas que se aproveitam dessa brecha. Você está entendendo o que eu quero dizer?

Kino não conseguiu compreender.

— Não entendo direito — ele disse.

— Pense bem nisso — Kamita disse, fitando firmemente os olhos de Kino. — É um assunto importante, e você precisa pensar nisso a fundo. Embora não seja fácil encontrar a resposta.

— Você quer dizer que aconteceu um problema grave não porque eu fiz uma coisa errada, mas porque *deixei de fazer* a coisa certa? Em relação a este bar, ou em relação a mim mesmo?

Kamita assentiu.

— É mais ou menos isso. Mas mesmo que seja esse o caso, não quero dizer que você é o único responsável. Eu também deveria ter percebido antes. Eu me descuidei. Certamente este lugar deveria ser agradável não só para mim, mas para *qualquer um.*

— O que devo fazer agora? — Kino perguntou.

Kamita permaneceu calado com as mãos nos bolsos da capa de chuva. E disse, em seguida:

— Você precisa fechar este bar por um tempo e ir para longe. No momento é a única coisa que você pode fazer. Se conhecer um bom monge budista, poderá lhe pedir que leia o sutra e cole talismãs à volta da casa. Mas nos dias de hoje não é tão fácil encontrar um monge assim. Por isso é melhor você sair daqui antes do próximo período de chuvas. Desculpe me intrometer, mas você tem dinheiro suficiente para fazer uma viagem longa?

— Depende da duração. Mas consigo me virar por um tempo — disse Kino.

— Que bom. Sobre o futuro, vamos pensar mais pra frente.

— Afinal, quem é você?

— Eu sou apenas Kamita — disse. — Se escreve em dois ideogramas, Deus e arrozal, mas não se lê Kanda. Faz muito tempo que moro aqui perto.

Kino ousou dizer:

— Kamita, gostaria de perguntar mais uma coisa: você já viu cobras por aqui?

Kamita não respondeu a essa pergunta.

— Escute bem. Vá para bem longe e procure sempre ir mudando de lugar, na medida do possível. E mais uma coisa: todas as segundas e quintas, me envie um cartão-postal, sem falta. Assim, eu posso saber que você está bem.

— Cartão-postal?

— Pode ser qualquer cartão-postal do lugar onde você estiver.

— Mas para onde devo enviá-lo?

— Pode ser para sua tia de Izu. Mas você não pode escrever nem o nome do remetente nem uma mensagem. Só escreva o destinatário. Isso é importante, você não pode se esquecer disso de jeito nenhum.

Kino se assustou e olhou para Kamita.

— Você é próximo da minha tia?

— Sou, conheço sua tia muito bem. Para falar a verdade, ela tinha me pedido que cuidasse de você, para que não acontecesse nada de ruim. Mas parece que não fui capaz de corresponder às expectativas dela.

Afinal, quem era ele? Mas, enquanto Kamita não revelasse isso por vontade própria, Kino não teria como saber.

— Eu avisarei quando chegar a hora de você voltar. Até lá, não se aproxime deste lugar. Entendeu?

Nessa mesma noite, Kino fez a mala. *É melhor você sair daqui antes do próximo período de chuvas.* Era um comunicado súbito demais. Não houve explicações, e ele tampouco entendia direito. Mas Kino acreditou completamente nas palavras de Kamita. A história não tinha nexo, mas por alguma razão não duvidou dele. Suas palavras eram curiosamente persuasivas, transcendiam a lógica. As roupas e os artigos de higiene pessoal couberam em uma bolsa média. A mesma que ele costumava usar nas viagens de negócios na época em que trabalhava na empresa de artigos esportivos. Como ele mesmo fazia a mala, sabia muito bem o que era ou não necessário em viagens longas.

Ao amanhecer, Kino pregou uma folha de papel na porta do bar que dizia: Pedimos desculpas aos nossos fregueses, mas o bar está temporariamente fechado. *Para bem longe,* dissera Kamita. Mas Kino não conseguia pensar em nenhum lugar específico. Nem sabia se iria para o norte ou para o sul. Por isso resolveu seguir o trajeto que costumava fazer quando era vendedor de tênis. Foi a Takamatsu de ônibus. Daria uma volta na ilha de Shikoku e depois seguiria para Kyûshû.

Ele ficou em uma hospedaria perto da estação de Takamatsu, onde passou três noites. Caminhou pela cidade a esmo e assistiu a alguns filmes. De dia os cinemas estavam todos vazios, e os filmes eram chatos. Quando escurecia, voltava ao quarto e ligava a televisão. Seguindo o conselho da tia, viu principalmente programas educativos. Mas não obteve nenhuma informação útil. Como o segundo dia em Takamatsu foi uma quinta, ele comprou um cartão-postal na loja de conveniência, colou um selo e o enviou para a tia. Seguindo a instrução de Kamita, só escreveu os dados do destinatário.

Na terceira noite, resolveu subitamente pagar pelos serviços de uma mulher. O taxista havia lhe passado um número de telefone. Era uma moça de mais ou menos vinte anos, com a pele macia e um corpo bonito. Mas o sexo com ela foi insípido do começo ao fim. Foi apenas para satisfazer a libido e, para falar a verdade, nem serviu para isso. Sua sede apenas aumentou.

"Pense bem nisso", dissera Kamita. "É um assunto importante e você precisa pensar nisso a fundo." Mas, por mais que pensasse, Kino não compreendia qual era o problema.

Era uma noite de tempo ruim. A chuva, típica do outono, não era muito forte, mas não mostrava sinal de que iria parar. Sem interrupção nem alternância, como uma confissão monótona e repetitiva. Kino nem se lembrava mais de quando ela havia começado. Só provocava uma sensação gelada de impotência. Não dava nem vontade de pegar um guarda-chuva e sair para jantar fora. Preferia não comer nada. A janela da cabeceira estava recoberta de gotículas, que eram substituídas por novas sucessivamente. Kino observava com sentimentos incoerentes a sutil alteração da figura no vidro. Por trás das imagens que se formavam as ruas escuras se expandiam indefinidamente. Ele despejou no copo o uísque de uma garrafinha, adicionou a mesma quantidade de água mineral e tomou. Sem gelo. Não tinha nem ânimo para ir até a máquina de gelo que ficava no corredor. A bebida morna combinava bem com a languidez do seu corpo.

Kino estava em uma hospedaria perto da estação de Kumamoto. Teto baixo, cama estreita, televisor pequeno, banheira pequena, geladeira minúscula. Tudo no quarto era em miniatura. Kino se sentia um gigante desajeitado. Mas o tamanho reduzido não o incomodava tanto, e ele ficava o dia inteiro confinado ali. Como chovia, só foi uma vez à loja de conveniência mais próxima, e não saiu mais do quarto. Tinha comprado uma garrafa de uísque em miniatura, água mineral e biscoitos. Lia seu livro deitado na cama, quando se cansava assistia à televisão e, quando se cansava de novo, voltava a ler.

Estava na terceira noite em Kumamoto. Na sua conta bancária havia saldo suficiente, bastava querer se hospedar em um hotel melhor. Mas ele sentia que, nesse momento, apenas uma hospedaria desse nível estaria à sua altura. Quieto em um lugar estreito como esse, não havia necessidade de pensamentos desnecessários, era só estender a mão que alcançava a maioria das coisas. E isso inesperadamente lhe agradou. Se pudesse ouvir música, aí sim, seria perfeito, pensou. De tempos em tempos sentia um desejo incontrolável de ouvir os clássicos do jazz: Teddy Wilson, Vic Dickenson e Buck Clayton. Técnica sólida, acordes simples, alegria singela ao tocar, otimismo incrível. Kino desejava esse tipo de música que não existia mais. Mas sua coleção de vinis estava em um lugar distante. Pensou no interior do bar depois de terminar o expediente, com as luzes apagadas e completamente silencioso. O fundo do beco, o grande salgueiro. Os fregueses leriam o aviso de que o bar estava fechado e iriam embora. O que teria acontecido com a gata? Se tivesse voltado e visto que a portinha havia sido fechada, certamente se decepcionaria. Será que as cobras misteriosas ainda rodeavam a casa, silenciosamente?

De seu quarto, no oitavo andar, dava para ver as janelas de um prédio comercial bem em frente. Era um prédio alto e estreito, típica construção de baixo custo. Da janela dava para ver as pessoas trabalhando no andar à sua frente, de manhã até a tarde. Como algumas persianas estavam fechadas, só era possível ver fragmentos, não dava para saber o tipo de trabalho feito ali. Homens engravatados entravam e saíam, mulheres digitavam no teclado de computador, atendiam ligações e organizavam documentos. Não era uma cena especialmente interessante. O rosto e a roupa das pessoas que trabalhavam ali eram todos medíocres. A única razão para Kino observar essa cena por horas a fio sem se cansar era porque não tinha mais nada especial para fazer. A coisa mais inesperada para Kino, ou que o surpreendeu mais, foi o fato de as pessoas demonstrarem uma expressão feliz de tempos em tempos. Algumas até riam mostrando os dentes. Por quê? Por que elas conseguiam sentir tanta alegria mesmo com tarefas enfadonhas (ou assim parecia aos olhos de Kino), ficando o dia inteiro em um escritório pouco atraente? Será que havia ali algum importante segredo que ele não conseguia compreender? Quando pensava nisso, por alguma razão Kino sentia um mal-estar.

Já estava na hora de partir para a próxima cidade. "Procure sempre ir mudando de lugar", Kamita havia dito. Mas por alguma razão Kino não conseguia sair desse hotel apertado de Kumamoto. Não conseguia se lembrar de nenhum lugar para onde desejasse ir, nem de uma paisagem que desejasse ver. O mundo era um vasto mar sem sinalizadores, e Kino era um pequeno barco sem carta náutica nem âncora. Ao abrir o mapa de Kyûshû para procurar um lugar aonde ir, ele sentia uma leve náusea, como se estivesse enjoado em alto-mar. Kino lia seu livro deitado, levantava a cabeça de vez em quando e observava as pessoas trabalhando no prédio comercial em frente. À medida que o tempo passava, parecia que seu corpo perdia gradualmente o peso, e a pele ficava transparente.

No dia anterior, segunda-feira, Kino havia comprado um cartão-postal do castelo de Kumamoto na lojinha do hotel e escreveu nele o nome e o endereço da tia de Izu com uma caneta esferográfica. Em seguida, colou o selo. Depois pegou o cartão-postal e observou por muito tempo a foto do castelo. Era um cenário convencional típico de um cartão-postal. Uma torre de menagem que se ergue majestosamente tendo ao fundo um céu azul com nuvens brancas. "Conhecido também como castelo Ginnan. É considerado um dos três castelos mais famosos do Japão", dizia a legenda. Por mais que observasse a imagem, não havia nada em comum que se pudesse dizer entre o castelo e Kino. Ele virou impulsivamente o cartão-postal e escreveu uma mensagem para a tia no espaço em branco.

"Tia, tudo bem? A dor da coluna melhorou? Eu continuo viajando aqui e ali, sozinho. Às vezes sinto que estou meio transparente. Parece até que as minhas vísceras estão transparentes, como uma lula recém-capturada. Fora isso, no geral estou bem. Em breve gostaria de ir a Izu. Kino."

Kino não sabe por que escreveu isso, não consegue acompanhar direito sua própria pulsação nesta hora. Kamita o havia terminantemente proibido. Você não pode escrever nem o nome do remetente nem uma mensagem. Só escreva o destinatário. Não se esqueça disso, dissera Kamita. Mas Kino já não conseguia mais se controlar. Eu preciso estar ligado à realidade de alguma forma. Senão vou deixar de ser eu mesmo. Vou ser um *homem que não está em lugar nenhum*. A mão de Kino preencheu quase automaticamente o pequeno espaço do cartão-postal com letras pequenas e duras. E, antes que mudasse de ideia, depositou-o apressadamente na caixa de correio mais próxima do hotel.

Ao despertar, o relógio digital da cabeceira indicava duas e quinze. Alguém estava batendo na porta. A batida não era forte, mas o som era seco e firme, como o de um bom carpinteiro usando um martelo. E esse *alguém* que batia na porta sabia que o barulho chegava direitinho aos ouvidos de Kino. Sabia que o barulho arrancaria Kino de um sono profundo na calada da noite, de um repouso misericordioso e breve, e que, de forma cruel, tornaria a sua consciência completamente límpida.

Kino sabia quem estava à porta. As batidas exigiam que ele se levantasse da cama e abrisse o trinco por dentro. Forte e insistentemente. Esse alguém não tem força para abrir a porta por fora. O próprio Kino tinha de abri-la, com as próprias mãos.

Kino teve de reconhecer que ele ansiava por essa visita, e, ao mesmo tempo, era o que mais temia. Porque essa dubiedade é, no final das contas, o mesmo que carregar um vazio entre dois extremos. "Você ficou pelo menos um pouco magoado, não ficou?", sua esposa havia lhe perguntado. "Eu também tenho sentimentos, e fico magoado, sim", Kino respondera. Mas não era verdade. Pelo menos não totalmente. *Eu não fiquei tão magoado quando deveria*, Kino reconheceu. Quando eu deveria ter sentido a dor de verdade, reprimi esse sentimento crucial. Como eu não queria assumir algo doloroso, me esquivei de enfrentar os fatos e, como resultado, acabei tendo que carregar esse coração vazio e sem conteúdo. As cobras conquistaram esse lugar e estão tentando esconder sua fria pulsação.

"Certamente esse lugar deveria ser agradável não só para mim, mas para *qualquer um*", dissera Kamita. Kino finalmente conseguiu compreender o que ele quis dizer.

Kino se cobriu com o edredom, fechou os olhos, tapou bem as orelhas com as mãos e se refugiou no seu próprio e pequeno mundo. E disse a si mesmo: não vou ver nada, não vou ouvir nada. Mas não conseguia eliminar o som das batidas. Mesmo que fugisse até o fim do mundo, mesmo que tapasse os ouvidos com argila, enquanto estivesse vivo, enquanto restasse o mínimo de consciência, essas batidas o perseguiriam. As batidas não eram na porta do quarto do hotel. Estavam batendo na porta do seu coração. As pessoas não são capazes de fugir desse barulho. E, até a chegada do amanhecer — supondo que ainda existisse —, ele teria de esperar muito.

Quanto tempo teria se passado? Quando se deu conta, as batidas tinham sumido. O seu entorno estava silencioso como o lado escuro da lua. Mesmo assim Kino não se mexeu e permaneceu debaixo do edredom. Não podia se descuidar. Continuou a fingir que não estava ali e, de orelha em pé, tentou captar algum sinal sinistro em meio ao silêncio. *Aquilo* que estava atrás da porta não iria desistir tão facilmente. Ele não estava com pressa. Não havia lua. Apenas as constelações secas e mortas escureciam no céu. Por enquanto o mundo era deles. *Eles* tinham várias técnicas diferentes. A busca poderia tomar formas variadas. As raízes negras podiam se estender para qualquer lugar dentro da terra. Persistentes, seriam capazes de levar o tempo que fosse até encontrar um ponto frágil e quebrar mesmo uma sólida rocha.

Como ele previra, a batida recomeçou. Mas dessa vez o barulho vinha de outra direção. Ressoava de forma diferente também. Agora estava bem mais próximo, batia bem no seu ouvido, literalmente. Esse *alguém* parecia estar do outro lado da janela acima da sua cabeceira. Provavelmente estava grudado na parede do oitavo andar do prédio alto e estreito e, com o rosto pressionado na janela, continuava batendo persistentemente no vidro molhado pela chuva. Só podia ser isso.

Apenas o ritmo não mudava. Duas batidas. Depois mais duas. Um pequeno intervalo e mais duas. Essa sequência se repetia ininterruptamente. O barulho aumentava sutilmente, e em seguida diminuía. Como se fosse o pulsar especial de um coração com sentimentos.

A cortina estava aberta. Antes de pegar no sono, Kino ficara observando, a esmo, as figuras formadas pelas gotas d'água na janela. Ele conseguia imaginar o que veria no vidro escuro se espreitasse do edredom. Não, ele não conseguia. Precisaria eliminar a própria ação mental de imaginar. De qualquer forma, eu não posso ver *isso*. Por mais vago que seja, ainda é o meu coração. Mesmo que seja minúsculo, nele ainda resta o calor das pessoas. Algumas memórias pessoais aguardam em silêncio a maré ficar cheia, como se fossem algas emaranhadas em uma estaca cravada na praia. Algumas recordações irão derramar sangue legítimo e vermelho se forem cortadas. Ainda não podia permitir que seu coração vagasse em algum lugar desconhecido.

Eu me chamo Kamita. Se escreve em dois ideogramas, Deus e arrozal. Mas não se lê Kanda. Moro aqui perto.

"Não vou me esquecer", dissera o homem mais forte.

"Faz bem. A memória muitas vezes nos dá força", dissera Kamita.

Talvez Kamita tenha alguma relação com aquele velho salgueiro do quintal da frente, ocorreu a Kino subitamente. Aquele salgueiro estava me protegendo e também protegendo aquela pequena casa. Isso não tinha muita lógica, mas, pensando dessa forma, parecia que muitas coisas faziam sentido.

Kino pensou no salgueiro com abundantes galhos verdes caídos até quase ao chão. No verão ele proporcionava uma sombra fresca no pequeno quintal da frente. Nos dias de chuva, ele fazia brilhar nos seus galhos inúmeras gotas prateadas. Nos dias sem vento, ele ficava profunda e silenciosamente reflexivo, e nos dias com vento balançava aleatoriamente o seu indeciso coração. Os pequenos pássaros vinham, pousavam com destreza nos galhos que se curvavam delicadamente, cantavam em tom alto e estridente e depois alçavam voo. Quando os pássaros partiam, os galhos ficavam balançando alegremente por um tempo.

Kino enrodilhou o corpo debaixo do edredom como se fosse um inseto, fechou firmemente os olhos e pensou apenas no salgueiro. Lembrou-se da sua cor, da sua forma e dos seus movimentos. E desejou que chegasse o amanhecer. O que ele podia fazer era simplesmente suportar e aguardar até que o céu clareasse gradativamente e os corvos e demais pássaros acordassem e começassem as atividades do dia. O que ele podia fazer era confiar nos pássaros do mundo todo. Em todos os pássaros com asas e bicos. Até lá, ele não podia deixar seu coração ficar vazio nem por um instante. O vazio, o vácuo gerado nessa hora, atraía *aquelas coisas*.

Quando o salgueiro já não era mais suficiente, Kino pensou na esguia gata cinzenta, e se lembrou de que ela gostava de algas torradas. Pensou em Kamita lendo seu livro compenetrado ao balcão, nos jovens corredores de média distância que faziam duros treinos de repetição na pista de atletismo e no belo solo "My Romance" tocado por Ben Webster (dava para ouvir o disco riscado em dois pontos). *A memória muitas vezes nos dá força.* Lembrou-se da sua ex-esposa com cabelo curto e um vestido novo azul. De qualquer modo, ele desejou que ela levasse uma vida feliz e saudável no novo lugar. Sem nenhuma ferida no corpo. *Ela me pediu desculpas pessoalmente, e eu as aceitei. Além de esquecer, eu preciso aprender a perdoar.*

Mas o tempo não conseguia avançar com retidão. O peso sangrento do desejo e a âncora enferrujada do remorso estavam tentando impedir seu fluxo natural. Ali, o tempo não era uma flecha que corre em linha reta. Continuava chovendo, os ponteiros do relógio frequentemente ficavam confusos, os pássaros continuavam dormindo o sono profundo, o funcionário do correio sem rosto separava os cartões-postais diligentemente, os belos seios de sua esposa balançavam vigorosamente, e alguém batia insistente no vidro da janela. Em ritmo sempre regular, como se tentasse seduzi-lo a entrar em um labirinto de profundas e sugestivas memórias. *Toc, toc. Toc, toc.* Outra vez: *toc, toc.* Não desvie os olhos. Olhe para mim fixamente, alguém sussurrava em seus ouvidos. Afinal, esta é a imagem do seu coração.

Os galhos de salgueiro continuavam ondulando ao vento do início de verão. Em um pequeno quarto escuro no profundo interior de Kino, a mão quente de alguém foi estendida e tentou pousar sobre a dele. Com os olhos fortemente cerrados, Kino sentiu o calor dessa mão e sua espessura macia. Era algo de que ele se esquecera havia muito tempo. Era algo que fora afastado dele havia muito tempo. *Sim,* estou *magoado. Muito, profundamente,* Kino disse a si mesmo. E chorou. Nesse quarto escuro e silencioso.

Enquanto isso, a chuva continuava caindo sem parar, fazendo o mundo inteiro submergir em um calafrio.

Samsa apaixonado

Quando certa manhã acordou de sonhos intranquilos, encontrou-se em sua cama metamorfoseado em Gregor Samsa.

Deitado de barriga para cima, ele observava o teto do quarto. Levou um tempo até seus olhos se acostumarem com o ambiente escuro. O teto era normal, como o de qualquer lugar. Deveria ter sido originalmente branco ou bege. Mas, devido ao pó e à sujeira acumulados durante anos, sua cor agora lembrava a de leite quase estragado. Não tinha adornos ou qualquer peculiaridade. Sem questionamentos ou mensagens. À primeira vista desempenhava sua função estrutural de teto, e parecia não aspirar a mais nada.

Em uma das paredes (à esquerda dele) havia uma janela comprida, mas estava tapada por dentro. A cortina que deveria estar ali havia sido removida, e espessas tábuas estavam pregadas horizontalmente na esquadria. Entre as tábuas havia frestas de alguns centímetros — talvez tivessem sido deixadas de propósito —, por onde a luz matinal penetrava e formava linhas paralelas e ofuscantes no chão. Por que a janela estava tão bem protegida assim? Seria para impedir a entrada de alguém? Ou para impedir a saída (dele, por acaso)? Ou será que uma grande tempestade ou um tornado estava prestes a assolar a região?

Ainda deitado na mesma posição, ele moveu lentamente os olhos e o pescoço, examinando o interior do quarto.

Além da cama em que dormia, não havia nada que pudesse ser chamado de móvel. Nem cômoda, nem mesa, nem cadeira. Na parede não havia nem quadro, nem relógio, nem espelho. Não havia uma luminária sequer. Até onde a sua vista alcançava, parecia que não havia tapete nem carpete no chão. O piso de madeira estava completamente descoberto. O desbotado papel de parede tinha uma estampa delicada, mas à luz fraca — talvez mesmo à luz forte — era praticamente impossível identificar o desenho.

Na parede oposta à da janela, à direita dele, havia uma porta. Com uma maçaneta de latão meio desgastada. Provavelmente esse aposento já fora um quarto normal. Dava essa impressão. Mas agora não havia nenhum vestígio humano. Somente a cama em que ele estava deitado fora deixada no meio do quarto. Mas sem roupa de cama: sem lençol, sem cobertor e sem travesseiro. Havia somente o velho colchão.

Samsa não fazia a menor ideia de onde estava nem o que deveria fazer dali em diante. Só então compreendeu, com dificuldade, que ele era uma *pessoa* chamada Gregor Samsa. Por que sabia *disso*? Talvez alguém tivesse sussurrado no seu ouvido enquanto dormia. "Seu nome é Gregor Samsa."

"Então, antes de me tornar Gregor Samsa, quem fui eu? *O que* fui eu?"

Mas, quando começou a pensar nisso, sua cabeça ficou pesada. E surgiu, dentro dela, algo como uma sombria nuvem de mosquitos, que ficou cada vez maior, mais densa, e se moveu para a parte frágil do cérebro, produzindo um leve zunido. Então Samsa parou de pensar. Certamente, no momento, pensar muito em alguma coisa era uma sobrecarga para ele.

Em todo caso, ele precisava aprender a mover o corpo. Não podia ficar deitado ali indefinidamente, olhando o teto sem fazer nada. Estava vulnerável demais. Se inimigos o encontrassem nessa situação — se fosse atacado por aves de rapina, por exemplo —, não teria chance de sobreviver. Primeiro, tentou mover os dedos das mãos. Tinha cinco dedos compridos em cada uma, tanto na direita como na esquerda, totalizando dez. Cada dedo tinha várias articulações, e a combinação de suas ações era complexa. Além do mais, todo o corpo estava meio dormente (como se estivesse imerso em um líquido viscoso de alta densidade), e ele não conseguia transmitir a força de forma eficiente até as extremidades.

Mesmo assim ele fechou os olhos, concentrou-se e, depois de várias tentativas e erros persistentes, conseguiu mexer livremente os dedos das mãos. Ainda que devagar, passou a mover as articulações. À medida que os dedos funcionavam, a dormência que envolvia todo o seu corpo recuava e diminuía. Mas como se preenchesse essa ausência — como uma rocha escura e sinistra que aparece quando a maré baixa —, uma dor intensa passou a torturá-lo.

Demorou até ele perceber que estava com fome. Era uma fome esmagadora, que nunca havia experimentado antes, ou de que pelo menos não se lembrava. Não comera nada durante uma semana — era essa a sensação. Era como se uma caverna vazia tivesse surgido no centro do corpo. Todas as articulações rangiam, os músculos eram comprimidos e as vísceras se contraíam em vários pontos.

Sem aguentar tanta dor, Samsa tentou se levantar devagar apoiando os cotovelos no colchão. A coluna produziu um barulho assustador, crack. Quanto tempo teria ficado deitado nessa cama? Todas as partes do corpo protestavam em alto e bom som contra o ato de se levantar, de mudar de posição. Mesmo assim ele suportou a dor com custo, reuniu toda a força que possuía, levantou-se e sentou na cama.

Que corpo mais desajeitado! Samsa não conseguiu deixar de pensar nisso quando rapidamente olhou o próprio corpo nu e tocou as partes que não conseguia ver. Não era só desajeitado. Estava extremamente vulnerável. A pele branca e lisa (coberta com um pouco de pelo), o abdômen flácido completamente desprotegido, os genitais com um formato inacreditavelmente esquisito, braços e pernas longos e compridos — ele só tinha dois de cada! —, frágeis veias salientes que formavam linhas azuis, pescoço fino, comprido e instável que parecia poder se quebrar com facilidade, uma grande cabeça deformada, coberta por longos e duros cabelos emaranhados. As orelhas brotavam abruptamente dos dois lados da cabeça, como conchas. *"Essa coisa aqui sou eu mesmo?* Será que com esse corpo irracional e frágil (sem uma casca para proteger nem arma para atacar) eu consigo sobreviver neste mundo? Por que não me tornei um peixe? Por que não me tornei um girassol? Haveria mais lógica se tivesse me tornado um peixe ou um girassol. Pelo menos faria muito mais sentido do que me tornar Gregor Samsa." Ele não conseguia parar de pensar nisso.

Mesmo assim, tomou coragem, tirou as pernas da cama e tocou o chão com a sola dos pés. O chão descoberto era bem mais gelado do que ele imaginava, e tomou um susto. Depois de várias tentativas fracassadas, depois de machucar várias partes do corpo, por fim conseguiu ficar sobre as pernas. Segurando com firmeza a estrutura da cama com uma das mãos, ele permaneceu de pé por um tempo. Mas, imóvel nessa posição, sentiu a cabeça estranhamente pesada, não conseguia permanecer com a postura ereta. O suor escorria das axilas e os genitais se encolheram por causa da tensão excessiva. Ele precisou respirar fundo algumas vezes e acalmar o corpo tenso e rígido.

Depois que seu corpo se acostumou a ficar em pé, precisava aprender a caminhar. Mas andar sobre as duas pernas era um trabalho árduo, que chegava a ser quase uma tortura, e lhe causou uma dor terrível. Avançar estendendo cada uma das pernas de forma intercalada era, sob todos os ângulos, um ato irracional que contrariava as leis naturais, e o fato de os olhos estarem em um lugar alto e instável paralisava o seu corpo. No começo, compreender a relação entre os quadris e as articulações do joelho e encontrar um equilíbrio entre elas era muito difícil. A cada passo que dava, as patelas tremiam pelo medo de cair, e ele precisava se apoiar na parede com as mãos.

Mas não podia permanecer neste quarto para sempre. Se não encontrasse comida decente em algum lugar, mais cedo ou mais tarde essa terrível fome iria devorar seu corpo, acabando com ele.

Levou muito tempo até que ele avançasse aos tropeços, segurando-se na parede até chegar à porta. Ele não sabia a unidade do tempo nem como ele era calculado. *De qualquer forma*, levou muito tempo. A sensação de sofrimento que recaía sobre ele indicava isso. Mas, à medida que se movia, ele aprendeu a usar as articulações e os músculos um por um. Ele ainda se mexia devagar, e seus movimentos eram desajeitados. Precisava apoiar-se em alguma coisa. Mas talvez agora tivesse a mesma habilidade que um deficiente físico.

Ele tocou a maçaneta da porta e tentou puxá-la. Mas a porta nem se mexeu. Tentou empurrá-la, nada. Em seguida tentou girar a maçaneta para a direita e puxou a porta. Ela abriu para dentro, produzindo um leve rangido. Não estava trancada. Tentou espiar o corredor pela fresta. Não havia ninguém. Tudo estava silencioso como o fundo de um oceano. Primeiro ele colocou o pé esquerdo no corredor, em seguida a metade do corpo segurando o batente com uma das mãos, e depois o pé direito. Apoiando-se firmemente nas paredes, caminhou devagar pelo corredor com os pés descalços.

Havia quatro portas, incluindo a de onde ele saíra. Portas de madeira escura, bem parecidas. O que será que havia do outro lado? Será que havia alguém? Ele tinha muita vontade de abrir as portas e espiar o lado de dentro. Talvez assim parte dessa situação inexplicável fosse desvendada. Talvez encontrasse uma pista. Mas ele simplesmente atravessou o corredor, abafando os passos. Antes da curiosidade, teria de satisfazer a fome. Teria de preencher a angustiante caverna vazia que habitava o seu interior com algum alimento substancioso, o mais rápido possível.

E então Samsa soube que direção deveria seguir para conseguir esse *alimento substancioso*.

Basta seguir esse cheiro, ele pensou, retesando as narinas. Era cheiro de comida quente. Aquele aroma havia se transformado em minúsculas partículas que pairavam silenciosamente no ar. Estimulavam a mucosa nasal de forma enlouquecedora. A informação do olfato era transmitida instantaneamente ao cérebro e, como consequência, a expectativa vívida e a avidez violenta iam contorcendo o aparelho digestivo, cada vez mais, com a crueldade de experientes juízes da inquisição. Ficou com a boca cheia d'água.

Mas para alcançar a fonte desse cheiro ele precisava descer a escada. Para ele, andar em um lugar plano já era um árduo trabalho. Descer uma escada íngreme de dezessete degraus era um pesadelo. Agarrando-se ao corrimão com as mãos, seguiu para o andar de baixo. A cada degrau que descia, todo o peso do corpo recaía sobre o tornozelo fino, e, sem conseguir se equilibrar, quase caiu várias vezes escada abaixo. Toda vez que ficava em uma posição estranha, os ossos e músculos gritavam.

Enquanto descia, Samsa pensou no peixe e no girassol. "Se fosse peixe ou girassol, provavelmente não precisaria subir ou descer uma escada como essa e conseguiria levar uma vida tranquila. Por que eu preciso fazer esse tipo de coisa estranha e arriscada?" Não fazia sentido.

Depois de completar os dezessete degraus com muito custo, Samsa corrigiu novamente sua postura e, reunindo toda a força que ainda restava, seguiu para a direção de onde vinha o cheiro de comida. Atravessou o saguão com teto alto e entrou na sala de jantar pela porta aberta. Na grande mesa oval havia pratos já servidos. Em torno havia cinco cadeiras, mas ninguém estava sentado nelas. Ainda saía um pouco de vapor da comida. No centro da mesa havia um vaso de vidro com uma dúzia de lírios brancos. Talheres e guardanapos brancos para quatro pessoas estavam dispostos na mesa, mas não havia sinal de que tinham sido usados. O café da manhã estava pronto, as pessoas estavam prestes a iniciar a refeição, mas de repente ocorreu algo inesperado, e todas elas se levantaram e foram para algum lugar — era essa a impressão que dava. E não tinha passado muito tempo desde então.

O que teria acontecido? Para onde as pessoas foram? Ou para onde foram levadas? Será que voltariam para tomar o café da manhã?

Mas Samsa não estava em condições de pensar nisso por muito tempo. Ele se deixou desabar na cadeira mais próxima e comeu com a mão todos os pratos servidos à mesa, sem usar faca, colher, garfo ou guardanapo. Partiu o pão e enfiou os pedaços na boca sem passar manteiga nem geleia, devorou de uma vez grossas salsichas, mordeu o ovo cozido sem paciência para descascá-lo e comeu picles aos punhados. Pegou com os dedos o purê de batata ainda quente. Mastigou diferentes comidas ao mesmo tempo, e o que não conseguiu mastigar direito engoliu junto com a água da jarra. Não estava em condições de pensar no sabor. Não conseguia distinguir se a comida estava boa ou não, se estava salgada ou azeda. A prioridade era preencher o vazio do corpo. Ele comeu absorto, como se competisse com o tempo. Chegou a morder por engano um dos dedos com toda a força, quando tentou lamber o que restava na mão. Migalhas caíam no chão. Um prato grande caiu e se espatifou, mas ele não deu importância.

A mesa ficou em um estado lastimável. Parecia que um grande bando de corvos tinha entrado pela janela aberta, competido avidamente pela comida e saído voando. Depois que ele comeu tudo o que conseguiu e parou para descansar, notou que não tinha sobrado quase nada na mesa. Somente os lírios do vaso estavam intactos. Se não houvesse tanta comida, talvez ele tivesse comido as flores. Tamanha era a fome de Samsa.

Durante muito tempo Samsa ficou reflexivo, sentado na cadeira. Com as mãos sobre a mesa, respirou com os ombros subindo e descendo e, de olhos semicerrados, observou os lírios no centro. Aos poucos foi tomado por uma sensação de plenitude, como quando a maré sobe na praia. Sentiu a caverna do interior do corpo aos poucos ser preenchida e a área vazia diminuir.

Em seguida, pegou um bule de metal e despejou café numa xícara branca de porcelana. O cheiro forte o fez se lembrar de algo. Não era uma lembrança direta, já passara por várias modificações. Parecia que ele observava o próprio presente estando no futuro, como se fosse uma lembrança: havia essa estranha dualidade do tempo. Parecia que a experiência e a lembrança circulavam dentro de um ciclo fechado, indo e vindo. Ele pôs bastante creme no café, mexeu com o dedo e bebeu. Não estava quente, mas ainda restava um pouco de calor. Sorveu um gole, manteve-o um tempo na boca e o engoliu cuidadosamente, devagar. O café acalmou um pouco a sua excitação.

Foi então que, de repente, ele sentiu frio. Seu corpo tremia muito. Como a fome era muito intensa, ele provavelmente não tivera condições de se preocupar com outras sensações físicas. Mas depois de finalmente ficar saciado, quando se deu conta, o ar da manhã estava muito gelado. O fogo da lareira havia apagado. Além do mais, ele estava completamente nu.

"Preciso me vestir", Samsa teve essa *percepção*. "Assim vou passar muito frio. E o jeito como estou não deve ser adequado para encontrar alguém. Alguém pode aparecer na porta a qualquer hora. As pessoas que estavam aqui até há pouco tempo — que estavam prestes a tomar o café da manhã — podem voltar em breve. Se me encontrarem nesse estado, provavelmente teremos um problema."

Por alguma razão ele sabia disso. Não era nenhuma suposição, nenhum conhecimento, era pura percepção. Samsa não sabia de onde, nem por qual canal vinha essa percepção. Talvez fosse parte da lembrança que voltava.

Samsa se levantou, saiu da sala de jantar e foi ao saguão. Ele ainda caminhava de forma bem desajeitada e lenta, mas já conseguia se manter sobre as duas pernas sem necessidade de se apoiar em algo. No saguão havia um suporte de metal para guarda-chuvas, e nele havia também bengalas. Ele pegou uma delas, preta e de carvalho, e resolveu usá-la como apoio para caminhar. A sensação sólida do cabo de bengala lhe proporcionou tranquilidade e incentivo. Caso fosse atacado por pássaros, poderia usá-la como uma arma. Em seguida se aproximou da janela e espiou o lado de fora pela cortina branca de renda.

Havia uma rua na frente da casa. Não era muito larga. Não passava quase ninguém; estava estranhamente vazia. As pessoas que de tempos em tempos seguiam por ali a passos largos estavam todas vestidas, sem nenhuma exceção. Com roupas de diferentes cores e modelos. Os homens eram maioria, mas passaram também uma ou duas mulheres. Homens e mulheres usavam diferentes tipos de roupas. E todos calçavam sapatos de couro. Alguns usavam botas bem engraxadas. A sola dos sapatos produzia sons secos e ligeiros no pavimento de pedras redondas, toc toc. Todos usavam chapéu. Todos caminhavam sobre as duas pernas, como se fosse algo natural, e ninguém mostrava os órgãos genitais. Samsa ficou de frente para o espelho de corpo inteiro do saguão e comparou a si mesmo com os homens que passavam na rua. Sua imagem refletida pareceu bem miserável e franzina. Sua barriga estava suja de caldo de carne e molho, e migalhas de pão estavam grudadas nos seus pelos pubianos, como se fossem algodão. Ele limpou a sujeira com a mão.

"Preciso me vestir", ele pensou.

Em seguida olhou novamente a rua e procurou por pássaros. Não viu nenhum.

No andar térreo havia a porta de entrada, a sala de jantar, a cozinha e a sala de estar. Mas não encontrou nada que pudesse vestir. As pessoas não deviam se trocar nesse andar. As roupas deviam estar guardadas em algum lugar no piso superior.

Decidido, ele subiu a escada. Inesperadamente percebeu que subir a escada era bem mais fácil do que descer. Segurando-se no corrimão, ele conseguiu subir todos os dezessete degraus em tempo relativamente curto, descansando algumas vezes, e não sentiu muito medo nem dor.

Provavelmente deveria se considerar sortudo, pois nenhuma porta estava trancada. Ao girar a maçaneta para a direita e empurrar as portas, elas abriram. Havia quatro quartos no andar de cima, mas fora o quarto vazio e frio onde ele acordara, todos os outros estavam equipados confortavelmente. Cama com lençóis limpos, cômoda, escrivaninha, luminária e carpete com estampa complexa. Tudo muito arrumado e limpo. Livros perfeitamente dispostos na estante e, na parede, a pintura a óleo de uma paisagem, emoldurada. Em todos os quartos o mesmo desenho: uma praia com falésia branca e, no céu azul-escuro, nuvens brancas com formato de doces. Vasos de vidro com flores de cores vívidas. Nenhum outro quarto tinha a janela tapada com tábuas rústicas. Da janela com a cortina rendada a luz solar penetrava silenciosamente. Todas as camas apresentavam sinais de que haviam sido usadas recentemente. No grande travesseiro branco havia a depressão formada por uma cabeça.

Encontrou um roupão que lhe servia no closet do quarto mais espaçoso. Ele achou que conseguiria colocar essa peça de alguma forma. As outras eram tão complexas que ele não fazia a menor ideia de como vesti-las, de como seria a combinação esperada. Tinham muitos botões, e ele não era capaz de distinguir a frente e as costas, a parte superior e a inferior. Não sabia a diferença entre a roupa para colocar por baixo e a para colocar por cima. Ele tinha muito a aprender sobre vestuário. Mas o roupão, ao contrário de outras peças, era muito mais simples e prático, com poucos ornamentos, e ele achou que seria capaz de vesti-lo. Era de um tecido macio e leve, delicado ao toque. Azul-marinho. Encontrou também pantufas da mesma cor, que pareciam formar um par com o roupão.

Colocou-o sobre o corpo nu e, depois de várias tentativas, conseguiu amarrar o cordão na frente. De roupão e pantufas, ele ficou na frente do espelho de corpo inteiro. Estava bem mais apresentável do que antes. Se observasse melhor como as outras pessoas se vestiam, provavelmente iria descobrir aos poucos o modo correto de usar as roupas comuns. Até lá teria de ficar com esse roupão. Não se podia dizer que era suficientemente quente, mas servia para se proteger do frio dentro de casa. E, acima de tudo, o fato de não deixar a sua pele macia e indefesa exposta aos pássaros tranquilizava Samsa.

Quando a campainha tocou, ele estava cochilando na cama do quarto mais espaçoso (que tinha também a maior cama da casa) debaixo do edredom. O edredom de penas era bem quente e confortável, e lhe dava a sensação de estar dentro da casca de um ovo. Ele sonhava. Mas não conseguia mais se lembrar do sonho. O sonho era agradável e alegre. Mas nessa hora a campainha ressoou em toda a casa, enxotando esse sonho e puxando Samsa de volta para a fria realidade.

Ele saiu da cama, apertou o nó do roupão, colocou as pantufas azul-marinho, pegou a bengala preta e desceu devagar a escada, segurando-se no corrimão. Já conseguia descer com muito mais facilidade do que antes. Mas isso não mudava o fato de que havia o risco da queda. Não podia se descuidar. Desceu cada degrau com cautela, observando o chão. Enquanto isso a campainha ressoava sem parar, produzindo um som alto e estridente. Quem a apertava parecia ao mesmo tempo impaciente e persistente.

Por fim, depois de descer todos os degraus, ele segurou firme a bengala na mão esquerda e foi até a porta. Ao girar a maçaneta para a direita e puxar, a porta abriu.

Uma mulher estava à espera. Era muito baixinha. Como teria alcançado a campainha? Mas, ao vê-la melhor, não era assim tão baixa. Tinha as costas bem curvadas, e por isso parecia menor. A estatura em si não era pequena, não mesmo. Tinha cabelos presos para trás com uma fita, para que não caíssem no rosto. Eram castanho-

-escuros, fartos. Usava uma saia longa que chegava até o tornozelo e vestia um casaco de tweed desgastado. Uma echarpe de algodão listrada dava voltas no seu pescoço. Não usava chapéu. Calçava robustas botas de amarrar. Devia ter pouco mais de vinte anos. Tinha um semblante de menina. Os olhos eram grandes, o nariz, pequeno, e os lábios um pouco puxados para o lado, como uma lua fina. As sobrancelhas eram retas e escuras, e ela parecia um pouco desconfiada.

— É a casa do sr. Samsa? — ela disse, erguendo o rosto e olhando para Samsa. E contorceu o corpo. Como a terra estremece ao ser assolada por um grande terremoto.

Depois de hesitar um pouco, Samsa respondeu decidido:

— É, sim.

Como ele era Gregor Samsa, essa casa deveria ser dos Samsa. Não teria problema em afirmar isso.

Mas a mulher pareceu não ter gostado do modo de ele responder. Ela franziu um pouco a testa. Provavelmente sentiu um ar de dúvida na resposta de Samsa.

— Aqui é *mesmo* a casa do sr. Samsa? — ela perguntou com um tom áspero. Como um porteiro experiente que interroga um desconhecido de aparência humilde.

— Eu sou Gregor Samsa — disse Samsa, mostrando-se o mais calmo possível. Esse era um fato inegável.

— Então está bem — disse a mulher. Em seguida ela pegou do chão uma grande bolsa preta de tecido que parecia pesada. Parecia ter sido usada por anos, e tinha alguns rasgos. Devia ter pertencido a outra pessoa antes dela. — Então, deixe-me ver.

Assim dizendo, ela entrou na casa apressadamente, sem esperar a resposta. Samsa fechou a porta. De pé, ela observou-o da cabeça aos pés de roupão e pantufas, com olhar desconfiado. E disse friamente:

— Parece que você estava descansando e eu o acordei.

— Não, está tudo bem — disse Samsa.

Ele sentiu, pelo olhar sombrio dela, que a roupa que usava não era muito apropriada para a situação.

— Desculpe por esta roupa, mas aconteceram algumas coisas — ele continuou.

A mulher não disse nada e cerrou firmemente a boca.

— E então?

— E então? — disse Samsa.

— Então, onde está a fechadura com problema?

— Fechadura?

— A fechadura quebrada — desde o início a garota não fazia nenhum esforço para impedir que sua irritação transparecesse no tom de voz. — Me disseram para vir consertar uma fechadura quebrada.

— Ah, sim — disse Samsa. — A fechadura quebrada.

Desesperado, Samsa botou a cabeça para funcionar. Mas, quando tentava se concentrar em alguma coisa, sentia que a nuvem negra de mosquitos começava a se mover dentro da sua mente.

— Não me falaram nada da fechadura — ele disse. — Acho que deve ser de uma das portas do andar de cima.

A mulher franziu a testa, inclinou a cabeça para cima e fitou Samsa.

— Deve ser? — A frieza do tom de voz havia aumentado. Uma das sobrancelhas se levantou. — De uma das portas?

Samsa sentiu o rosto enrubescer. Ficou muito envergonhado por não saber absolutamente nada sobre a fechadura quebrada. Ele tossiu, mas não conseguiu articular direito as palavras.

— Sr. Samsa. Os seus pais não estão em casa? Acho melhor falar direto com eles.

— Eles tiveram que sair — disse Samsa.

— Sair? — disse a garota, pasma. — O que eles têm para fazer no *meio* de tudo isso?

— Não sei direito, mas quando acordei de manhã não tinha ninguém em casa — disse Samsa.

— Meu Deus — disse a garota. E soltou um longo suspiro. — Eu tinha avisado com antecedência que viria a essa hora da manhã.

— Desculpe.

A mulher permaneceu com os lábios franzidos por um tempo. Em seguida, baixou devagar a sobrancelha levantada e observou a bengala preta que Samsa segurava na mão esquerda.

— Você tem problema nas pernas, sr. Gregor?

— Sim, um pouco — disse Samsa, vago.

Ainda com as costas curvadas, ela voltou a se contorcer. Samsa não sabia o significado nem o objetivo desse movimento. Mas não conseguiu deixar de sentir uma afeição instintiva pela forma complexa como o corpo dela se mexia.

Como se tivesse desistido, a garota disse:

— Não tem jeito, então. Deixe-me ver a fechadura da porta do andar de cima. No meio desse terrível acontecimento, tive o trabalho de vir até aqui, atravessando a cidade e a ponte. Colocando em risco a minha vida. Não posso voltar para casa sem fazer nada, dizendo "Seus pais não estão em casa? Então, adeus". Não concorda?

No meio desse terrível acontecimento? Samsa não compreendia o que estava ocorrendo. O que seria terrível? Porém, resolveu não perguntar sobre isso. Era melhor não expor ainda mais sua ignorância.

Com o corpo dobrado ao meio e carregando uma bolsa preta que parecia pesada na mão direita, ela subiu a escada como se fosse um inseto rastejante. Samsa a seguiu devagar, segurando-se no corrimão. O modo de ela caminhar despertou nele certa empatia.

Chegando ao corredor do andar de cima, ela olhou as quatro portas.

— Você *acha* que a fechadura de *uma* dessas portas está quebrada?

O rosto de Samsa enrubesceu outra vez.

— Sim. Uma dessas portas — ele disse. E acrescentou, timidamente: — Acho que talvez seja daquela porta do fundo, à esquerda. — Era a porta do quarto vazio onde ele despertara naquela manhã.

— *Você acha* — disse a garota com um tom inexpressivo que lembrava uma fogueira apagada. — *Talvez.* — Em seguida, ela se virou e fitou o rosto de Samsa.

— Tenho a impressão — disse Samsa.

— Sr. Gregor Samsa, é um prazer conversar com você. Você tem um vasto vocabulário e é muito preciso — ela disse secamente. Soltou outro suspiro e mudou o tom de voz. — Tudo bem. De qualquer forma, vamos examinar primeiro aquela porta.

A garota foi até a porta do fundo à esquerda e girou a maçaneta. Em seguida a empurrou. Ela abriu. O interior do quarto estava exatamente como ele havia deixado. Apenas a cama bem no centro, como se fosse uma ilha isolada no meio da corrente do mar. E, nela, um colchão descoberto que não parecia muito limpo. Ele acordara nesse colchão como Gregor Samsa. Não era sonho. O piso estava aparente e parecia gelado. Na janela as tábuas permaneciam pregadas firmemente. Mas a garota não pareceu assustada ao ver esse quarto. É um quarto bem comum nessa cidade, essa foi a reação dela.

Ela se agachou, abriu a bolsa preta, tirou de dentro uma flanela cor de creme e a estendeu no chão. Depois apanhou algumas ferramentas e as dispôs de forma ordenada sobre o tecido, como um torturador experiente que prepara com cuidado as ferramentas funestas na frente da pobre vítima.

Primeiro ela pegou um arame de espessura média, enfiou-o no buraco da fechadura e o moveu para várias direções, com as mãos habilidosas. Mantinha os olhos estreitos e atentos. Seus ouvidos também estavam bem alertas. Em seguida pegou outro arame mais fino e repetiu os mesmos movimentos. Depois, irritada, torceu os lábios, formando a figura de uma ardilosa espada chinesa. Pegou então uma grande lanterna e examinou os pormenores da fechadura, com olhar muito severo.

— Você tem a chave dessa fechadura? — a garota perguntou a Samsa.

— Eu não sei onde está a chave — ele respondeu com sinceridade.

— Ah, sr. Gregor Samsa, às vezes tenho vontade de morrer — disse a garota olhando o teto.

Depois ela não deu mais atenção a Samsa; pegou uma chave de fenda entre as ferramentas sobre a flanela e começou a tirar a fechadura da porta. Devagar e com cuidado, para não danificar o parafuso. Ela interrompeu o trabalho algumas vezes e contorceu o corpo.

Ao observar as costas da garota se contorcerem, o corpo de Samsa começou a reagir de forma curiosa. Ele ficou repentinamente mais quente, e parecia que as cavidades nasais se dilatavam. O interior da boca ficou seco e, quando engoliu a saliva, ouviu o barulho bem alto no seu ouvido. Por alguma razão sentiu coceira no lóbulo da orelha. Os genitais que estavam suspensos de forma relaxada começaram a endurecer, comprimir, engrossar, crescer e se levantar gradativamente. Surgiu uma protuberância na frente do roupão. Mas Samsa não fazia a menor ideia do que isso significava.

A garota foi até a janela com a fechadura que tirara da porta e a examinou com cuidado à luz do sol que penetrava pelas frestas entre as tábuas. Com o semblante sombrio e os lábios cerrados, ela cutucava o interior da fechadura com uma ferramenta fina e a balançava fortemente para verificar o barulho. Em seguida respirou fundo mexendo os ombros e se virou para Samsa.

— O interior está completamente danificado — a garota disse. — Sr. Samsa, você tinha razão. Essa está quebrada.

— Que bom — disse Samsa.

— Não está tão bom assim — disse a garota. — Não consigo consertar essa fechadura aqui, agora. É um modelo especial. Tenho que levar para casa e pedir que meu pai ou meus irmãos examinem. Talvez eles consigam consertar. Mas eu não sou capaz. Ainda estou aprendendo, e só consigo consertar fechaduras comuns.

— Entendi — disse Samsa. Ela tem pai e irmãos. E todos são chaveiros, pensou.

— Na verdade era para meu pai ou um dos meus irmãos virem até aqui, mas, como você sabe, aconteceu essa *confusão,* então eles me mandaram. Afinal, tem postos de controle por toda a cidade.

Ela suspirou com o corpo todo.

— Mas como conseguiram danificar a fechadura desse jeito? Não sei quem fez isso, mas ela só pode ter sido quebrada com uma ferramenta especial.

Então ela se contorceu novamente. Quando fazia isso, os braços se moviam para todos os lados, como quem pratica uma forma diferente de natação. Por alguma razão esse movimento fascinou e perturbou muito o coração de Samsa.

— Posso fazer uma pergunta? — Samsa tomou coragem.

— Pergunta? — disse a garota, com olhos desconfiados. — Não sei o que é, mas pode fazer.

— Por que você contorce o corpo desse jeito de vez em quando?

Ela olhou o rosto de Samsa com a boca levemente aberta.

— Contorcer? — Ficou pensativa por um tempo. — É disso que você está falando? — E repetiu o gesto.

— É — disse Samsa.

A garota fitou por um tempo o rosto de Samsa com olhos que pareciam duas pedrinhas. E disse, sem interesse:

— O sutiã não se ajusta bem no meu corpo. É só isso.

— Sutiã? — disse Samsa. Essa palavra não se ligava a nenhuma das lembranças dentro dele.

— Sutiã. Você sabe o que é, não sabe? — disse a garota com desdém. — Ou você acha que é estranho uma mulher corcunda usar sutiã? Acha que é atrevimento demais?

— Corcunda? — disse Samsa. Essa palavra também foi sugada pela área vazia da sua consciência. Samsa não compreendia tudo o que ela dizia. Mas ele precisava falar algo.

— Não, não estou pensando isso de jeito nenhum — ele se justificou em voz baixa.

— Vou te dizer uma coisa. Eu também tenho dois seios que precisam ser sustentados por um sutiã. Não sou uma vaca, e não quero que eles fiquem balançando enquanto caminho.

— Claro — Samsa respondeu sem entender direito o que ela dizia.

— Mas como eu tenho um corpo assim, o sutiã não se ajusta direito. Sou um pouco diferente das mulheres comuns. Por isso preciso contorcer o meu corpo desse jeito para ajeitar o sutiã. Ser mulher é muito mais trabalhoso do que você imagina. Em vários sentidos. É divertido? É engraçado observar esse gesto?

— Não, não acho engraçado. Eu só tive curiosidade para saber por que você fazia isso.

Sutiã deve ser uma peça para sustentar os seios, e corcunda deve ser o formato peculiar do corpo dela, Samsa supôs. Havia muitas coisas nesse mundo que ele precisava aprender.

— Você não está me fazendo de boba, está? — a garota disse.

— Não, não estou.

Ela ergueu o pescoço e fitou o rosto de Samsa. E então compreendeu que ele não a estava fazendo de boba, de jeito nenhum. Ele parecia não ter malícia. Provavelmente sua cabeça não funciona bem, ela pensou. Mas ele parecia vir de uma boa família e até que era bonito. Tinha mais ou menos trinta anos. Era muito magro, tinha orelhas grandes demais, estava pálido, mas era educado.

Então ela se deu conta de que o roupão dele estava sobressalente na parte da frente, abaixo da barriga.

— O que é isso? — a garota disse muito friamente. — Essa *protuberância*?

Samsa baixou os olhos e viu a saliência na parte da frente do seu roupão. Pelo modo de ela falar, Samsa supôs que não fosse um fenômeno adequado para mostrar às pessoas.

— Entendi. Você tem curiosidade para saber como é transar com uma garota corcunda, não é? — ela disse com desdém.

— Transar? — ele disse. Essa palavra também era desconhecida.

— Como estou curvada para a frente, você achou que deve ser melhor para meter por trás, não é? — disse a garota. — Tem muitos homens que pensam em coisas pervertidas assim. E eles acham que eu sou fácil. Mas infelizmente não sou tão fácil assim, não.

— Não estou entendendo direito — disse Samsa. — Mas, se eu te ofendi, peço desculpas. Sinto muito. Me perdoe. Não queria te ofender. Eu estive doente por um tempo, e ainda tem muitas coisas que não entendo direito.

A garota suspirou outra vez.

— Ah, tudo bem. Entendi — ela disse. — Você é meio retardado. Mas o seu pênis é bem saudável. Fazer o quê?

— Desculpe — Samsa disse.

— Bem, está tudo bem — disse a garota, como se tivesse desistido. — Eu tenho quatro irmãos mais velhos que não prestam, e desde que eu era pequena cansei de ver essas coisas. Eles acham engraçado e me mostram de propósito. Eles não prestam mesmo. Então posso dizer que estou acostumada.

Ela se agachou, juntou uma por uma as ferramentas do chão, embrulhou a fechadura quebrada com a flanela cor de creme e a guardou com cuidado na bolsa preta, junto com as ferramentas. Depois se levantou com a bolsa na mão.

— Vou levar esta fechadura para casa. Avise isso aos seus pais. Ou vamos consertar em casa, ou vocês vão ter que trocá-la por uma nova. Mas por um tempo talvez seja difícil comprar uma nova. Avise isso aos seus pais quando eles voltarem. Entendeu? Você consegue falar isso para eles?

— Consigo — disse Samsa.

A garota desceu a escada na frente, devagar, e Samsa a seguiu com cuidado. O modo como os dois desciam era contrastante. Uma estava praticamente de quatro e o outro estava meio curvado para trás, de forma estranha, e eles desciam a escada praticamente na mesma velocidade. Enquanto descia, Samsa tentou acalmar a *protuberância*, mas ela não voltava ao estado normal. Especialmente quando olhava a garota andar, pelas costas, seu coração produzia sons duros e secos. O sangue quente, novo e vigoroso enviado dali era persistente em manter a *protuberância*.

— Como disse antes, era para o meu pai ou um dos meus irmãos vir até aqui hoje — disse a garota na porta. — Mas a cidade está cheia de soldados armados, e grandes tanques de guerra estão parados em vários lugares. Há postos de controle em todas as pontes, e muitas pessoas estão sendo presas. Por isso os homens não podiam sair para a rua. Se chamarem a atenção e forem presos, não saberemos quando serão soltos. É muito arriscado. Por isso eu vim até aqui. Atravessei sozinha a cidade de Praga. Eles acharam que eu não chamaria a atenção de ninguém. Até eu, que sou assim, tenho alguma utilidade de vez em quando.

— Tanques de guerra? — Samsa repetiu de forma vaga.

— Um monte de tanques de guerra. Com canhão e metralhadora — assim dizendo, ela apontou a *protuberância* do roupão de Samsa. — O seu canhão também parece bem grande, mas estou falando de canhões maiores, mais fortes e violentos. Espero que todos da sua família voltem sãos e salvos. Para falar a verdade, você também não sabe para onde eles foram, não é?

Samsa balançou a cabeça. Não sei para onde eles foram.

— Será que podemos nos ver de novo? — Samsa tomou coragem e perguntou.

A garota ergueu o pescoço devagar e fitou o rosto de Samsa, desconfiada.

— Você quer me ver de novo?

— Sim, eu quero te ver de novo.

— Com o pênis levantado assim?

Samsa olhou a protuberância novamente.

— Não consigo explicar direito, mas acho que isso não tem relação com o meu sentimento. Isso provavelmente é um problema do coração.

— É mesmo? — disse a garota, impressionada. — *Problema do coração?* É uma opinião bem interessante. É a primeira vez que ouço isso.

— É uma coisa que não consigo controlar.

— Por isso não tem relação com o sexo, você quer dizer?

— Não estou pensando em sexo. É verdade.

— O pênis fica grande e duro assim por causa do coração, e não tem a ver com sexo. É isso que você quer dizer?

Samsa assentiu com a cabeça.

— Você jura por Deus? — a garota disse.

— Deus — repetiu Samsa. Ele não conhecia essa palavra, também. Ficou em silêncio por um tempo.

A garota balançou a cabeça, resignada. Contorceu o corpo outra vez e ajustou o sutiã.

— Bem, esquece Deus. Ele deve ter saído de Praga uns dias atrás. Devia ter algum compromisso importante. Por isso vamos esquecer Deus.

— Será que podemos nos ver de novo? — Samsa repetiu.

A garota levantou uma das sobrancelhas. E mostrou uma expressão de quem olha uma paisagem distante coberta por neblina.

— Você quer me ver de novo?

Samsa assentiu em silêncio.

— O que vamos fazer quando nos virmos?

— Quero conversar com você com calma.

— Sobre o quê, por exemplo? — ela perguntou.

— Sobre várias coisas, um monte delas.

— Vamos só conversar?

— Quero te perguntar muitas coisas — disse Samsa.

— Sobre o quê?

— Sobre a origem deste mundo. Sobre você, sobre mim.

A garota pensou por um tempo.

— Você não quer só enfiar *isso* naquele lugar? Não é isso que você quer?

— Não, não é — disse Samsa, categórico. — Só acho que precisamos conversar sobre muitas coisas. Sobre os tanques de guerra, sobre Deus, sobre o sutiã, sobre a fechadura.

Houve um profundo silêncio entre eles. Ouviu-se o barulho de alguém passando na frente da casa e puxando algo como um carrinho de mão. Era um barulho sufocante e sinistro.

— Não sei — disse a garota, balançando a cabeça devagar. Porém, seu tom de voz já não era tão frio como antes. — Você vem de uma família bem melhor do que a minha. Seus pais provavelmente não vão gostar que o querido filho se relacione com uma garota como eu. Além do mais, esta cidade está cheia de tanques de guerra e soldados estrangeiros. Ninguém sabe como vai ser, o que vai acontecer de agora em diante.

Samsa, naturalmente, também não sabia como seria dali para a frente. Não só do futuro: ele não entendia praticamente nada do presente nem do passado. Não sabia nem se vestir.

— De qualquer forma, acho que daqui a alguns dias vou passar aqui de novo — disse a garota. — Para trazer a fechadura. Se conseguirmos consertá-la, vou trazê-la pronta. Senão, venho devolvê-la mesmo assim. Além disso, preciso receber o dinheiro do trabalho de hoje. Se você ainda estiver nesta casa, podemos nos ver. Só não sei se vamos poder conversar com calma sobre a origem do mundo. De qualquer forma, é melhor você esconder essa protuberância na frente dos seus pais. Afinal, no mundo das pessoas normais, mostrar descaradamente essas coisas não é algo bem visto.

Samsa fez que sim com a cabeça. Ele não sabia como esconder isso dos olhos de outras pessoas, mas poderia pensar depois.

— Mas é curioso... — disse a garota, pensativa. — O mundo em si está prestes a ser destruído, mas tem gente preocupada com a fechadura quebrada, e não só isso, tem gente que vem consertá-la. Pensando bem, é engraçado. Não acha? Mas talvez seja melhor assim. Talvez essa seja a atitude correta, mesmo parecendo inesperada. Mesmo que o mundo esteja prestes a ser destruído, talvez as pessoas consigam se manter sãs, de alguma forma, conservando essas minúcias.

A garota inclinou o pescoço para trás e fitou o rosto de Samsa. Uma das sobrancelhas se levantou. Depois ela abriu a boca:

— A propósito, talvez não seja da minha conta, mas para que servia aquele quarto do andar de cima? Por que seus pais colocaram uma fechadura tão robusta no quarto que não tinha nenhum móvel e estavam tão preocupados com o fato de ela ter se quebrado? E para que pregaram tábuas tão resistentes na janela? Estavam prendendo alguma coisa naquele quarto?

Samsa ficou calado. Se alguém ou *alguma coisa* estava preso naquele quarto, só podia ser ele. Mas por que ele tinha de estar preso naquele quarto?

— Bem, talvez não adiante perguntar isso a você — disse a garota. — Eu já vou indo. O pessoal de casa vai ficar preocupado se eu demorar muito. Reze para que eu consiga atravessar a cidade sã e salva, a pé. Para que os soldados deixem passar esta pobre garota corcunda. Para que não tenha nenhum soldado que goste de sexo pervertido com uma corcunda. Já basta terem fodido com esta cidade.

— Vou rezar — disse Samsa. Apesar de ele não entender direito o que era sexo pervertido, o que era rezar.

A garota saiu pela porta da frente com o corpo dobrado ao meio, carregando uma bolsa preta de tecido que parecia pesada.

— Será que vamos nos ver de novo? — Samsa perguntou mais uma vez no final.

— Se você continuar desejando encontrar alguém, com certeza encontrará — disse a garota. O tom de sua voz já estava um pouco mais generoso.

— Cuidado com os pássaros — disse Gregor Samsa na direção de suas costas curvadas.

A garota se virou e acenou com a cabeça. Os lábios puxados para um lado pareciam estar sorrindo levemente.

Samsa observou por entre as cortinas a chaveira com o corpo dobrado se distanciar a pé na rua de pedras redondas. À primeira vista, o modo como ela caminhava parecia desajeitado, mas ela andava muito rápido. Para os olhos de Samsa, cada movimento dela era encantador. Parecia um besouro aquático que se move na superfície da água. Parecia bem mais natural e lógico caminhar daquele jeito do que estar instável sobre as duas pernas.

Um pouco depois de ela desaparecer, seus genitais voltaram a ficar flácidos e encolhidos. A *protuberância* intensa de antes havia sumido. Agora estava pendente entre as pernas como uma inocente fruta, indefesa e calma. O par de testículos descansava tranquilo dentro do saco. Ele apertou o nó do roupão, sentou-se na cadeira da sala de jantar e tomou devagar o resto do café frio.

As pessoas que estavam ali foram para algum lugar. Ele não sabia qual tipo de gente, mas provavelmente eram seus familiares. Por alguma razão, eles partiram de repente. Talvez nunca mais voltem. O mundo está sendo destruído — Gregor Samsa não sabia o que isso significava. Não fazia a menor ideia. Soldados estrangeiros, postos de controle, tanques de guerra... era tudo um mistério.

Ele sabia apenas que o seu coração desejava encontrar mais uma vez aquela garota corcunda. Desejava *muito*. Queria ficar frente a frente e conversar com ela até se satisfazer. Queria desvendar com ela, aos poucos, o mistério deste mundo. Queria observá-la ajustando o sutiã, de vários ângulos, contorcendo o corpo. E, se possível, queria tocar as várias partes de seu corpo. Queria sentir diretamente, com os próprios dedos, a textura, o calor da sua pele. E queria subir e descer, junto com ela, as diferentes escadas do mundo.

Enquanto ele pensava nela e se lembrava de sua imagem, seu coração foi se aquecendo levemente. E a alegria por não ser peixe nem girassol foi aumentando aos poucos. Andar sobre as pernas, vestir-se e comer usando garfo e faca realmente dão trabalho. Ele precisava aprender coisas demais neste mundo. Mas se ele fosse peixe ou girassol, e não gente, provavelmente não sentiria esse calor curioso no coração. Ele teve essa impressão.

Por muito tempo Samsa permaneceu ali de olhos fechados. Ele desfrutava desse calor sozinho, em silêncio, como se estivesse se aquecendo junto a uma fogueira. Depois, ele se levantou decidido, pegou a bengala preta e seguiu para a escada. Vou ao andar de cima mais uma vez dar um jeito de aprender o modo correto de vestir uma roupa. Era isso que ele precisava fazer no momento.

Este mundo aguardava seu aprendizado.

Homens sem mulheres

Depois da uma da madrugada o telefone toca e me acorda. Um barulho de telefone no meio da noite é sempre feroz. Parece que alguém está tentando destruir o mundo com um devastador instrumento de metal. Como um membro da humanidade, preciso impedi-lo. Por isso me levanto da cama, vou até a sala e atendo o telefone.

A voz grave de um homem me dá a notícia. Uma mulher deixou este mundo para sempre. A voz era de seu marido. Pelo menos foi o que ele disse. E depois comunicou: "Minha mulher se matou na quarta-feira da semana passada. Em todo caso, achei que tinha que avisá-lo". *Em todo caso*. Não percebi um pingo de emoção na voz dele. Parecia o texto de um telegrama. Praticamente sem nenhum espaço entre as palavras. Um genuíno comunicado. Um fato sem ornamentos. Ponto final.

O que respondi a ele? Devo ter dito alguma coisa, mas não me lembro. De qualquer forma, seguiu-se um silêncio. Um silêncio como se observássemos um buraco fundo que havia entre nós no meio da rua. Ele desligou o telefone sem falar mais nada. Como se pousasse com cuidado uma frágil obra de arte no chão. Eu permaneci de pé no mesmo lugar por um tempo, segurando o telefone na mão, sem que isso tivesse algum significado especial. Usava uma camiseta branca e uma cueca azul.

Não sei como ele ficou sabendo de mim. Será que ela lhe disse que eu era um ex-namorado? Para quê? E como ele descobriu meu telefone de casa (se o número não constava da lista telefônica)? Para começar, *por que eu* recebi a notícia? Por que o marido tinha que me ligar só para avisar da morte dela? Não creio que ela tenha pedido isso em testamento. Fomos namorados há muito tempo. E, desde que terminamos, nunca mais nos vimos. Nem sequer falamos ao telefone.

Bem, isso não importa. O problema é que ele não me deu nenhuma explicação. Achou que tinha que me dar a notícia do suicídio dela. E de alguma forma conseguiu meu telefone. Mas achou que não havia necessidade de me explicar os detalhes. Parecia que a intenção dele era me deixar entre o conhecimento e a ignorância. Por quê? Para me fazer *refletir*?

Sobre o quê?

Não sei. Os pontos de interrogação só aumentavam. Como quando uma criança pressiona aleatoriamente seu carimbo de borracha no caderno.

De modo que até hoje não sei o motivo do seu suicídio nem o meio que ela escolheu para acabar com a própria vida. Mesmo querendo saber, não tenho como. Não sabia onde ela morava. Para começar, nem sabia que era casada. Naturalmente não sabia seu novo sobrenome (o homem não o disse ao telefone). Por quanto tempo ela tinha sido casada? Teria filho(s)?

Mas aceitei a notícia do jeito que ela me foi dada. Não desconfiei de nada. Depois que terminamos nossa relação, ela continuou vivendo neste mundo, (provavelmente), apaixonou-se por alguém, casou-se e, por algum motivo e de alguma forma, deu fim à própria vida na quarta-feira passada. *Em todo caso.* De fato havia algo na voz dele que estava profundamente atado ao mundo dos mortos. Consegui ouvir essa conexão vívida em meio ao silêncio noturno. Consegui enxergar também a tensão da linha bem esticada e o seu brilho intenso. Nesse sentido — de forma intencional ou não —, foi uma opção acertada ele me ligar depois de uma da madrugada. Se fosse uma da tarde, provavelmente as coisas não teriam sido assim.

Quando finalmente devolvi o telefone ao gancho e voltei à cama, minha mulher estava acordada.

— Que telefonema foi esse? Quem morreu? — ela disse.

— Ninguém morreu. Foi engano — eu disse. Com uma voz sonolenta e lânguida.

Mas claro que ela não acreditou nas minhas palavras. Pois na minha voz também havia um vestígio de morte. O choque provocado por uma morte recente possui um forte poder de contágio. Ele é transmitido através da linha telefônica na forma de pequenos tremores, muda o tom das palavras e faz com que o mundo se sincronize com a sua vibração. Mas minha mulher não disse mais nada. Deitamos em meio ao breu da noite e ficamos prestando atenção na quietude que havia ali, cada um absorto em seus pensamentos.

Então ela foi a terceira ex-namorada minha que optou por acabar com a própria vida. Pensando bem, ou melhor, mesmo não pensando bem, é uma taxa de mortalidade muito alta. É inacreditável. Afinal, eu não namorei tantas mulheres assim. Não consigo mesmo compreender por que elas acabaram com a própria vida tão novas, uma após a outra, e por que elas *precisaram* acabar com a própria vida. Espero que a causa não esteja em mim. Espero que eu não tenha nenhuma relação com a morte delas. Espero também que elas não tenham me considerado uma testemunha, um historiador. Espero isso do fundo do coração. E, como posso dizer, ela — a terceira ex-namorada (provisoriamente vou chamá-la de Eme, por conveniência) — não era, de jeito nenhum, o tipo de pessoa que cometeria suicídio. Afinal, ela era protegida e vigiada pelos marinheiros destemidos do mundo inteiro.

Não posso contar em detalhes como era Eme, onde e como nos conhecemos e o que fizemos. Peço desculpas, mas, se revelar esses detalhes, terei problemas. Provavelmente causarei transtornos às pessoas próximas que (ainda) estão vivas. Por isso agora só posso revelar que há muito tempo tivemos uma relação bem íntima durante um período, mas por alguma razão acabamos nos afastando.

Para falar a verdade, conheci Eme quando eu tinha catorze anos. Na realidade não foi bem assim, mas pelo menos agora quero presumir isso. Nos conhecemos numa sala de aula quando tínhamos catorze anos. Se não me engano, na aula de biologia. A matéria era amonites, celacantos ou algo assim. Ela estava sentada ao meu lado. Eu disse: "Esqueci minha borracha. Você me empresta se tiver uma sobrando?". Ela partiu a dela ao meio e me deu a metade. Com um sorriso nos lábios. Literalmente me apaixonei num piscar de olhos. Ela era a garota mais bonita que eu havia visto até então. Pelo menos foi isso que pensei naquela hora. Quero pensar que Eme foi uma garota assim para mim. Que nos conhecemos desse jeito na sala de aula da escola. Pelo intermédio secreto e irresistível de amonite, celacanto ou algo assim. Pois, partindo desse pressuposto, muitas coisas fazem sentido.

Eu tinha catorze anos, funcionava bem como um produto recém-saído da fábrica e naturalmente tinha uma ereção toda vez que soprava um vento quente do oeste. Afinal, estava nessa idade. Mas ela não me causava uma ereção. Ela simplesmente suplantava todos os tipos de vento. Não só os ventos do oeste: ela era incrível a ponto de anular qualquer vento vindo de qualquer direção. Não podia ter uma ereção imunda diante de uma garota tão perfeita assim. Era a primeira vez na vida que tinha esse tipo de sentimento em relação a uma garota.

Sinto que foi assim que conheci Eme. Na verdade não foi assim, mas presumindo isso as coisas fazem sentido. Eu tinha catorze anos, ela também. Essa era a idade correta para nos conhecermos. Na verdade, nosso encontro *deveria* ter acontecido dessa forma.

Mas depois Eme sumiu de repente. Para onde teria ido? Perdi Eme. Aconteceu alguma coisa e, quando eu estava distraído olhando para o lado, ela partiu para algum lugar. Até um tempo atrás ela estava logo ali, mas quando me dei conta já havia desaparecido. Possivelmente foi levada para Marselha ou Costa do Marfim, seduzida por algum marinheiro esperto. Minha decepção foi mais profunda do que qualquer mar que eles atravessaram. Mais profunda do que qualquer mar onde habitam lulas gigantescas e dragões. Fiquei decepcionado comigo mesmo. Não conseguia acreditar em mais nada. Que coisa! Amava tanto a Eme. Ela era tão importante para mim. Precisava tanto dela. Por que fui olhar para o lado?

Mas, em contrapartida, desde então Eme passou a estar em todo lugar. Eu a via em toda parte. Ela estava em vários lugares, em vários momentos e em várias pessoas. Sei disso. Guardei a metade da borracha em um saco plástico e a carregava sempre comigo. Como se fosse um talismã. Como se fosse uma bússola que me indicava a direção. Se a carregar no meu bolso, um dia conseguirei encontrar Eme em algum lugar deste mundo. Acreditava nisso. Ela só foi levada para longe a bordo de um grande navio, seduzida pelas falácias de um marinheiro experiente. Ela era uma pessoa que queria sempre acreditar em algo. Que era capaz de partir uma borracha nova no meio sem hesitar e oferecer a metade.

Tentei reunir o maior número possível de fragmentos dela em vários lugares, através de várias pessoas. Mas não passavam de fragmentos. Por mais que juntasse, fragmentos não passavam de fragmentos. A essência dela era sempre fugidia, como uma miragem. E o horizonte era infinito. Tanto na terra como no mar. Fui atrás dela incessantemente. Fui a Bombaim, Cidade do Cabo, Reykjavík e até Bahamas. Fui a todas as cidades portuárias. Mas, quando eu chegava, ela já tinha partido. Na cama desarrumada ainda restava um pouco do seu calor. A echarpe com estampa de pequenas espirais que ela usara ainda estava sobre o encosto da cadeira. O livro aberto estava virado para baixo sobre a mesa. A meia-calça um pouco úmida pendurada no banheiro. Mas ela não estava lá. Os ágeis marinheiros do mundo todo sentiam meu cheiro e rapidamente a escondiam em algum lugar. Naturalmente eu já não tinha mais catorze anos. Estava mais bronzeado e mais resistente. Minha barba estava mais densa, e eu sabia a diferença entre uma metáfora e uma comparação. Mas uma parte de mim não mudava, permanecia com catorze anos. E essa eterna parte adolescente aguardava sem pressa o vento do oeste acariciar o meu pênis inocente. Certamente, o lugar onde soprava o vento do oeste era onde Eme estaria.

Eme era assim para mim.

Não era de ficar em um só lugar.

Mas também não era o tipo de pessoa que cometeria suicídio.

Nem eu sei direito o que estou querendo dizer aqui. Possivelmente estou tentando descrever a essência e não um fato. Mas descrever a essência e não um fato é como marcar encontro com alguém no lado oposto da lua. É um lugar completamente escuro e não tem nenhuma sinalização. Além de tudo, é vasto demais. Enfim, o que eu quero dizer é que Eme era uma mulher por quem eu *deveria ter me apaixonado* com catorze anos. Mas na realidade eu me apaixonei por ela muito tempo depois, e nessa época (infelizmente) ela já não estava mais com catorze anos. Nós erramos o momento de nos conhecermos. Como quem erra a data do encontro. O horário e o local estão certos. Mas a data, não.

Mas dentro de Eme também habitava a menina de catorze anos. Essa menina dentro dela não era, em absoluto, parcial — era inteira. Se prestasse atenção, eu conseguia ver de relance essa menina transitar dentro de Eme. Quando transávamos, Eme ora envelhecia, ora virava menina nos meus braços. Ela sempre transitava assim no tempo individual. Eu amava essa Eme. Nessas horas eu a abraçava com força a ponto de ela sentir dor. Talvez eu a abraçasse forte demais. Mas eu tinha que fazer isso. Não queria que ela partisse.

Mas naturalmente chegou a hora de perdê-la mais uma vez. Afinal, os marinheiros do mundo inteiro estavam de olho nela. Sozinho eu não seria capaz de protegê-la. Qualquer um dá uma olhada para o lado de vez em quando. Eu precisava dormir e ir ao banheiro. Precisava lavar a banheira também. Cortar a cebola e tirar o talo da vagem. Precisava calibrar os pneus do carro. Assim, acabamos nos afastando. Ou, melhor dizendo, ela me deixou. Certamente havia a sombra inegável do marinheiro. Uma sombra densa e autônoma que, sozinha, parecia subir facilmente a parede de um prédio. A banheira, a cebola, a calibragem não passavam de fragmentos da metáfora que essa sombra espalhava pelo chão, como se fossem tachinhas.

Será que alguém consegue entender o tamanho da minha agonia, a profundidade do abismo em que caí quando ela partiu? Creio que não. Nem eu consigo mais me lembrar direito. O quanto eu sofri? Como foi a dor do meu coração? Como seria bom se existisse uma máquina neste mundo capaz de medir corretamente a tristeza. Assim seria possível deixá-la registrada em números. Seria perfeito se essa máquina coubesse na palma da mão. Penso nisso toda vez que vou calibrar o pneu.

E, no final das contas, ela morreu. Um telefonema no meio da noite me dá a notícia. Não sei o lugar, o meio, o motivo nem o objetivo, mas de qualquer forma Eme resolveu dar fim à própria vida e conseguiu. Partiu (provavelmente) em silêncio deste mundo real. Mesmo os marinheiros do mundo todo, fazendo uso de toda sua falácia habilidosa, não conseguem mais resgatar — nem sequestrar — Eme, que está no profundo mundo dos mortos. Você também, se prestar atenção no meio da noite, conseguirá ouvir o canto fúnebre dos marinheiros ao longe.

Com a morte dela, sinto que perdi para sempre a parte de mim que tinha catorze anos. Como a camisa aposentada de beisebol, a parte de mim que tinha catorze anos foi arrancada da minha vida pelas raízes. Ela foi guardada em algum cofre robusto que foi fechado com uma chave complexa e afundado no mar. Possivelmente ele não será aberto no próximo bilhão de anos. Está sendo observado em silêncio pelos amonites e celacantos. O encantador vento do oeste já parou. Os marinheiros do mundo inteiro estão lamentando a morte dela. E os antimarinheiros do mundo inteiro também.

Quando recebi a notícia da morte de Eme, senti que eu era o segundo homem mais solitário do mundo.

O homem mais solitário do mundo deveria ser o marido dela. Deixo reservado esse posto para ele. Não sei como é o marido dela. Não sei a idade, a profissão, se é que tem alguma, não tenho nenhuma informação sobre ele. Só sei que ele tem a voz grave. Mas esse fato não me diz nada concreto. Seria ele marinheiro? Ou não? Se for o último caso, temos uma parceria. Mas se for o primeiro...

Mesmo assim eu me compadeço dele. Gostaria de ajudá-lo de alguma forma.

Mas não tenho como me aproximar dele. Não sei o seu nome nem onde mora. Talvez ele já tenha perdido nome e endereço. Afinal, é o homem mais solitário do mundo. Durante minha caminhada, sento na frente de uma estátua de unicórnio (no meu trajeto sempre passo pelo parque em que ela está) e, observando o chafariz com água refrescante, penso muito no marido dela. E imagino, a meu modo, como é ser o homem mais solitário do mundo. Eu já sei como é ser o segundo mais solitário. Mas ainda não sei como é ser o homem mais solitário do mundo. Há um abismo entre ser o segundo mais solitário e o mais solitário do mundo. Possivelmente. Ele não é só profundo. É assustadoramente largo. Tão largo que há, no fundo do abismo, um monte alto formado por cadáveres de pássaros que não conseguiram atravessar de uma ponta à outra e caíram.

Um dia, de repente, você vai ser um dos homens sem mulheres. Esse dia chegará subitamente, sem nenhum aviso prévio nem sinal, sem premonição nem pressentimento, sem uma tosse que seja ou uma batida na porta. Ao virar a esquina, você vai descobrir que já *está* ali. Mas não poderá voltar atrás. Uma vez que virar a esquina, será o único mundo para você. Nesse mundo você estará entre os "homens sem mulheres". Em um plural infinitamente indiferente.

Somente os homens sem mulheres conseguem compreender o tamanho da dor e do sofrimento de ser homens sem mulheres. É perder o vento encantador do oeste. É ser privado para sempre — um bilhão de anos talvez seja um tempo aproximado de "para sempre" — dos catorze anos. É ouvir o canto melancólico e doloroso dos marinheiros ao longe. É se esconder no fundo do mar escuro junto dos amonites e celacantos. É ligar depois da uma da madrugada para a casa de alguém. É receber um telefonema depois da uma da madrugada. É marcar um encontro com um desconhecido em algum lugar entre o conhecimento e a ignorância. É derramar lágrimas na pista seca enquanto calibra o pneu.

De qualquer forma, na frente dessa estátua de unicórnio, eu rezo para que ele consiga se recuperar um dia. Rezo para que ele se lembre somente das coisas verdadeiramente importantes — que, por acaso, nós chamamos de *essência* — e que ele consiga se esquecer da maioria dos fatos complementares. Desejo que ele se esqueça até do fato de ter se esquecido desses fatos. Desejo isso do fundo do coração. Não é incrível? O segundo homem mais solitário do mundo está se compadecendo do homem mais solitário do mundo (que nunca conheceu), e está rezando por ele.

Mas por que ele teve o trabalho de me ligar? Não o estou censurando, mas até hoje tenho essa dúvida, que pode ser chamada de fundamental. Por que ele sabia de mim? Por que se importou comigo? Acho que a resposta é simples. Provavelmente Eme falou de mim, falou *algo* de mim ao marido. Só pode ter sido isso. Não faço a menor ideia do que ela lhe contou. Que valor, que significado eu possuo, como ex-namorado, para ela (ter o trabalho de) fazer comentários sobre mim? Seria algo grave relacionado à sua morte? Será que minha existência lançou alguma sombra sobre a morte dela? Talvez Eme tenha comentado que o meu pênis tem um formato bonito. Ela costumava apreciar o meu pênis na cama no início da tarde. Colocava-o na palma da mão com cuidado, como quem admira uma joia antiga incrustada em uma coroa indiana. "O formato é muito bonito", ela dizia. Não sei bem se dizia a verdade.

Será que o marido de Eme ligou para mim por causa disso? Depois de uma da madrugada, em respeito ao formato do meu pênis? Não, não pode ser. Além do quê, o meu pênis não tem nada de mais. Na melhor das hipóteses, pode-se dizer que é comum. Pensando bem, o senso estético de Eme nunca foi muito confiável. Seu senso de valores era curioso e bem diferente do de outras pessoas.

Possivelmente (eu só posso imaginar) ela lhe contou que, na sala de aula da escola, me dera a metade da sua borracha. Sem nenhum motivo particular, sem malícia, como se fosse uma lembrança singela. Mas, nem é preciso dizer, ele ficou com ciúmes quando soube disso. Mesmo que Eme tenha transado com dezenas de marinheiros, ele sentiu ciúmes *bem mais* intensos de mim, que ganhei a metade da borracha dela. É normal. O que são dezenas de marinheiros destemidos? Afinal, Eme e eu tínhamos catorze anos, e nessa época eu tinha uma ereção só com o soprar do vento oeste. Oferecer a metade da borracha nova a um rapaz assim é uma coisa bem grave. É como oferecer uma dúzia de celeiros velhos a um grande tornado.

Desde então, toda vez que passo diante da estátua do unicórnio, permaneço um tempo sentado ali e penso nos homens sem mulheres. Por que nesse lugar? Por que unicórnio? Quem sabe o unicórnio também faça parte dos homens sem mulheres. Pois nunca vi um casal de unicórnios. Ele — com certeza é *macho* — está sempre sozinho, com o chifre pontudo levantado vigorosamente para o alto. Talvez devêssemos elegê-lo representante dos homens sem mulheres e considerá-lo símbolo da solidão que carregamos. Talvez devêssemos marchar silenciosamente nas avenidas do mundo inteiro munidos de distintivos com formato de unicórnio no peito ou no boné. Sem músicas, sem bandeiras, sem confetes. Possivelmente (acho que estou usando essa palavra em excesso. Possivelmente).

É muito fácil ser um dos homens sem mulheres. Basta amar profundamente uma mulher e ser abandonado por ela. Na maioria das vezes (como você sabe), são os marinheiros astutos que as levam. Eles seduzem as mulheres com bajulações e as carregam rapidamente para Marselha ou para a Costa do Marfim. Não há praticamente nada que possamos fazer diante deles. Ou elas podem dar fim à própria vida, sem a ajuda dos marinheiros. Nesse caso também não há quase nada que possamos fazer. Os marinheiros tampouco.

De uma forma ou de outra, você também vai ser um dos *homens sem mulheres*. De repente. E, uma vez que você se tornar um dos homens sem mulheres, a cor da solidão se impregnará no seu corpo. Como se fosse uma mancha de vinho tinto em um tapete de cor clara. Por maior que seja o seu conhecimento sobre arrumação doméstica, limpar essa mancha será um trabalho assustadoramente árduo. A mancha pode clarear um pouco com o tempo, mas permanecerá lá até o seu último suspiro. Ela terá a qualificação de mancha e até poderá adquirir direito à voz pública na condição de mancha. Você não terá outra opção a não ser conviver com a lenta mudança da sua cor, junto com o seu contorno polissêmico.

Nesse mundo a ressonância do som é diferente. A secura da garganta é diferente. O crescer da barba é diferente. O atendimento do funcionário do Starbucks é diferente. O solo de Clifford Brown também parece diferente. O fechar da porta do metrô também é diferente. A distância para caminhar entre Omotesandô e Aoyama Icchôme também é muito diferente. Mesmo que depois você encontre outra mulher, por mais encantadora que ela seja (ou melhor, quanto mais encantadora ela for), você estará sempre pensando no momento em que irá perdê-la. A sombra sugestiva dos marinheiros, o som da língua estrangeira que eles falam (grego? estoniano? tagalo?) deixa você inseguro. Os nomes exóticos dos portos do mundo todo o amedrontam. Isto porque você já sabe o que é ser parte dos homens sem mulheres. Você é um tapete persa de cor clara e a solidão é uma mancha de bordeaux que jamais sai. Assim, a solidão é trazida da França, e a dor da ferida é trazida do Oriente Médio. Para os homens sem mulheres, o mundo é uma mescla vasta e dolorosa, é a personificação do outro lado da lua.

Eme e eu namoramos por cerca de dois anos. Não foi muito tempo. Mas foram dois anos intensos. Foram só dois anos, podemos dizer. Ou também podemos dizer: foram dois longos anos. Naturalmente isso varia conforme o ponto de vista. Eu disse *namoramos*, mas só nos encontrávamos duas ou três vezes por mês. Ela tinha os motivos dela, e eu tinha os meus. E, infelizmente, não estávamos mais com catorze anos. Esses vários motivos acabaram com a nossa relação. Por mais forte que a abraçasse para não perdê-la, a sombra densa e escura do marinheiro espalhava as tachinhas pontiagudas da metáfora.

O que lembro ainda hoje é que Eme amava "músicas de elevador". Músicas que lembram as que tocam em elevadores — como Percy Faith, Mantovani, Raymond Lefèvre, Frank Chacksfield, Francis Lai, 101 Strings, Paul Mauriat, Billy Vaughn, esse tipo de música. Ela gostava dessas músicas, inofensivas (do meu ponto de vista). Instrumentos de corda elegantes, flautas que pairam agradavelmente no ar, metais com surdina, um som de harpa que acaricia o coração. Melodia charmosa que jamais se desfaz, harmonia agradável como um doce, gravação com ressonância adequada.

Quando dirigia sozinho, eu costumava ouvir rock ou blues. Derek and Dominos, Otis Redding e The Doors. Mas Eme não me deixava colocar essas músicas *de jeito ne-*

nhum. Ela sempre trazia uma dúzia de fitas com músicas de elevador em uma sacola de papel e as tocava uma em seguida da outra. Passeávamos aleatoriamente de carro e enquanto isso ela mexia os lábios em silêncio, acompanhando "13 Jours en France", de Francis Lai. Seus lábios sensuais e encantadores com batom suave. Ela tinha quase dez mil fitas com músicas de elevador. E tinha um conhecimento colossal sobre músicas inofensivas do mundo todo. Seria capaz de abrir um "museu de músicas de elevador".

Era assim também na hora do sexo. Sempre colocava uma música de elevador para tocar. Quantas vezes ouvi "Theme from a Summer Place", de Percy Faith, ao fazer amor com ela? Fico sem jeito de revelar isso, mas até hoje me excito quando escuto essa música. Minha respiração se acelera e meu rosto fica quente. Devo ser o único homem na face da Terra que fica excitado escutando a introdução dessa música. Não, talvez o marido dela também fique. Vamos deixar reservado um espaço para ele. Vamos reformular a frase. Deve haver só dois homens (incluindo eu) na face da Terra que ficam excitados escutando a introdução dessa música. Assim está melhor.

Espaço.

— Eu gosto desse tipo de música — disse Eme certa vez. — Por questão de espaço.

— Questão de espaço?

— O que eu quero dizer é que, quando ouço esse tipo de música, sinto que estou num espaço amplo e vazio. Esse lugar é realmente espaçoso e não há divisórias. Não há parede nem teto. E aí não preciso pensar em nada, não preciso dizer nada, não preciso fazer nada. Basta estar ali. Basta fechar os olhos e entregar o corpo ao belo som das cordas. Não há dor de cabeça, sensibilidade ao frio, menstruação ou ovulação. Nesse lugar tudo é belo, tranquilo e não há estagnação. *Nada* mais é exigido.

— É como se estivesse no céu?

— É — disse Eme. — Acho que as músicas de Percy Faith tocam como pano de fundo no céu. Olha, você pode fazer mais carinho nas minhas costas?

— Posso. Claro — eu disse.

— Seu carinho nas costas é muito bom.

Eu e Henry Mancini nos entreolhamos sem que ela percebesse. Com um leve sorriso nos lábios.

Obviamente eu também perdi as músicas de elevador. Penso nisso toda vez que dirijo sozinho. Imagino que uma garota desconhecida poderia abrir de repente a porta do passageiro enquanto estou no sinal vermelho, sem dizer nada, sem olhar para mim, e inserir sem permissão a fita com a música "13 Jours en France". Até chego a sonhar com isso. Mas, naturalmente, isso não acontece. Para começar, nem tenho mais toca-fitas. Hoje, quando dirijo, escuto as músicas do iPod conectado com o cabo USB. Claro que não tenho as músicas de Francis Lai nem de 101 Strings. Tenho apenas Gorillaz e Black Eyed Peas.

Perder uma mulher é isso. Em alguns casos, perder uma mulher é perder todas as mulheres. Assim nos tornamos homens sem mulheres. Perdemos também Percy Faith, Francis Lai e 101 Strings. Perdemos amonites e celacantos. Obviamente também perdemos suas costas charmosas. Eu costumava acariciar de forma compenetrada as costas de Eme acompanhando o compasso ternário suave de "Moon River", conduzida por Henry Mancini. *"waitin' 'round the bend, my huckleberry friend..."* Mas tudo isso já desapareceu. Só restaram a metade da borracha velha e o canto triste dos marinheiros ao longe. E o unicórnio do lado do chafariz que mantém seu chifre para o alto, solitário.

Espero que agora Eme esteja no céu — ou em algum lugar parecido — escutando "Theme from a

Summer Place". Espero que ela esteja envolvida carinhosamente nessa música espaçosa e sem divisórias. Espero que não esteja tocando Jefferson Airplane (possivelmente Deus não é tão cruel a esse ponto. Espero). E desejo que, escutando "Theme from A Summer Place" tocada em pizzicato, ela se lembre de mim de vez em quando. Mas não espero tanto. Mesmo sem mim, rezo para que ela esteja vivendo feliz e tranquila junto com as imortais músicas de elevador.

Como um dos homens sem mulheres, eu rezo do fundo do coração. Parece que não há nada que eu possa fazer agora a não ser rezar. Por enquanto. Possivelmente.

1ª EDIÇÃO [2015] 8 reimpressões

ESTA OBRA FOI COMPOSTA PELA ABREU'S SYSTEM EM ADOBE GARAMOND
E IMPRESSA EM OFSETE PELA LIS GRÁFICA SOBRE PAPEL PÓLEN SOFT
DA SUZANO S.A. PARA A EDITORA SCHWARCZ EM JANEIRO DE 2024

A marca FSC® é a garantia de que a madeira utilizada na fabricação do papel deste livro provém de florestas que foram gerenciadas de maneira ambientalmente correta, socialmente justa e economicamente viável, além de outras fontes de origem controlada.